# L'éléphant de jade

Du même auteur, chez le même éditeur :

*Qui va à la chasse...*, 1999

Mignon G. Eberhart

# L'éléphant de jade

*Traduit de l'américain*
*par Aline Sainton*

LIANA LEVI *piccolo*

ISBN : 978-2-86746-443-0

Titre original : *While the Patient Slept*

# Une crosse de revolver

Combien de fois avais-je emprunté cette petite route déserte et isolée, au bord de laquelle se dresse, entourée de sombres conifères, la vieille et imposante demeure des Federie ? Deux fois, pas plus. Toujours est-il que, malgré le brouillard, je la reconnus du premier coup d'œil. Pourtant, avant cette sombre soirée de février, je ne connaissais même pas le nom du maître des lieux, le vieux M. Federie, le malade à qui je venais prodiguer mes soins.

C'était une vaste maison de briques rouges patinées par le temps, dont le corps principal s'étirait vers l'arrière, lui donnant une curieuse forme de croix. La façade, orientée vers l'ouest, se terminait à chaque extrémité par une tour à pans coupés, surmontée d'un affreux dôme, probablement le *nec plus ultra* de l'art architectural à l'époque de sa construction. Deux rangées de fenêtres éclairaient la tour sud-ouest, mais la tour nord-ouest était aveugle.

Un toit d'ardoises en mauvais état, hérissé de nombreuses cheminées, coiffait le bâtiment, et sur les murs percés d'étroites fenêtres aux volets clos, des lambeaux de lierre s'efforçaient vainement de cacher les lézardes. Toute la propriété, y compris les grandes écuries et le parc, était entourée d'un haut mur de brique, quelque peu délabré mais encore solide. Une grille en fer forgé donnait accès à une allée, envahie de mauvaises herbes, menant au perron d'une massive porte d'entrée.

L'ensemble n'était pas très encourageant. Quels secrets se cachaient derrière ces persiennes closes, cette lourde grille, cette armée de cheminées, cette tour aveugle ? Et la situation de la propriété, au bord d'une petite route peu fréquentée, n'arrangeait rien.

L'affaire Federie commença par un jour venteux du début du mois de février. J'étais inoccupée depuis quelques jours lorsque le Dr Jay m'appela pour me demander de me rendre auprès d'un de ses patients. J'acceptai avec un empressement qui me semble maintenant le comble de l'ironie.

– Ce n'est pas un cas difficile… (Il se voulait rassurant.) Il s'agit du vieux M. Federie. Il a eu une attaque et n'a pas encore recouvré l'usage de la parole. Vous trouverez sur place mon ordonnance et les instructions pour la nuit. Je passerai demain matin. Merci, Mlle Keate !

– Un instant, docteur ! (Il avait l'air pressé de raccrocher.) Vous avez dit Federie ? A quelle adresse ?

– A un kilomètre et demi sur la route d'Aufengartner. Première route à gauche, première maison.

Il raccrocha en hâte, comme s'il avait peur que je ne change d'avis. Il faut dire que l'adresse n'augurait rien de bon : une infirmière a droit à quatre heures de liberté l'après-midi, aussi n'est-elle guère enthousiasmée lorsqu'un patient habite loin de tout. D'autant plus qu'aucun transport en commun n'emprunte la route d'Aufengartner et qu'à B…, les taxis sont hors de prix.

J'en appelai toutefois un, et en l'attendant, je préparai mon sac, avec des uniformes propres et mes affaires personnelles. J'enfilai mon manteau et mis mon chapeau. Prête !

Le visage bougon du chauffeur s'éclaira en m'entendant lui indiquer l'adresse : la course en valait la peine.

Il devait être dans les dix-sept heures, la nuit tombait rapidement. Le pavé gras luisait sous les phares déjà allumés des voitures. Elles surgissaient du brouillard et nous dépassaient dans des chuintements de pneus mouillés.

Les lumières disparurent. Sur la route d'Aufengartner, je n'eus plus sous les yeux que la campagne froide et baignée de brouillard. Ce fut un bien long kilomètre et demi avant de tourner à gauche à l'embranchement. Plus de goudron, mais un petit chemin bourbeux.

De moins en moins enthousiasmant!

Surtout lorsque le taxi se mit à cahoter de nid de poule en nid de poule. Ma tête heurta le plafond, puis je fus à nouveau projetée sur le siège, le parapluie dans les jambes, le sac dans les côtes et le chapeau sur l'œil.

Furieuse, je me penchai et ouvris la vitre me séparant du chauffeur.

– Vous ne pourriez pas aller un peu plus doucement?

Pas de réponse, pas un geste. Exaspérée, je lui donnai un coup de parapluie sur l'épaule. Y eut-il un cahot plus violent qui me fit taper plus fort que je n'en avais l'intention? Toujours est-il que l'homme fit «ouille!» et tourna brusquement la tête vers moi. Malheureusement, il tourna aussi le volant. Malencontreuse initiative pour laquelle je décline toute responsabilité! Le taxi fit une embardée, traversa la route, franchit le fossé et… je ne sus jamais ce qui se passa exactement. Quoi qu'il en soit, je me retrouvai au milieu d'une macédoine de verre cassé, de coussins de cuir, de bagages et de parapluie, tandis que le chauffeur poursuivait un monologue pour le moins enflammé. Toutefois, nous n'étions pas blessés. Debout dans la boue, je regardais les roues du taxi tourner gaiement dans l'air, et un vif dialogue entre le chauffeur et moi fit suite au monologue. Mais des mots, aussi véhéments fussent-ils, n'ont jamais remis sur pied un taxi sur le flanc (le dos, dans ce cas), et je dus me rendre à l'évidence : c'était à pied que se ferait mon entrée chez les Federie. En priant pour que la maison ne soit pas trop loin, j'empoignai mon sac de voyage d'une main, et pris sous l'autre bras mon sac à main et mon parapluie. En route ! Et de patauger dans la boue, en scrutant anxieusement les environs dans l'espoir d'apercevoir Federie House ! Enfin la grande demeure surgit du brouillard, à quatre cents mètres environ.

Je me souviens d'avoir marqué un temps d'arrêt, là, sur la route. Mon pouls s'accéléra tandis que j'examinai l'apparition avec un sentiment de... de quoi? Pas vraiment d'appréhension, ni tout à fait de découragement, mais un peu des deux. Et je me rappelle avoir pensé qu'un lugubre crépuscule de février n'était certainement pas le meilleur moment pour faire la connaissance de cette sinistre bâtisse.

Elle se dressait un peu en retrait de la route, encore assez loin de l'endroit où je me trouvais. En outre, j'étais glacée jusqu'à la moelle malgré mon lourd pardessus.

« Et si je coupais à travers champs? D'après mes souvenirs, la longueur de l'hypoténuse d'un triangle rectangle est inférieure à la somme des deux autres côtés... »

En réponse à mon espoir, j'aperçus dans la clôture du champ voisin une barrière à moutons d'où partait un vague sentier descendant vers un bois. Il conduisait sans doute à une autre entrée de la maison des Federie.

Sans plus hésiter, j'escaladai la barrière. Si j'avais su !

Je venais juste d'entrer dans le bois et de poser le pied sur un petit pont lorsqu'un incident se produisit, qui devait longuement hanter les jours et les nuits à venir.

Le sac pesait au bout de mon bras, et je le posai sur le pont pour changer de main. Au même moment, une voix toute proche me parvint clairement :

– Non, je ne peux pas ! Je ne veux pas ! J'ai trop peur !

C'était une voix féminine, jeune, et vibrante de frayeur. Je me redressai et je regardai autour de moi. Un peu plus loin, le sentier s'incurvait autour d'un bosquet de cèdres. La voix venait de là.

– Allons, ne sois pas sotte !

Une voix masculine, cette fois, enjôleuse, mais avec une sorte d'insistance arrogante.

– Il n'y a pas d'autre solution, March, continua-t-il. D'après le médecin, il peut mourir d'un instant à l'autre. Et ne me dis pas que tu as peur ! Effrayée, toi, une Federie ! Allons donc ! (Il eut un petit rire condescendant.) Tu sais bien qu'une Federie a la main faite pour tenir une crosse de revolver !

– Oui, mais ça…

Sa voix s'étrangla.

– Allons, réfléchis… S'il n'était pas si malade… mais il l'est ! Il n'y a pas à tergiverser, il faut que ce soit ce soir. Nous n'avons pas le choix, conclut-il avec une note d'impatience.

Long silence.

Je sais, j'aurais dû me manifester. Mais ces bribes de conversation m'intéressaient au plus haut point, et au diable les convenances !

– Très bien, accepta avec réticence la jeune femme, puisqu'il le faut ! Mais je n'arrive pas à croire qu'il n'y ait pas d'autre moyen.

– Puisque je te dis qu'il n'y en a pas ! Tu peux tout arranger, March, et personne n'en saura jamais rien. Alors, d'accord pour ce soir ?

– Oui…

– Tu es une brave petite ! Je savais bien que je pouvais compter sur toi. Alors à ce soir ! Fais bien attention à ne pas te faire voir…

– Oui…

– Brave petite ! répéta-t-il.

Il y eut quelques bruissements, un bruit de baiser, des pas étouffés et des craquements de brindilles, comme s'ils se séparaient pour partir par des chemins différents.

Je ramassai mon sac, traversai le pont, passai le tournant et me trouvai nez à nez avec une jeune fille qui blêmit en me voyant.

Malgré le peu de lumière qui filtrait dans la pénombre du sous-bois, je fus frappée par sa beauté. Elle semblait très mince, pour autant qu'on puisse en juger malgré les plis de la longue cape bleue qui l'enveloppait tout entière. La grande capuche bordée de rouge était rejetée en arrière, comme celle d'un moine. Ses cheveux noirs, courts et bouclés, étaient perlés de fines gouttelettes de brouillard. Un petit nez impertinent, un menton volontaire, une bouche un peu boudeuse aux lèvres rouges malgré la pâleur du visage, bouleversé, semblait-il, par mon apparition. Mais les yeux surtout, étaient remarquables, bleus, d'un bleu profond de saphir, avec un regard direct entre des cils noirs extraordinairement longs. Ses sourcils, également très noirs, étaient épais et peu arqués, froncés à cet instant, mais plus de contrariété que de colère.

– S'il vous plaît, ce chemin mène-t-il chez les Federie ? me hâtai-je de demander.

A vrai dire, j'étais un peu gênée d'avoir surpris cette conversation et sa tendre conclusion.

Elle ne répondit pas tout de suite, et continua à me dévisager de ses incroyables yeux bleus.

– Oui, fit-elle enfin. Je suis March Federie. Et vous devez être l'infirmière envoyée par le Dr Jay.

– C'est exact. Sarah Keate. C'est votre père qui est malade ?

– Non, mon grand-père.

Son regard appuyé était quelque peu déconcertant.

– J'ai eu un accident de taxi, ajoutai-je, espérant ainsi expliquer mon trouble.

Elle se transforma aussitôt en hôtesse pleine de sollicitude.

– Oh ! je suis désolée ! Quelle malchance… Et vous êtes venue à pied depuis la route d'Aufengartner ? Venez, rentrons vite, je vais vous préparer une boisson chaude pendant que vous vous changerez.

Elle avait repris des couleurs, mais sa vivacité ne dura qu'un instant et elle retomba dans un silence songeur. Nous suivîmes côte à côte le sentier détrempé.

La nuit était tombée comme un rideau sur les alentours lorsque nous arrivâmes à un portillon dans le mur d'enceinte.

Préoccupée par mes pieds mouillés et une crampe dans le bras, je ne prêtai guère attention à la masse sombre d'où filtraient çà et là quelques filets de lumière. Je me laissai conduire le long d'une allée envahie de végétation à travers un jardin à l'abandon. Nous contournâmes la tour sud-ouest en direction de la porte d'entrée. Un simple escalier menait à un perron et à un épais battant surmonté d'une hideuse imposte en carreaux de verre coloré, à travers lesquels la lumière de l'intérieur brillait rouge, jaune, violette.

En montant la dernière marche, je laissai tomber mon parapluie et au moment où je me baissais pour le ramasser, j'entendis derrière moi un piétinement et des grognements à vous donner des sueurs froides.

– Couché, Konrad !

La voix de March claqua comme un coup de fouet. Je saisis mon parapluie et je me retournai : à deux mètres de moi, un grand berger allemand musclé avait surgi de l'ombre. Tête baissée et oreilles couchées, il grondait sourdement, prêt à l'attaque.

– C'est le chien d'Eustache, expliqua la jeune fille. Nous le lâchons au coucher du soleil. C'est un peu isolé, ici, vous comprenez… Eustache est mon cousin, ajouta-t-elle.

Elle se retourna vers la porte, tâtonna un instant avec sa clef, puis ouvrit. Une avare clarté traversa les ténèbres, et sur un geste de mon guide, j'entrai dans le grand vestibule. Bien que la lumière fût loin d'être éblouissante, je clignai un peu des yeux. Je distinguai quelqu'un à l'autre bout de la pièce, mais ce qui me surprit fut plus son attitude que l'homme lui-même : debout sur un escabeau, il lissait bizarrement le lambris de noyer. Peut-être était-il dur d'oreille, ou bien trop absorbé par sa curieuse occupation pour remarquer notre entrée.

– Grondal ! appela March d'un ton à peine plus amène que celui avec lequel elle avait parlé au chien.

L'homme tourna la tête, et j'eus l'impression de voir passer sur ses traits une ombre de consternation. Puis il descendit tranquillement de son escabeau et s'avança vers nous.

– Les boiseries ont besoin d'être encaustiquées, mademoiselle.

On peut reprocher à un homme son comportement, mais il n'est pas responsable de son visage. Et si Grondal semblait parfaitement stylé, je dois avouer que sa figure laissait fort à désirer. Je n'en avais jamais vu d'aussi patibulaire, avec un teint basané, des cheveux gris, de petits yeux brillants ombragés de sourcils touffus, et surtout une longue balafre violacée qui tordait sa bouche en un rictus cruel.

« Une vraie tête de gibier de potence ! »

Mon imagination a beau être aussi vive que celle d'un ruminant qui regarde passer un train, je serrai instinctivement mon sac contre moi en le voyant approcher.

A côté de moi, March jeta un rapide coup d'œil aux lambris ternes.

– Cela peut attendre ! répondit-elle sèchement. Vous avez allumé du feu dans la chambre de l'infirmière ?

– Oui, mademoiselle.

– Alors conduisez-la, s'il vous plaît. Je vous fais tout de suite monter une boisson chaude, ajouta-t-elle à mon intention.

Grondal prit mon sac et monta l'escalier d'un pas digne. Je le suivis, admirant au passage les belles boiseries, les balustres finement sculptés de la rampe et les larges marches recouvertes d'un épais tapis. Un peu trop obscur, cependant, à mon goût. Lorsque nous eûmes quitté le cercle de lumière projeté par la lampe suspendue au plafond du vestibule, nous ne fûmes plus éclairés que par une bougie plantée dans une étrange torchère ancienne en haut de l'escalier.

La flamme vacillait, étirant et déformant l'ombre de l'homme qui me précédait. L'épais tapis étouffait le bruit de nos pas. L'escalier me parut interminable. Enfin, nous arrivâmes à l'étage, et Grondal tourna à gauche. De chaque côté, un long couloir s'étirait avant de se perdre dans les ombres. Moquette vert foncé, papier de la même couleur, interrompu à intervalles réguliers par de grosses portes de bois sombre, toutes fermées. Le silence était absolu, et des murs émanaient un froid glacial et une fade odeur de moisi.

Soudain, je trébuchai sur quelque chose de mou qui se métamorphosa en un tourbillon jaunâtre avant de s'enfuir dans le couloir. De stridents miaulements accompagnant chaque bond déchirèrent le silence. Il ne manquait plus que ça pour me déconcerter!

– Qu'est-ce que c'est?

– Le chat.... (Il me gratifia de la version «Grondal» d'un sourire.) Il s'appelle Geneviève. Vous avez dû lui marcher sur la queue... Il a la queue très fragile, ajouta-t-il avec un accent de satisfaction.

«Cet homme se moque-t-il du chat ou de moi?»

Il poussa une porte qui s'ouvrit sur une pièce éclairée, et déposa mon sac sur une chaise.

– La salle de bains est la première porte à gauche. Si vous avez besoin de quelque chose, la sonnette est ici!

Il désigna près de la porte un cordon de passementerie au bout duquel pendait un gland effiloché, et avec un bref signe de tête sortit à reculons avant de fermer sans bruit la porte derrière lui. Sans doute à cause de l'épaisseur de la moquette, je ne l'entendis pas s'éloigner, et j'eus la stupide impression qu'il s'attardait derrière le battant.

La période d'opulence de la famille Federie devait être pré-électricité et pré-chauffage central. Une vieille lampe à pétrole suspendue au plafond sous un abat-jour bordé de perles fournissait une lumière douce mais capricieuse. Un petit poêle rond et ventru faisait de son mieux pour chauffer la pièce, la tôle déjà rougie par l'effort. Ses rondeurs cachaient une étroite cheminée qui semblait n'avoir pas servi depuis des lustres.

La pièce, haute de plafond mais plutôt petite, était encombrée de meubles en noyer massif. Doubles rideaux rouges et poussiéreux, épais tapis et lugubres gravures dans des cadres dont la dorure n'était plus qu'un souvenir. Ce n'était pas dans cette maison que je risquais d'oublier que Charles Ier et Marie Stuart avaient été décapités !

Je n'eus d'ailleurs guère le temps de détailler mon environnement. En un quart d'heure, j'avais retiré mes vêtements mouillés, apprécié le fonctionnement antédiluvien de la salle de bains, avalé la boisson chaude mais insipide montée par March, enfilé un uniforme blanc tout propre et dissimulé les fils d'argent de mon abondante chevelure rousse sous ma coiffe empesée. Je redescendis. Personne dans le grand vestibule. J'hésitai.

« Toutes ces portes... Où diable est mon patient ? Ah ! un rai de lumière sous celle-ci ! »

Quelqu'un, un homme, partit d'un éclat de rire perçant et désagréable, puis derrière la portière de velours vert se déchaîna un air de piano violent et déplaisant. J'entendais pour la première fois ce morceau sauvage, étrange, qui me donna la chair de poule. Je le pris aussitôt, et définitivement, en horreur.

J'écartai le rideau, respirant par la même occasion une bonne bouffée de poussière, et j'entrai dans une pièce tapissée de livres. Un feu crépitait à l'autre extrémité. Sur le côté, un piano à queue fin de siècle, du style massif en faveur à cette époque, émergeait de l'ombre. Un jeune homme brun, à l'apparence très soignée, était assis au clavier. Ses longs doigts fins s'attardèrent un instant au-dessus des touches, tandis que ses yeux sombres fixaient les miens. Ses lèvres minces esquissèrent un sourire amusé, sarcastique même. Il bondit sur ses pieds, s'inclina avec une courtoisie exagérée et s'avança d'un pas rapide.

– Eustache Federie, madame, pour vous servir ! (Ses yeux fureteurs scrutaient sans vergogne chaque détail de ma personne, depuis mes formes un peu amples jusqu'aux lacets de mes solides chaussures noires.) Vous êtes l'infirmière, je suppose?

«J'ai déjà entendu cette voix!»

Il n'attendit pas ma réponse et se retourna avec une grâce féline vers un fauteuil à oreillettes placé devant le feu.

– Voyons Deke, où as-tu été élevé? demanda-t-il de ce ton de moquerie sous-jacente qui, je m'en aperçus vite, lui était habituel.

Il y eut un mouvement, et un autre jeune homme émergea sans enthousiasme du fauteuil. C'était un beau garçon, au teint frais, au visage juvénile, avec des cheveux blonds et de grands yeux gris-bleu. Charmes hélas gâchés par une attitude boudeuse et une expression renfrognée.

– Mademoiselle…?

Eustache attendit ma réponse sans me quitter du regard.

– Mlle Keate.

– Mlle Keate, permettez-moi de vous présenter Deke Lonergan.

Celui-ci s'inclina de mauvaise grâce, avec une indifférence fort peu flatteuse. Eustache rit.

– Vous ne le voyez pas à son avantage, Mlle Keate. Il vient de subir une grave déception. Mais c'est un brave garçon qui, en apprenant l'état désespéré de mon grand-père, s'est offert de m'accompagner dans cette morgue. Plus qu'offert, en fait. Impossible de le dissuader de venir.

– Oh! la ferme! grinça Blondinet.

Il serra les poings et les enfonça avec détermination dans les poches de sa veste de tweed, comme pour y cacher en même temps ses sentiments. Eustache rit de nouveau.

– Et si vous me conduisiez auprès de votre grand-père, jeune homme? suggérai-je sèchement.

Un éclair de surprise traversa son regard.

« Il ne doit pas être habitué à entendre les membres du sexe dit faible lui parler sur ce ton ! »

– Mais certainement !

Il écarta le rideau pour me laisser passer. Sous l'escalier se trouvait une étagère où s'alignaient boîtes d'allumettes, bougies et chandeliers de toutes sortes. Plusieurs allumettes se cassèrent sous ses doigts impatients, et lorsque la flamme d'une bougie enfin allumée vacilla puis s'éteignit, il murmura entre ses dents des mots qui n'étaient certainement pas destinés à mes chastes oreilles.

La mèche s'alluma enfin pour de bon et, tenant haut le bougeoir, il me précéda dans une enfilade de pièces toutes plus sinistres les unes que les autres. Malgré l'éclairage incertain de la bougie, je vis que ces divers salons étaient meublés de hideux canapés recouverts de velours vert élimé ou de reps noir lustré par l'usage, et d'une multitude de petites vitrines renfermant un assortiment de bibelots décatis. Ces pièces étaient la version « salon » de ma chambre, en aussi peu attrayant.

La bougie délimitait autour de nous un cercle lumineux, et seuls les meubles tout proches sortaient de l'ombre.

A un moment ou à un autre, Geneviève-le-chat s'était joint à nous, mais je ne m'en aperçus que lorsque Eustache lança dans l'obscurité devant lui un violent coup de pied. Le chat l'esquiva d'ailleurs en crachant.

– Sale bête !

Je me tordis le cou pour voir par-dessus son épaule. En effet, juste à la limite de la clarté de la lampe, l'animal nous précédait, sa longue queue rousse triomphalement dressée, d'une démarche aussi mâle que majestueuse.

« Pourquoi diable l'a-t-on affublé de ce prénom si féminin ? »

Eustache écarta un autre rideau, Geneviève et moi franchîmes une autre porte menant à un couloir étroit dont l'odeur de moisi me saisit à la gorge, puis à un autre tournant et à une énième portière. Je devais vite détester les tentures étouffantes et poussiéreuses de la maison des Federie. Mais sur le moment, je ne pensais qu'à voir ce qui se trouvait derrière le pan de velours vert.

La pièce était vaste, mais ni plus gaie ni mieux éclairée que les autres. L'un des angles formait une sorte d'alcôve triangulaire dont un côté était occupé par un petit escalier raide. Sur la rampe s'entassaient tapis et carpettes. L'escalier épousait les deux autres angles de la tour et était, tout comme le grand vestibule, lambrissé de bois sombre. Un feu languissant se consumait dans une funèbre cheminée de marbre noir, près de laquelle se trouvait un lit à baldaquin. Les courtines étaient repoussées, et je vis enfin mon patient, un vieillard dont les joues congestionnées flamboyaient sur les oreillers blancs. Les yeux à demi clos, il regardait sans voir.

Je m'approchai du lit. Un homme assis quelque part dans l'ombre se leva.

– Ah, oncle Adolphe ! Toujours fidèle au poste ? Quel attendrissant dévouement filial !

La voix moqueuse d'Eustache m'exaspéra.

Adolphe Federie s'avança dans la lumière de la lampe posée sur une table au milieu de la pièce. Il était aussi brun que son neveu, mais la ressemblance s'arrêtait là. Des années de joyeuse vie lui avaient donné une silhouette rondelette, un teint bilieux, des poches sous les yeux et des globes oculaires injectés de sang. Une cigarette éteinte pendait au coin de ses lèvres molles et charnues.

–Je t'en prie, Eustache ! (Sa voix était chargée d'animosité.) C'est l'infirmière ?

Le jeune homme nous présenta cérémonieusement l'un à l'autre. L'oncle Adolphe en profita pour me détailler par en dessous. J'avais une envie folle de gifler Eustache.

– Pourriez-vous me laisser avec mon patient, maintenant ?

– Vous entendez, oncle Adolphe ? Votre tendre dévouement n'est plus utile. Venez, laissons cette aimable personne à sa tâche.

Il s'éloigna avec un désinvolte geste d'adieu.

Mais l'oncle Adolphe s'attarda, et je sentis ses petits yeux sombres peser sur chacun de mes gestes. Prenant le parti d'ignorer sa présence, je saisis l'ordonnance sur la table de chevet et m'absorbai dans sa lecture, parfaitement consciente de son regard insistant. Il se décida enfin à parler.

–Je suis très inquiet pour mon père. Il n'a pas encore prononcé un seul mot, mademoiselle ! S'il parle... (il marqua un temps d'arrêt, s'approcha de la table de chevet et se plaça tout près de moi), veuillez envoyer aussitôt Grondal me chercher, je vous prie.

Sa requête n'avait rien que de tout à fait normal, mais son ton mielleux me déplut. Tenant toujours l'ordonnance, je cherchai une réponse. Il se pencha, posa sa main molle et moite sur la mienne. Une bague voyante, un gros diamant d'une eau douteuse en fait, scintillait à son annulaire.

– Quelle belle main ! me susurra-t-il à l'oreille.

Je retirai vivement mes doigts.

– Un homme dans votre état de santé ferait mieux de s'occuper de son propre foie que des mains des autres !

– Vous venez, oncle Adolphe ?

Eustache, à la porte, souriait malicieusement devant l'air déconfit de son oncle. Celui-ci soutint mon regard pendant le temps d'au moins quinze pulsations. Puis il eut un sourire forcé.

– A très bientôt, Mlle Keate !

Sa voix était chargée de sous-entendus. Le rideau vert retomba. Enfin seule avec mon patient !

J'essuyai à ma jupe le dos de ma main, sur laquelle le souvenir visqueux de celle de l'oncle Adolphe semblait rester collé comme une méduse. Et pour la première fois (mais hélas ! pas la dernière), je souhaitai être loin de Federie House.

Tel un éclair fauve, Geneviève sauta légèrement sur la cheminée et, la queue sagement enroulée autour de son maigre arrière-train, me fixa de ses yeux couleur de topaze. Quels inavouables secrets cachaient-ils ?

Le feu chuintait, et dehors le brouillard était devenu grésil. Je l'entendais cingler les volets. Une des carpettes posées sur la rampe glissa sur le sol et ce bruit reptilien me fit bondir, le cœur au bord des lèvres. Du coup, je ris bêtement et je retournai à mon étude de la feuille de soins. Mais j'avais beau regarder la courbe de température, je ne la voyais pas, car je venais de me souvenir où j'avais entendu la voix d'Eustache pour la première fois. C'était lui qui, moins d'une heure avant, avait, près du petit pont, arraché à March une promesse faite à contrecœur. Qu'avait-elle accepté de faire ? Que lui avait-il réclamé avec tant d'insistance ? Que s'était-elle engagée à accomplir ? Ce soir-même !

Je n'avais pas froid, mais un frisson me glaça et je m'approchai machinalement du feu. Décidément, l'atmosphère de cette maison me déplaisait souverainement.

« Cette mission ne va pas être une partie de plaisir ! »

Tout juste !

Je me mis au travail un peu distraitement, ce qui n'est pas dans mes habitudes. Mon patient était très âgé, mais quoique congestionné et défait, il gardait des traits fins sous une épaisse chevelure blanche. Ses sourcils encore noirs et semblables à ceux de March lui donnaient la même expression indomptable. En fait, en dépit de sa jeunesse et de sa féminité, la jeune fille, bien plus que les deux membres masculins de la famille, semblait avoir hérité de la volonté et de la force de caractère de son grand-père.

A dix-neuf heures, Grondal entra.

– Le dîner est servi. Si vous voulez bien me suivre... murmura-t-il.

Une lampe à la main, il me précéda vers la salle à manger. Sa livrée d'un autre âge, en velours violet fané et élimé, n'allait pas du tout avec ses chaussettes de golf et ses grosses chaussures noires.

Cette fois-ci, pas de traversée de lugubres salons. Le petit couloir sombre nous mena, après deux tournants, à la salle à manger.

March, très droite au bout de la table, présidait, vêtue d'une longue robe princesse de velours rouge, bordée d'un galon argenté à l'encolure. Elle était chaussée d'escarpins en lamé et un serre-tête d'argent relevait ses boucles brunes. Un ensemble spectaculaire, très joli et certainement extrêmement coûteux, en parfait désaccord avec l'état de la maison. Et vraiment recherché pour un simple repas en famille. Mais je devais constater par la suite que la vie quotidienne des Federie était toujours empreinte d'un certain décorum.

A l'autre bout de la table était assise une belle femme bien en chair, qui me fut présentée sous le nom de M^me^ Adolphe Federie. Bien qu'elle fût sa tante, March l'appelait par son prénom, Isabelle, et les deux femmes ne semblaient pas en très bons termes. Isabelle Federie était séduisante, malgré la couleur un peu trop artificielle de ses cheveux. Une frange d'un roux agressif ombrait des yeux mordorés, très fardés. Les courbes de ses joues rondes et un maquillage recherché adoucissaient ses traits un peu anguleux et son nez fort. Le rouge de ses lèvres minces était assorti à celui de ses ongles. Leur longueur attirait d'ailleurs malencontreusement l'attention sur de grosses mains solides. Le décolleté de la robe de taffetas jaune encadrait une énorme émeraude, peut-être trop grosse pour être vraie. Elle me dit quelques mots d'une voix lente et étudiée, puis se tut jusqu'à la fin du repas.

Eustache se tenait auprès de March et lui parlait à voix basse. Elle l'écoutait distraitement. Deke Lonergan et Adolphe Federie étaient également présents. Les trois hommes portaient des smokings impeccables dont la couleur sombre faisait ressortir la blancheur de la nappe.

Un autre membre de la maisonnée entra par une porte différente. March, interrompant avec désinvolture le bavardage d'Eustache, me le présenta comme Elihu Dimuck. Le nouveau venu avait la cinquantaine. Il était petit, presque chauve, avec une figure ronde et luisante. Ses lunettes aux grosses montures dorées lui donnaient un air bienveillant, et sa petite bedaine le faisait ressembler à un Cupidon sur son trente et un.

– Ainsi vous êtes l'infirmière… très bien, très bien, dit-il d'une petite voix aiguë en se frottant les mains d'un air réjoui. Alors maintenant, peut-être l'état de votre grand-père va-t-il s'améliorer, M^lle^ Federie… Certainement… Je ne me suis déjà que trop attardé… Sans aucun doute, il va aller mieux, ma chère mademoiselle.

– Je l'espère aussi, rétorqua froidement March.

Elle jeta un bref regard à ses convives.

– M$^{lle}$ Frisling ne pourrait-elle être à l'heure aux repas? Vous avez sonné la cloche du dîner, n'est-ce pas, Grondal?

– Oui, madame.

Lorsqu'il portait son invraisemblable livrée violette, m'aperçus-je plus tard, March devenait « madame ».

La jeune fille fronça les sourcils. A son côté, Eustache attendait sans un mot, et la lueur au fond des yeux fixés sur la courbe des bras nus de la jeune femme n'était pas celle d'un regard de cousin.

– Il n'y a aucune raison d'attendre plus longtemps, articula sèchement March.

– Comme il vous plaira, chère cousine.

Avec cet air empressé dont certains hommes accompagnent leurs moindres gestes, il tira la chaise de la jeune fille.

– Ah!

Une femme entra, hésita un instant sous le regard glacé de March, puis trottina nerveusement jusqu'à la chaise vide en face de moi, faisant cliqueter les festons et les franges de perles bleues ornant sa robe.

Elle me déplut au premier coup d'œil. Un teint blanchâtre, une silhouette trop corpulente pour une femme de sa taille, une chevelure terne et sans couleur, des yeux pâles, une bouche molle. Et quelle expression renfrognée! Plus je la regardais, moins je la trouvais sympathique.

Je constatai avec contrariété que mon voisin de table était Adolphe Federie. Je profitai du remue-ménage d'un début de repas pour lui jeter un bref coup d'œil. Il me surveillait d'un air calculateur et détourna aussitôt les yeux. Plus d'une fois, au cours du repas, je sentis sur moi l'insistance voilée de son regard. J'attribuai son manque de discrétion à sa vanité égratignée : il n'y a pas plus obstiné qu'un vieux beau.

« Il estime sans doute qu'une femme d'âge mûr, avec un nez comme le mien, aurait dû apprécier sa... disons, sa galanterie ! »

Non que mon nez ne soit pas seyant. Pas du tout! Il est long et bien charpenté. Même s'il n'est pas ce qu'on appelle un mignon petit nez, il a du caractère.

M. et M^me^ Adolphe Federie s'ignoraient totalement, et auraient pu être de parfaits étrangers. Elle le regarda cependant une fois d'un air vague, mi-méprisant, mi-sarcastique, mais sans aucune affection.

Un silence pénible régnait sur la tablée. Grondal servait. A la lueur des hautes bougies des candélabres, il ressemblait plus que jamais à un bandit de grand chemin. Seul M. Dimuck prononça d'une voix de fausset quelques remarques anodines. A la salade, il renonça, sans doute découragé par la froideur de sa jeune hôtesse. Eustache se penchait de temps en temps vers March pour lui murmurer quelques mots. Elle répondait brièvement. Aucune tendresse dans son comportement. Alors, ce baiser dans le bois de cèdres?

Le lugubre dîner traîna en longueur. Le jeune Lonergan, le regard rivé au fond de son assiette, était toujours d'humeur morose. Il était pourtant attentif à ce qui se passait, car lorsque Eustache effleura d'une brève caresse le bras de March, Deke regarda son ami, ouvrit la bouche comme pour parler, puis se ravisa et retourna à son assiette en serrant les dents. Eustache s'en aperçut.

– Tu disais, Deke ? s'enquit-il avec une feinte sollicitude. Rien ? Ah bon ! Quel boute-en-train, tu fais !

Juste à cet instant, un hurlement grave et prolongé nous parvint de l'extérieur de la maison. Un cri presque insoutenable, qui me donna la chair de poule. Tous les convives se figèrent. Même Eustache sembla un instant troublé. Puis il sourit.

– C'est Konrad ! Quelqu'un a dû passer sur la route… sans doute trop près de la grille pour son goût ! Konrad est un vrai chien de garde : policier, jury et juge à la fois. Il attrape, juge et exécute, le tout en dix secondes à peu près.

Je n'aurais sans doute pas attaché d'importance à cet incident si je n'avais vu l'expression de March. Elle devint aussi blanche que la nappe, et sa main fine serra si fort la fourchette que les articulations pâlirent. Puis elle se reprit et affronta le sourire de son cousin.

– Je vois que nous sommes bien gardés !

Sa voix était gaie, mais son regard resta soucieux.

Un instant après, Adolphe Federie, tiré de ses réflexions, commença à narrer quelque haut fait du chien. March écoutait avec un détachement glacé qui dérouta l'oncle trois bonnes minutes avant la fin de son histoire. Il lui lança un coup d'œil malveillant. De toute évidence, leurs relations n'étaient pas des plus affectueuses.

La conversation s'alanguit de nouveau. Plusieurs plats furent servis, avec un décorum qu'ils ne méritaient guère.

Puis Mittie Frisling éternua, et March demanda à Grondal de rajouter une bûche sur le feu, non sans un regard ouvertement désapprobateur en direction des épaules nues de son invitée. Leurs courbes rebondies menaçaient de faire craquer les festons de perles bleues.

Quelque chose de doux frôla mes chevilles. Je retins un cri et regardai discrètement sous la table. Geneviève passait majestueusement sous les plis de la nappe, serrant voracement dans sa gueule un os de poulet. Je soupçonnai Mittie de le lui avoir glissé subrepticement.

Au dessert se produisit un petit incident surprenant. Je me concentrais sur un entremets poisseux lorsque, me sentant observée, je tournai brusquement la tête en direction de l'office. Je vis distinctement par le passe-plat une paire d'yeux jaunâtres fixés sur moi, puis, le temps d'un éclair, un nez épaté, de grandes boucles d'oreilles et une masse de cheveux crépus. Le passe-plat se referma.

– Excusez-nous mademoiselle, me dit Grondal à l'oreille, c'est Kema, la cuisinière.

Rien n'échappait à Eustache. Il eut un ricanement acide.

– Nos vieux serviteurs s'intéressent beaucoup trop à nos histoires de famille !

En apparence, il s'adressait à moi, mais il regardait l'homme en livrée violette.

– Bien. Servez-nous le café dans la bibliothèque, s'il vous plaît, Grondal ! dit March en se levant avant que son cousin n'ait le temps de tenir sa chaise.

Je n'avais pas envie de café, et encore moins de passer une pénible demi-heure de plus en cette compagnie. Je les laissai donc et me munissant d'un bougeoir, je réussis à retrouver le chemin de ma chambre. Je pris mon tricot et je retournai, à travers un dédale de pièces, auprès de mon patient.

Il n'avait, pour le moment, besoin de rien. J'approchai une chaise du feu et je m'assis, laissant mes yeux errer sur la pièce. L'étroit escalier tournant le long du mur lui donnait une forme tout à fait inhabituelle. Je calculai que les trois côtés de l'alcôve devaient occuper la tour nord-ouest, dont les parois aveugles s'expliquaient par la présence de l'escalier.

« Où ces marches peuvent-elles bien conduire ? »

Je finis par en gravir quelques-unes, jusqu'au premier tournant, d'où je me tordis le cou à essayer d'apercevoir au-delà du second. Apparemment, cet escalier biscornu semblait n'être qu'un moyen d'accès à l'étage, en partant de l'aile nord de cette vaste maison. N'ayant aucune envie de m'égarer à une heure aussi tardive dans le labyrinthe de l'étage, je retournai à ma chaise et me mis à tricoter assidûment. Je regardais de temps en temps la pendule baroque, en argent terni, trônant sur la cheminée. A côté d'elle était posé tout un bric-à-brac plus ou moins artistique, une coupe de porcelaine de Dresde contenant quelques cigares poussiéreux, un presse-papiers en verre multicolore, une paire de vases en céramique et un éléphant vert, à peu près de la taille de ma main. Je ne m'y connais pas trop, mais il me parut en jade. Pour quelqu'un qui aime ce genre d'objet, c'était un bibelot d'une assez jolie facture. Sa trompe fine, ses grandes oreilles en éventail, ses petits yeux malveillants étaient délicatement sculptés. L'artiste avait incrusté de minuscules défenses d'une pierre pâle et cristalline qui devait être du jade blanc. Les plis de la peau, les grosses pattes carrées et même les orteils étaient ciselés avec art. Le beau vert chaud de cet éléphant était la seule tache de couleur agréable de toute la pièce.

Vers vingt et une heures, Elihu Dimuck écarta le rideau, inspecta prudemment la pièce et s'avança vers moi sur la pointe des pieds.

– Alors, comment va M. Federie ? chuchota-t-il.

– Toujours pareil, répondis-je à haute voix.

Il me regarda avec surprise.

– Chut, voyons !

Je haussai les épaules.

– Nous ne risquons pas de le déranger, vous savez !

– Il n'entend pas ?

– Non. Il ne voit rien, non plus.

– J'espérais vous entendre m'annoncer qu'il allait mieux... (Il soupira.) Je suis très occupé, mais M. Federie est un vieux... euh... un vieux client, et j'ai une certaine obligation, vous comprenez ?

La lueur du feu se reflétait gaiement sur son crâne poli, et projetait d'étranges ombres sur sa veste à la coupe désuète.

– Bien sûr.

Court silence, puis il soupira et fit un mouvement pour sortir. Puis il se ravisa :

– Bon, espérons qu'il ira mieux demain matin. A propos, M$^{lle}$ Keate, faites-moi appeler dès qu'il pourra parler, s'il vous plaît. C'est la raison pour laquelle je reste ici, vous comprenez. Il m'a fait venir pour affaires, il a dû m'écrire la veille de son attaque, il était déjà dans cet état quand je suis arrivé. Alors j'attends depuis trois jours...

– Certainement, M. Dimuck, si la famille est d'accord. Mais il ne sera peut-être pas tout de suite assez lucide pour parler affaires.

Cette hypothèse sembla le faire réfléchir.

– En effet... en effet ! Nous verrons bien. Je ne peux guère différer davantage mon départ. Mais d'après le ton de sa lettre, il m'a semblé que c'était urgent. Toutefois je ne voudrais pour rien au monde compromettre sa guérison. Non, bien sûr... Enfin, nous verrons... Bonne nuit !

Geneviève profita du moment où l'homme quittait la pièce pour se glisser sans bruit dans l'entrebâillement des rideaux. Pendant une fraction de seconde, les yeux félins, reflétant la lueur du feu, brillèrent d'un éclat diabolique. L'entrée inattendue du chat parut surprendre M. Dimuck, car il grommela quelques mots et sortit en hâte.

Le chat s'assit à côté de moi et suivit des yeux le mouvement de mes aiguilles à tricoter. L'enfilade des pièces glaciales me séparant de la bibliothèque étouffait tout bruit de conversation, et je dois avouer que je me sentais un peu seule. Je tricotai machinalement pendant quelque temps, puis je relus la feuille de soins et les consignes pour la nuit. Ma pensée s'égara vers cette étrange maisonnée dont je faisais maintenant partie.

Onze heures. Il était temps de m'installer pour la nuit. Je tournai mon fauteuil le dos à l'escalier, afin que la lumière de la lampe posée sur la table ne me tombe pas sur les yeux. J'approchai un tabouret pour me servir de repose-pieds, et j'allai chercher un des tapis poussiéreux posés sur la rampe de l'escalier. Il me servirait de couverture si le feu s'éteignait.

La nuit devenait de plus en plus agitée. Les volets et les fenêtres vibraient sous les rafales, et les arbres tordus par le vent gémissaient. Je me relevai pour vérifier les fenêtres. Les volets étaient solides et bien fermés par de lourdes espagnolettes. Mais dès que je remontai la fenêtre à guillotine de quelques centimètres, des bourrasques glacées et des hurlements de tempête s'engouffrèrent dans la pièce. Les éléments se déchaînaient, on eût dit une nuit de sabbat... C'était, en tout cas, une nuit à passer douillettement blottie dans son propre lit, et non auprès d'un malade dans cette énorme et sinistre demeure. Elle semblait déserte, les seuls bruits qui me parvenaient étaient le battement de la pluie, les sanglots du vent dans la cheminée, les lamentations des arbres au-dehors.

Je venais juste de baisser la lampe, de retirer ma coiffe et de me pelotonner dans mon fauteuil lorsque les pans du rideau vert s'écartèrent. March entra, resta un instant immobile, jetant un regard circulaire sur la pièce chichement éclairée, puis s'approcha.

Elle était encore vêtue de sa somptueuse robe rouge, tout à fait déplacée dans cette pièce baignée d'obscurité, mais elle avait remplacé ses escarpins en lamé par des mules de satin noir, ornées de gros pompons rouges en duvet de cygne. Ses traits semblaient tirés. Avec un soupir, elle s'assit sur mon tabouret.

– Grand-père… Il n'y a aucun mieux ?

Je secouai la tête. Elle regarda un instant le visage congestionné, à peine visible au milieu des ombres du lit, puis se retourna vers moi.

– Pourquoi a-t-il la bouche ouverte comme ça ? murmura-t-elle d'un ton horrifié. On voit sa langue ! C'est terrible… Il est plus mal ?

Je la rassurai.

– Non, son état est stable. On a toujours le visage déformé après une attaque.

Sa voix trembla.

– Il entend ? Il voit ?

– Non, il est inconscient.

– Je vous en prie, M^lle Keate, je voudrais que vous me préveniez à l'instant où il parlera. Je pense qu'il voudra me voir.

Je promis sans hésiter. Je pensais, moi aussi, que la première personne que voudrait voir mon malade serait sa petite-fille, cette jeune fille au regard direct et au caractère affirmé.

Ma réponse sembla la rassurer car elle continua d'un ton de confidence.

– Vous savez, il devait sentir qu'il n'allait pas trop bien :

il m'a demandé de revenir alors que j'étais chez des amis. Je suis rentrée il y a quatre jours, mais... (sa voix s'étrangla, elle leva un instant les yeux) il a eu cette attaque. Oncle Adolphe était ici lorsque je suis arrivée, Isabelle et M. Dimuck sont venus le jour où grand-père est tombé malade et nous avons tout de suite appelé Eustache. Grand-père est resté dans cet état...

Sa voix se brisa de nouveau, elle se tut et contempla le feu.

– Qui est ce M. Dimuck? demandai-je négligemment.

– Un vieil ami de grand-père.

Geneviève se leva, s'étira nonchalamment et alla d'un pas digne se frotter contre les jambes de March.

– Va-t'en, Geneviève!

Mais il insista, et elle le laissa de mauvais gré se frotter, le dos arqué, contre les pantoufles de satin dont il renifla le pompon en ronronnant de satisfaction.

Le regard bleu se tourna vers moi.

– Je n'aime pas trop les chats. Geneviève est plus à Kema qu'à nous, elle le gave de bons petits plats, mais il est toujours aussi maigre. Il n'a que la peau sur les os... Kema est la cuisinière, elle a dû vous épier pendant le dîner, non?

– Oui, et elle n'avait pas l'air très réjouie de me voir!

– Kema n'aime pas voir des étrangers dans la maison. Mais quand on la connaît, c'est une brave femme. Je l'ai toujours vue ici... Quand Eustache et moi étions petits, elle nous menaçait de nous couper les oreilles si elle nous trouvait près de la boîte à biscuits, ajouta-t-elle d'un air amusé.

– Eustache est votre cousin?

Le sourire flottant sur ses lèvres disparut aussitôt.

– Oui... Il est resté orphelin très jeune, alors il a toujours vécu ici avec nous. Moi non plus je n'avais plus de parents, alors c'est grand-père qui nous a élevés. Il était si bon… mais sévère aussi !

Elle se retourna vers le lit d'un air attendri et anxieux.

Je cédai à ma curiosité.

– Et qui est Mittie Frisling ?

Toute douceur disparut de son regard, elle rougit et reprit l'air distant et froid qu'elle avait gardé pendant tout le repas.

– Mittie Frisling ? Je n'en ai aucune idée, articula-t-elle sèchement.

Le rideau bougea et Eustache apparut sur le seuil. Ses yeux inquisiteurs parcoururent la pièce. J'eus vaguement l'impression que la présence de March le faisait hésiter, mais ce fut si fugitif que j'en doutai en le voyant s'approcher.

– Tu es là, March ? Je te croyais au lit.

L'accueil de sa cousine, raide et svelte dans sa robe de velours rouge, fut glacial.

– Je partais… Avez-vous besoin de quelque chose, M$^{lle}$ Keate ?

– De l'eau bouillante et un réchaud à alcool, si vous en avez un. Il faudra sans doute faire une injection d'adrénaline à votre grand-père, et j'aurai besoin d'eau bouillante pour stériliser les instruments.

Elle réfléchit.

– Nous n'avons pas de réchaud à alcool, mais le fourneau de la cuisine restera allumé toute la nuit et il y a de l'eau chaude dans le réservoir. Je vous apporte de l'eau bouillante.

Eustache alla courtoisement lui écarter le rideau, puis revint vers moi.

– Que pensez-vous de l'état de mon grand-père ?

– Je ne peux vraiment rien vous dire.

Il fronça les sourcils. Il ressemblait beaucoup à March, mais avec quelque chose de doucereux.

– Allons donc ! Vous êtes infirmière… Vous croyez qu'il sera bientôt capable de parler ?

– C'est possible… C'est difficile à dire, il n'y a pas deux cas semblables.

Il me fixait en silence, comme s'il voulait m'arracher je ne sais quel secret médical censé être en ma possession.

– Lorsqu'il recommencera à parler, pourra-t-il soutenir une conversation ?

– J'en doute… Au début, il ne dira probablement que quelques mots.

Cet interrogatoire me déplaisait, mais en tant que petit-fils du patient, il avait le droit de poser des questions. Il parut réfléchir puis, sans me quitter des yeux, demanda avec une froide insensibilité :

– Vous pensez qu'il est perdu ?

– Je ne peux vraiment pas me prononcer.

– Bon… Eh bien s'il essaie de parler, appelez-moi immédiatement ! dit-il d'un ton sec et arrogant de maître à domestique. I-mmé-dia-te-ment, souvenez-vous ! Ma chambre est juste au-dessus de celle-ci… (Il montra d'un geste du menton l'escalier de la tour.) C'est bien compris ?

– Je ferai ce qui me semblera le mieux !

« Ah mais ! »

Il me foudroya du regard et fit un pas vers moi. Je ne saurai jamais quelle gentillesse il allait ajouter, car March entra, une casserole fumante à la main. Elle nous jeta un bref coup d'œil, la posa sur la table de chevet et se disposa à sortir.

– Je vous souhaite une bonne nuit, M^lle^ Keate ! dit-elle, toujours aussi polie et impersonnelle.

Puis elle se tourna vers son cousin :

– Tu viens, Eustache ?

Un peu décontenancé, il la suivit en haussant les épaules, comme s'il trouvait normal d'obéir à ses ordres. Je stérilisai ma seringue et vissai la fine aiguille.

« Tous ces gens me semblent plus pressés de savoir si le malade va retrouver l'usage de la parole que de connaître ses chances de guérir ! »

Je mesurais la dose d'adrénaline lorsque j'eus droit une fois de plus à la même requête, de la part du jeune Lonergan cette fois. Il passa la tête entre le rideau et le chambranle, cligna des yeux comme pour s'habituer à la pénombre et, me voyant près du lit, s'approcha en hâte.

– Ah vous voilà, M^lle^ Leat... euh... Neat, enfin, quel que soit votre nom ! Il faut que je lui parle... Il le faut absolument, dès qu'il sera capable de dire quelques mots. C'est extrêmement important ! Pouvez-vous m'appeler dès qu'il retrouvera l'usage de la parole ? Je partage la chambre d'Eustache, juste au-dessus. Et dans la journée, je suis toujours dans le coin... Vous m'appellerez, n'est-ce pas ?

Son insistance me fit presque oublier son impolitesse.

– C'est une question de vie ou de mort ! ajouta-t-il en me voyant hésiter. Combien de temps va-t-il rester comme ça ?

– Impossible de le dire !

Pour un peu, j'aurais eu pitié de lui. Pâle, haletant, les cheveux ébouriffés par des doigts impatients, il semblait affolé.

– Si seulement je n'avais pas été un tel idiot...

Sa voix se cassa. Sachant que, comme tous les hommes, il ne me pardonnerait jamais d'avoir été témoin de son trouble, je me détournai rapidement. Mais il se reprit.

– Merci, mademoiselle. Si vous pouviez m'appeler quand il parlera... je vous en serais vraiment reconnaissant.

Il alla à la porte, hésita, m'adressa cérémonieusement un «Bonne nuit!» poli et sortit. J'avais eu le temps de remarquer ses mâchoires serrées et l'éclair de fureur qui avait remplacé son expression désespérée.

Enfin seule, j'administrai à mon patient son tonique cardiaque, pris une dernière fois son pouls et m'installai de nouveau dans le grand fauteuil. En dépit de mon aptitude à me détendre, acquise en plus d'années de nuits de garde que je n'ai cure de le préciser, j'eus du mal à trouver le sommeil. A plusieurs reprises, un claquement de volet ou le bruit d'une bûche glissant dans le foyer me firent me redresser comme un diable hors de sa boîte, scrutant avec appréhension les coins sombres. Toutes sortes d'images me trottaient dans la tête : le joli visage de March, ses sourcils sévères, le rire d'Eustache, la main moite d'Adolphe Federie... Je me tournais et me retournais, mal à l'aise, fixant tour à tour les vitres noires, la physionomie toujours inchangée de mon patient, les flammes dansant et ondulant au gré des rafales du vent dans la cheminée. Mon regard se posa sur le vieux cordon à côté de la porte... Combien de temps faudrait-il pour avertir Grondal en cas d'aggravation de l'état du malade?

Je parvins pourtant à somnoler, et je rêvais déjà lorsqu'un bruit me réveilla en sursaut. Je m'assis brusquement, les paupières lourdes, inspectant la pièce. Les ombres dans les coins, la tempête au-dehors, l'épais silence autour de moi n'étaient pas faits pour me réjouir le cœur. J'étais seule en bas avec un vieillard malade, pendant que les autres membres de la maisonnée dormaient sans doute sur leurs deux oreilles, à l'autre bout de la demeure. L'imagination galope vite, en de telles conditions. J'eus pendant une fraction de seconde la certitude que, très près de moi, deux yeux me fixaient. L'impression fut si nette que je me retournai d'un mouvement brusque vers les ombres, de plus en plus noires, de l'escalier de la tour.

« Mais non, voyons, il n'y a rien ! »

On se rassure comme on peut. Geneviève avait repris sa place sur la cheminée.

« Il a sans doute bousculé quelque bibelot, et ce bruit m'a réveillée. »

A demi convaincue mais pas vraiment satisfaite de cette explication, je m'appuyai au dossier du fauteuil et ramenai sur moi le petit tapis à l'odeur de moisi. Le chat, les yeux grand ouverts, fixait l'escalier et sa queue était animée d'un mouvement pendulaire tout à fait inquiétant. Je me retournai et regardai avec lui dans la direction des marches. Rien. Il était environ une heure du matin et la tempête était, si c'était possible, encore plus violente.

Je dus réussir à m'endormir, et je rêvais que j'étais prise par un orage d'été. Un éclair… l'énorme fracas du tonnerre, tout près… Je me réveillai en sursaut, je m'assis, raide comme un manche à balai. A l'instant où j'ouvris les yeux, je vis la tenture de la porte retomber mollement, ses plis oscillèrent un instant avant de s'immobiliser.

Émergeant de mon rêve et de mon désarroi, je retrouvai la mémoire.

« Quel est ce bruit qui m'a réveillée ? Ce n'est pas le tonnerre… Il n'y a pas d'orages en février sous nos climats ! Alors qu'est-ce que c'était ? »

Une odeur âcre frappa mes narines... de la fumée? Je m'arrachai à mon fauteuil, bondis sur mes pieds et regardai autour de moi. Mes yeux tombèrent sur Geneviève et mon cœur se mit à battre la chamade. La maigre silhouette du chat était à demi visible dans la pénombre. Les yeux exorbités, il fixait quelque chose, plus haut, sur les marches, en dehors de mon champ de vision. Ses oreilles étaient couchées, sa queue fouettait furieusement l'air et, les babines retroussées, il montrait les dents en grondant sourdement.

Je réussis à arriver jusqu'à la table, je saisis la lampe et en remontai fébrilement la mèche, ce qui eut pour effet d'envoyer un tourbillon de fumée dans le verre et faillit étouffer la flamme. Soulevant bien haut mon lumignon, j'avançai vers l'escalier. Le chat recula, grondant toujours.

Tenant la lampe à bout de bras, je montai quelques marches. Une forme sombre gisait, écroulée, juste au-delà du premier tournant, un homme bizarrement couché sur le ventre. La mèche flamboya, cracha une volute de fumée, se remit à brûler régulièrement.

«Allons, encore une marche... une autre, la dernière !» m'exhortai-je.

Je me penchai et retournai sur le dos le corps tordu.

C'était Adolphe Federie, et il avait été tué d'une balle dans le cœur.

## Où je retrouve Lance O'Leary

Combien de temps fixai-je, pétrifiée d'horreur, cette effroyable vision ?

Le chat poussa un miaulement rauque et disparut dans les ténèbres. Ce cri discordant me tira de ma transe. Je laissai retomber le corps inerte. C'est le moment que choisit la lampe pour lancer une ultime flamme et s'éteindre, me laissant dans une obscurité de cauchemar, avec le cadavre d'un homme assassiné, et quelqu'un hurlant à perdre haleine juste à côté de moi… Non, c'était moi !

Mes jambes tremblaient, et je fus soudain prise de nausées et de vertiges. La brusque crainte de m'effondrer à côté de ce cadavre me ramena à un semblant de raison.

« Faire quelque chose… appeler… Ah oui, le cordon de la sonnette là-bas, à l'autre bout de la pièce ! »

Cette idée me donna assez d'énergie pour redescendre l'escalier, contourner le cadavre en m'accrochant à la rampe, chercher du pied le sol après la dernière marche et traverser la pièce. Mes yeux étaient maintenant habitués à l'obscurité, et la dernière lueur du feu laissait deviner les formes des meubles. Mais il faisait quand même bien sombre…

Je traversai la chambre à tâtons, avec l'impression que derrière chaque ombre, des doigts crochus essayaient de m'agripper. Enfin, les mains en avant, comme une aveugle, je reconnus un des montants du lit. Je continuai. Mes doigts effleurèrent quelque chose de doux et souple, le velours de la portière, puis je trouvai le chambranle et, enfin, le gland de la sonnette. Je m'accrochai au cordon et le tirai frénétiquement.

Un piétinement au-dessus de ma tête, puis une voix masculine appela du haut de l'escalier.

– Qu'est-ce qui se passe, mademoiselle ? C'est vous qui avez crié ? Qu'y a-t-il ? Que...

La voix se cassa bizarrement. Tout en parlant, l'homme avait dû commencer à descendre, puis trébucher et se pencher sur l'obstacle dans le noir. Il y eut un silence angoissant, puis une respiration haletante et un chuchotement rauque qui franchit l'ombre entre nous :

– Mais qu'est-ce que c'est ? M^lle^ Keate ? Que se passe-t-il ? Qu'y a-t-il ?

D'autres voix dans le couloir, de la lumière, des pas pressés : March, Eustache sur les talons, fit irruption dans la pièce.

Lorsque j'y repense, toute une série d'images défile dans ma tête : Eustache allumant une lampe et le contraste entre sa chemise blanche et les revers de satin noir de son veston d'intérieur... Ses yeux sombres scrutant la pièce... Deke Lonergan, en pyjama d'été, appuyé dans le noir à la rampe et répétant mécaniquement :

– Eustache ! Regarde là... là... là...

Je me revois également tentant d'accrocher au passage le déshabillé de March, avec la vague idée de l'empêcher d'avancer. Mais elle me repoussa brutalement sans ralentir et monta derrière Eustache, en prenant une lampe au passage.

Malgré les nausées qui me soulevaient le cœur, je suivis le mouvement. Au pied de l'escalier, un petit objet me fit trébucher. C'était l'éléphant de jade, que je ramassai et reposai machinalement à sa place sur la cheminée. Elihu Dimuck, comiquement enveloppé d'un peignoir de bain jaune bouton d'or, me dépassa et s'arrêta net à la vue du groupe dans l'escalier. Le cadavre était dans la position où je l'avais laissé. Eustache était agenouillé à côté de lui mais n'y touchait pas. Deke était sur la marche au-dessus, penché en avant. Sur celle du dessous, March brandissait haut la lampe dont la lumière éclairait crûment les épaules affaissées et les membres tordus de la victime. Tous trois regardaient à leurs pieds, comme changés en pierre sous l'effet de quelque maléfice.

– Qu'est-ce que c'est? cria Dimuck d'une voix épouvantée. Que s'est-il passé? Qui a tiré sur lui?

A cet instant, Grondal écarta le rideau et traversa la pièce en courant. Il était nu-pieds, seulement vêtu d'une chemise de nuit sur laquelle il avait enfilé en hâte un pantalon dont les bretelles étaient toutes tordues sur les épaules.

– Qu'est-ce qui se passe? s'exclama-t-il à son tour.

Eustache se leva lentement et se retourna pour le regarder par-dessus la rampe. Leurs yeux se croisèrent longuement et le jeune homme articula clairement :

– C'est oncle Adolphe. Il a reçu une balle dans la poitrine.

Suivit une cacophonie de questions sans réponses, et la quête frénétique d'autres lampes, qui éclairèrent bientôt violemment la pièce. Nous nous agglutinâmes au pied de l'escalier.

A partir de ce moment, ma mémoire devient un peu floue. Je me souviens d'avoir répété encore et encore que je n'avais rien vu ni entendu avant d'être réveillée par un grand bruit, sans doute le coup de feu tiré par l'assassin. Je revois la figure livide de March. Il me sembla qu'elle se faisait violence pour rester sur l'escalier, touchant presque le cadavre du bout du pied et levant haut la lampe pour éclairer Eustache. Je me rappelle aussi la question d'Eustache :

– Qu'en pensez-vous, mademoiselle ? Faut-il appeler un docteur ?

– Si vous voulez, mais il est trop tard. Il a dû être tué sur le coup… Enfin, il me semble… (j'hésitai), il me semble qu'il vaudrait mieux appeler la police. Tout de suite.

– La police ! répéta March d'une petite voix.

– Nous n'avons pas trouvé le revolver, fit remarquer Deke Lonergan, donc ça ne peut pas être un suicide.

– Vous pensez… vous… vous voulez dire que… que c'est un mm… meurtre ? bégaya Elihu Dimuck.

Lourd silence, tandis que ses mots résonnaient à nos oreilles. Meubles, rideaux, ombres, chandelles et vieux murs semblèrent reprendre en chœur « un meurtre… un meurtre ! ». Nos yeux, terrifiés, fixèrent le visage blanc du mort, puis finirent par se croiser. Eustache haussa les épaules d'un mouvement fataliste.

– Apparemment, oui !

Sous-entendu : « C'est comme ça, on n'y peut rien ! »

Nouveau silence, lourd de craintes inexprimées.

– Vous devriez peut-être l'étendre sur un lit, suggéra Elihu Dimuck, ce serait plus correct… On ne peut pas le laisser comme ça au milieu de l'escalier !

Sa voix menue chevrotait, et il lançait autour de lui de brefs regards apeurés.

– Oui, c'est vrai, approuva Eustache. Tu lui prends les pieds, Deke ? On va le porter sur mon lit.

Je m'interposai vivement.

– Non ! Mais non ! Il ne faut surtout pas le bouger, je suis sûre qu'il ne faut pas. La police voudra le voir exactement dans la position où nous l'avons trouvé.

Eustache me jeta un bref coup d'œil mais approuva aussitôt. Si rapidement que je le soupçonnai de n'avoir pas fait sa suggestion en toute innocence.

– M^lle^ Keate a parfaitement raison. Il ne faut rien toucher avant l'arrivée de la police.

Je quittai le groupe pour retourner auprès de mon patient. Mais le vieux M. Federie était toujours le même, ni mieux ni plus mal, insensible à la tragédie qui s'était déroulée pratiquement à son chevet. Après avoir repris son pouls, je rejoignis les autres. Ils s'étaient éloignés de l'escalier et, unis par la même inquiétude, s'étaient regroupés devant la cheminée, échangeant quelques mots à voix basse.

– ... Si nous pouvions trouver l'arme... Il s'est peut-être donné la mort... C'est terrible, terrible, disait Dimuck au moment où j'arrivais près de lui. Ce n'est jamais arrivé à aucun de mes clients... Jamais !

Si mon arrivée ne l'avait pas interrompu, il aurait sans doute continué à débiter ses bêtises. Il me regarda d'un air vexé et resserra sur son petit corps dodu sa sortie de bain bouton d'or.

– Grondal, ordonna Eustache, allez téléphoner à la police !

– M. Eustache... Peut-être vaudrait-il mieux attendre jusqu'à demain matin ? murmura le majordome, comme une étrange mise en garde.

– Non, comme l'a dit M^lle^ Keate, il est évident que c'est un meurtre, répliqua tranquillement le jeune homme. Il a été assassiné et nous devons tout faire pour aider la police. Dites-leur de venir immédiatement fouiller la maison.

A cet instant, mon regard tomba par hasard sur March, debout un peu à l'écart des autres. Elle eut un sursaut affolé et, le visage blême, porta la main à la bouche pour retenir un cri. Puis, se sentant observée elle se maîtrisa, baissa la main et pinça méchamment les lèvres. Elle cligna des yeux pour inspecter la chambre avec un expression dénuée de toute sympathie.

– Et Isabelle qui ne sait rien ! Il faut le lui dire ! J'y vais !

Elle quitta rapidement la pièce, sans attendre que quelqu'un d'autre se chargeât de la pénible tâche. Et c'est à cet instant que, tel un coup de tonnerre dans un ciel serein, la conversation surprise sur le pont me revint à l'esprit. Mis en rapport avec l'horreur de cette soirée, les mots échangés entre les deux cousins prenaient une tout autre, et combien troublante, signification.

Pourquoi décidai-je à cet instant de ne jamais révéler l'étrange promesse arrachée à la jeune fille ? Pour avoir vu passer sur son visage livide cette expression de terreur et d'impuissance ?

– Allez tout de suite téléphoner à la police, je vous prie, Grondal ! répéta Eustache.

Dès que le vieux serviteur eut disparu derrière le rideau, le jeune homme remit une bûche sur le feu, tira une chaise vers lui et s'assit. L'homme-au-peignoir-bouton-d'or se percha au bord d'un vieux siège à dossier droit et Deke Lonergan, frileusement recroquevillé dans son pyjama de soie et plongé dans ses pensées, se laissa tomber dans le fauteuil sur lequel j'avais passé une partie de la nuit.

– Autant nous installer confortablement pour attendre la maréchaussée. (Eustache avait retrouvé tout son calme.) Une cigarette, Deke ? Dimuck ?

Il se servit, remit son étui dans sa poche et alluma d'une main ferme sa cigarette. A part le veston d'intérieur remplaçant la veste de smoking, il était vêtu exactement de la même façon qu'au dîner. Comment se faisait-il qu'il ait été encore debout à cette heure tardive où les gens respectables sont dans les bras de Morphée ?

Il y eut un instant d'émoi lorsqu'une masse grise émergea sans bruit d'un coin de la pièce. Je retins mon souffle, puis je reconnus la tignasse noire, le visage large et presque aussi noir, le bref éclat d'une boucle d'oreille en or… La vieille cuisinière… Kema, m'avait dit March.

Elle s'approcha silencieusement, et nous la regardâmes monter les premières marches et examiner avec la plus complète impassibilité le corps à ses pieds. Après un long moment, elle prit sur la rampe un petit tapis et l'arrangea soigneusement mais froidement sur le cadavre. Puis, sans un regard en arrière, elle redescendit, s'accroupit souplement devant le feu et resta aussi immobile qu'une statue de bronze.

Grondal écarta le rideau :

– La police ne va pas tarder.

Eustache lança un rapide coup d'œil à la pendule en argent de la cheminée.

– Ils seront là dans un quart d'heure, à peu près…

Il nous dévisagea tous et ajouta avec une macabre ironie :

– … j'espère que vous avez peaufiné vos alibis !

Personne ne daigna répondre.

Ce fut une pénible attente. Kema ayant retiré le tapis, nous apercevions vaguement la forme du cadavre entre les balustres de la rampe. La descente de lit qui le recouvrait laissait dépasser quelque chose de blanc, ses doigts raidis sans doute.

« Ah, enfin ! »

Le son d'une sirène déchira le vacarme de la tempête et le lourd silence de la maison. Il fut suivi des aboiements furieux d'un chien.

Le pouls de mon patient parut s'affaiblir et j'effleurai l'épaule de Kema.

– J'ai besoin d'eau bouillante.

Elle se leva avec une étonnante légèreté.

– A la cuisine... Venez avec moi !

Juste à ce moment, Isabelle Federie entra et resta un instant immobile à nous regarder. Son déshabillé bariolé de fleurs rouges, vertes et violettes donnait à son visage démaquillé un teint encore plus blafard. Elle s'approcha.

– Alors il est mort? demanda-t-elle en regardant le lit à baldaquin.

Eustache se leva.

– March ne vous a rien dit?

– March? Non, pourquoi? Je n'ai pas vu March depuis le dîner. J'ai entendu crier, il y a un moment, et j'ai compris ce qu'il en était, mais je ne voyais pas ce que je pouvais faire, alors je ne me suis pas pressée de venir.

Son regard retourna au lit.

– Alors ça y est, il est mort?

– Isabelle... (Eustache lui prit les mains et les serra.) Vous n'avez pas compris, Isabelle, quelqu'un est mort, mais ce n'est pas grand-père !

– Mais nous pensions tous que...

– Oui... Mais c'est Adolphe qui est mort. On lui a tiré une balle dans le cœur.

Une longue minute s'écoula, chargée d'horreur, pendant laquelle elle fixa Eustache d'un regard vide. Puis ses traits devinrent durs et cireux, ses yeux se creusèrent. Elle retira ses mains de celles d'Eustache et drapa plus étroitement ses formes généreuses et sa taille exagérément fine dans les plis soyeux de son déshabillé.

Pourquoi son regard alla-t-il droit à l'escalier de la tour ?

– Allons, Isabelle, asseyez-vous… Kema, apportez-lui quelque chose à boire.

Mais Isabelle se dégagea.

– C'est lui, là ? Ah oui, je le vois…

– Restez ici, Isabelle, ne montez pas.

– La police, monsieur, annonça Grondal en écartant d'un air important le rideau de velours vert. Deux hommes en uniforme bleu entrèrent.

– Je vous apporte l'eau bouillante, murmura Kema.

J'attrapai une bougie et, me glissant entre les deux policiers debout à l'entrée de la chambre, je la suivis dans le couloir. Je traversai la grande salle à manger obscure, je passai devant les larges buffets de l'office, et j'arrivai enfin à la cuisine.

Apparemment, Kema voyait dans le noir car elle me précéda sans bruit et sans hésitation. J'ai souvent pensé qu'elle devait marcher nu-pieds, car le bruit assourdi de ses pas et leur rythme suggéraient de solides plantes de pieds sur le sol. Mais la longue jupe en cotonnade m'a toujours empêchée de vérifier l'hypothèse.

Le feu du grand fourneau se mourait, mais Kema le ralluma adroitement et la bouilloire commença bientôt à chanter. J'étais en train de verser l'eau bouillante dans un récipient lorsqu'il y eut un déclic derrière moi, et je me retournai juste à temps pour apercevoir March, drapée dans sa cape bleue. Elle venait de refermer une porte qui, semblait-il, menait à l'arrière de la maison. La main encore sur la poignée et le visage dans l'ombre de la capuche, elle penchait la tête pour écouter derrière la porte. Elle respirait bruyamment, comme essoufflée. Une feuille morte s'accrochait à la capuche mouillée. Ses mules étaient boueuses, l'un des pompons avait disparu et l'autre était tout collé par la pluie. Ses chevilles nues étaient rouges de froid.

Elle ne devait pas s'attendre à me trouver là, car elle eut un mouvement de recul en croisant mon regard étonné et se tourna vers Kema, comme pour lui transmettre un message codé. Ce fut plus qu'une impression. A la voir ainsi, le visage blanc et terrorisé sous le capuchon, j'en eus même, pendant un bref instant, la certitude.

Un piétinement retentit de l'autre côté de la porte et March, après un dernier regard de connivence avec Kema, s'enfuit sans un mot vers l'office. Les battants de la porte oscillaient encore légèrement lorsque deux autres policiers firent irruption par la porte de derrière.

Quelle impulsion, hautement répréhensible, je l'avoue, me poussa alors à faire un pas vers la porte et à en immobiliser vivement les battants? Éblouis par la lumière, les deux hommes, à ma vue, portèrent poliment la main au képi.

– Où est-elle? Où est-elle allée? s'écrièrent-ils presque à l'unisson.

– Il n'y a pas quelqu'un qui vient de passer par cette porte? ajouta l'un d'eux.

Kema leur assura calmement qu'il n'y avait jamais eu que nous deux dans cette pièce, que personne n'était passé par là et remarqua qu'ils seraient bien gentils de refermer la porte. Par un étrange hasard, je m'éclaboussai à cet instant les doigts d'eau bouillante et je fus trop distraite par la brève douleur pour protester.

– Elle a dû faire le tour de la maison, alors, dit le premier homme.

– Ou bien passer par une des portes du vestibule.

Il ouvrit toute grande la porte par laquelle ils étaient entrés, laissant voir un couloir vide et froid, avec deux ou trois portes fermées, donnant sans doute accès à quelques débarras. Au bout, un escalier de service conduisait à l'étage.

Les policiers repartirent aussi vite qu'ils étaient venus. La porte à peine refermée, Kema se tourna vers moi comme si de rien n'était.

– Voici plus d'eau bouillante, mademoiselle.

Une fois que l'on s'est rendu complice d'un mensonge, il est inutile d'avoir des regrets, n'est-ce pas?

Je tins donc fermement, cette fois, mon récipient, et, la bougie dans l'autre main, j'entrepris de retourner, par le même chemin, auprès de mon patient. J'étais à la hauteur de la grande table de la salle à manger lorsque quelque chose à mes pieds attira mon regard. Je me penchai pour l'examiner. C'était une petite mule de satin noir, toute mouillée. March avait dû la perdre dans sa fuite. Au moment même où je la reconnus, il y eut un mouvement derrière moi.

– Sarah Keate, dit une voix d'homme sortant de l'obscurité, attention, Sarah Keate, vous allez renverser votre récipient!

Je le redressai de justesse.

– Qui…

– Je n'avais pas l'intention de vous effrayer, continua aimablement la voix, mais vous aussi m'avez fait peur, alors nous voilà quittes, n'est-ce pas? Que diable faites-vous ici?

Il avança vers moi tout en parlant, et peu à peu, son visage émergea de l'ombre et entra dans la pâle clarté de ma chandelle. Malgré la flamme vacillante, je n'eus aucun mal à reconnaître le beau visage aux traits fins, le front intelligent, les yeux gris perspicaces qui, à la flamme de la bougie, semblaient noirs.

– Lance O'Leary! Vous êtes venu avec la police?

– En effet. Alors, l'infirmière dont on m'a parlé, c'est vous ?

J'opinai du chef en détaillant un visage que j'étais loin d'avoir oublié.

– Je suis vraiment heureux de vous revoir, M^lle^ Keate ! Cela fait bien longtemps !

– C'est vous qui allez être chargé de cette…

Je cherchai le mot juste.

– … Cette enquête, oui, apparemment.

– Dieu merci ! m'écriai-je sincèrement. (Je pensai soudain à la petite pantoufle noire à mes pieds.) Oui, Dieu merci, répétai-je, avec nettement moins de conviction.

Comme malgré moi, mon pied cherchait la pantoufle dans le noir.

– Je suis très flatté de votre confiance en mes capacités !

Mes orteils venaient de retrouver la pantoufle, et je la poussai discrètement sous la retombée de la nappe.

– J'espère que votre collaboration me sera aussi utile que la dernière fois, reprit le détective, votre concours nous a vraiment été très précieux.

– Vous pouvez compter sur moi, naturellement.

En fait, ce qui m'intéressait était de m'assurer que la nappe cachait complètement la pantoufle. Mais pas moyen de m'y risquer avec ces yeux-là en face de moi. Surprenant son regard curieux, je me hâtai d'ajouter :

– Je suis arrivée hier dans la soirée, je viens à peine de faire connaissance avec tout le monde.

Il sourit.

– Oh ! je vous connais ! Il est probable qu'après une nuit ici, vous en savez plus que ce que toute autre femme aurait appris en un mois !

« C'est un compliment ou il se moque de moi ? »

– … Et vous êtes ici pour vous occuper du vieux M. Federie ?

– Seigneur ! Il faut que je retourne auprès de lui !

– A très bientôt, alors, Mlle Keate !

A la fois soulagée et remplie d'appréhension, je suivis le petit couloir noir, si étroit que ma jupe amidonnée bruissait de façon agaçante contre le mur. La chambre de la tour était toujours éclairée *a giorno*, et un policier était à genoux sur une marche d'escalier. On voyait à travers la rampe son large dos bleu. Un autre errait dans la pièce. Il me questionna du regard, mais comme je me dirigeai vers le lit d'un air affairé, il n'osa pas me déranger.

L'état de mon malade était inchangé et les soins m'occupèrent peu de temps. Dès que je le pus, je repris la direction de la salle à manger dans l'intention de récupérer la pantoufle et de la cacher quelque part en attendant… en attendant quoi, au juste ?

Arrivée à la porte, je m'arrêtai, je soufflai ma bougie et j'écartai prudemment le rideau. O'Leary, les traits comme ciselés par le reflet de la nappe blanche, braquait d'un air pensif sa lampe électrique sur un objet dans sa main. Pas de doute : c'était la mule de satin noir.

« Bon… réfléchissons froidement… Cette pantoufle ne prouve rien, sinon que March est sortie et n'avait pas envie d'être remarquée par la police. D'ailleurs, vu les circonstances, c'est bien naturel… Pourtant… cette escapade devait être bien urgente pour que, sans même enfiler des bas, elle sorte en pleine nuit, dans la tempête, en sachant qu'un assassin rôdait aux alentours… Et sous un faux prétexte, qui plus est ! N'est-elle pas sortie de la chambre prétendument pour avertir Isabelle ? Ce qu'elle n'a pas fait… »

Une fois de plus, la sinistre conversation surprise au

petit pont me revint à l'esprit. Et malgré tout cela, je résolus de nouveau de protéger la jeune fille.

– Ah ! ma chère M$^{lle}$ Keate... Vous voulez bien venir voir ça, s'il vous plaît ?

J'avais oublié que ce diable d'homme avait des yeux dans le dos et des oreilles partout. Je m'approchai comme une gamine prise en faute.

– Pourquoi vouliez-vous me cacher cette pantoufle ? demanda-t-il aimablement. Et n'essayez pas de me faire croire que vous n'aviez pas une bonne raison !

J'hésitai.

– ... Allons, insista-t-il, un petit effort. Vous me connaissez, je ne suis pas du genre à formuler des accusations sans apporter toutes les preuves de ce que j'avance...

Exact. De plus, maintenant qu'il avait la pantoufle, il trouverait la vérité contre vents et marées. Autant lui dire tout de suite le peu que je savais. La mule, lui expliquai-je donc, appartenait à March Federie qui avait dû sortir quelques instants. Deux policiers s'étaient lancés à ses trousses, et, naturellement, elle avait fait tout son possible pour leur échapper. Avec succès.

Je m'en tins là. Mais les mots : « Une Federie a la main faite pour tenir une crosse de revolver » me résonnaient aux oreilles et ajoutaient encore à mon sentiment de culpabilité.

Tout en m'écoutant, Lance O'Leary examinait la pantoufle boueuse avec une étrange expression.

– Comment savez-vous que c'est la sienne ?

– Je les lui ai vues aux pieds hier soir, vers onze heures, et tout à l'heure aussi, lorsqu'elle est entrée dans la cuisine.

– Le dessus était tout uni, comme ça ? On dirait qu'il manque quelque chose...

– Il y avait un pompon.

– Un pompon ?

– Oui, un pompon en cygne.

– Bleu ?

– Non, rouge.

– Je vois… Mille mercis, M$^{lle}$ Keate… (Il glissa la mule de satin dans sa poche.) Vous étiez dans la pièce au moment du coup de feu, n'est-ce pas ?

– Oui, c'est la déflagration qui m'a réveillée. Mais je n'ai rien vu ni rien entendu qui puisse vous aider.

– N'en soyez pas trop certaine, M$^{lle}$ Keate. Votre malade est inconscient, n'est-ce pas ?

– Oui.

– Aucune chance d'obtenir un témoignage de ce côté là ?

– Pas la moindre, déclarai-je sans hésiter.

– Bien… Nous nous reverrons dans la matinée. Il y a certains détails que j'aimerais approfondir. Et… M$^{lle}$ Keate…

– Oui ?

– J'aimerais que vous me fassiez part de tout ce que vous pourriez apprendre. Vous savez, vous avez un… euh… un don extraordinaire pour vous trouver toujours là au bon moment !

Il sourit. J'avais oublié combien son sourire pouvait être enjôleur, transformant et illuminant tous ses traits. Et bien que ses mots soient juste une périphrase polie pour me signifier que je me mêlais de ce qui ne me regardait pas, comment lui en vouloir ? Si je ne suis pas (du moins je l'espère) fouineuse et indiscrète, je ne peux nier être curieuse et avoir l'esprit vif. Et c'est ainsi que, sans m'en apercevoir, je me retrouvai plus ou moins engagée à collaborer dans la mesure de mes moyens.

Une fois de retour à la chambre de la tour, je ramassai sur mon fauteuil ma coiffe, froissée et aplatie, et je m'assis pour remplir la feuille de soins.

Les deux policiers étaient toujours là. On peut dire ce qu'on veut de la maladresse de la maréchaussée, la minutie avec laquelle ils examinèrent chaque centimètre de cette petite salle encombrée et de l'escalier était impressionnante. Ils montèrent finalement les marches, enjambant avec précautions le cadavre et, du moins je suppose, inspectèrent la pièce du haut. D'autres hommes entrèrent, munis d'appareils photo, et prirent divers clichés du cadavre, empestant l'atmosphère avec la fumée de leurs flashes. Puis ils saupoudrèrent les objets d'une espèce de poussière jaunâtre et prirent d'autres photos. Je les observai avec intérêt, mais je ne m'y connais pas assez pour comprendre exactement ce qu'ils faisaient, bien que j'en eusse une vague idée. J'aurais bien aimé les questionner pour en savoir plus. Au bout d'un moment, eux aussi montèrent l'escalier.

Ils étaient à peine partis lorsque O'Leary en personne entra et, sans m'accorder un regard, monta à son tour. Il redescendit quelques instants plus tard, les bras chargés de vêtements d'hommes, pantalons aux plis impeccables et chemises aux manchettes amidonnées. Accrochée à un des pantalons, une paire de bretelles en soie de couleur vive pendait gaiement.

« Ces habits doivent appartenir à Eustache ou à Deke, ou aux deux, mais je ne vois vraiment pas ce que O'Leary peut vouloir en faire ! »

Un peu plus tard, Grondal écarta le rideau pour laisser passer les deux brancardiers, blouses blanches impeccables et yeux fureteurs, et leur montra le chemin.

Je quittai la pièce. J'exerce mon métier depuis assez

longtemps pour avoir le cœur bien accroché, mais je ne tenais pas à les regarder soulever ce tapis.

Il y avait de la lumière dans la bibliothèque. J'entrai. Un petit conclave s'y tenait, rassemblé près des cendres du feu. Isabelle, toujours vêtue de son négligé de soie bariolé, était assise à côté d'Eustache sur le vieux canapé de velours rouge. Elle n'était vraiment pas en beauté. Ses cheveux teints, mal peignés, et sa pâleur jaunâtre accentuaient ses traits anguleux. De grands cernes noirs rapetissaient ses yeux. Elle semblait cependant sereine et fumait calmement.

March s'était arrangée pour enfiler une petite robe de lainage rouge qui lui donnait l'air d'avoir environ quatorze ans, des bas et d'autres pantoufles. Elle était assise, parfaitement droite et immobile en face d'Isabelle. Elihu Dimuck s'était aussi habillé, mais le jeune Lonergan se drapait pudiquement dans un plaid qu'il serra plus étroitement en m'apercevant. Comme si son pyjama jaune à pois bleus pouvait émouvoir qui que ce soit... A plus forte raison une infirmière de mon âge !

Pas trace de Mittie Frisling.

Personne ne parlait et on sentait que, sous ce calme délibéré et tendu, la crise n'était pas loin. Je ne restai qu'un instant. Une lumière grisâtre commençait à filtrer derrière les volets.

Au son étouffé de la porte d'entrée qui se refermait, je retournai près de mon malade. En passant devant la fenêtre du vestibule, j'aperçus la masse blanchâtre de l'ambulance garée près de la grille.

Le grésil redevenait brouillard. Les haies nues et noires s'égouttaient, à peine distinctes dans la brume épaisse. La rangée de cèdres bordant la limite nord du parc formait des taches noires. Tout autour, le mur épais enserrait les bosquets, les ombres, le jardin sans vie et cette vieille maison menaçante. Et m'enfermait moi aussi là où, cette nuit, un assassin avait frappé. C'était un monde à part, clos, dans lequel moi, Sarah Keate, célibataire, infirmière respectable et respectée, j'étais, en vertu de ma profession, contrainte de rester.

La perspective n'avait rien de réjouissant.

En traversant jusqu'à la non moins lugubre chambre de la tour toutes ces pièces qu'on eût dit peuplées de fantômes, une pensée me réconforta un peu : Lance O'Leary était embarqué sur la même galère.

# Une porte fermée à clef

Comme je l'ai dit, Lance O'Leary était détective. Bien que, d'ailleurs, je ne l'aie jamais entendu s'attribuer ce titre quelque peu prétentieux. Nous nous étions déjà rencontrés plusieurs années auparavant, à l'occasion de cette déplaisante affaire de l'hôpital Sainte-Anne. Si vous habitez dans le Middle West et suivez un peu l'actualité, vous devez vous en souvenir.

Depuis lors, j'avais de temps à autre entendu parler de lui, quoique rarement, car il est de ces opérateurs de l'ombre sur lesquels la presse reste discrète. Je savais seulement qu'il progressait dans sa carrière. O'Leary n'était pas magicien, il ne sortait pas les coupables de sa poche comme les illusionnistes sortent des lapins d'un chapeau. Il n'était pas non plus de ceux qui, comme cela se passe dans les romans, discernent du premier coup d'œil un indice essentiel d'un fait sans importance. Mais il avait résolu quelques-unes des plus difficiles énigmes policières de notre région.

Comment le décrire ? Un homme jeune, svelte, pas très grand, avec des traits agréables et bien dessinés, un air réfléchi et des yeux gris clair auxquels rien n'échappait. Ses cheveux châtain clair étaient toujours soigneusement peignés, il s'habillait impeccablement. En fait, bien que son choix portât sur des couleurs et des coupes sobres, il dépensait en vêtements, du moins à mon avis, plus que nécessaire. Il semblait avoir un faible pour le gris, égayé pour ce qui était des cravates et des chaussettes d'une fine rayure rouge. Il conduisait une longue décapotable, grise elle aussi, d'une marque peu connue et employait un domestique dont la voix était d'une discrétion inégalée.

A part ces quelques détails, je ne savais pas grand-chose de Lance O'Leary. Toutefois, le soulagement de le savoir dans la maison me permit d'espérer, en vaquant à ma tâche dans la chambre du malade, que cette nuit d'horreur appartenait maintenant au passé. J'avoue ne m'être jamais plus lourdement trompée.

La fin de la nuit, ou plutôt les toutes premières heures de la journée, se déroulèrent comme un rêve particulièrement sinistre. Vers six heures, Grondal m'apporta du café et un médiocre petit déjeuner composé d'une minuscule orange, de pain brûlé plutôt que grillé et d'un œuf à la coque froid et peu engageant. Lorsque je m'assis pour boire mon café, je tournai ma chaise face à l'escalier. C'était la première fois que je prenais cette précaution, mais c'était loin d'être la dernière ! Le noir breuvage me réconforta un peu, mais je restais tendue. Une fois de plus, je trouvais fort peu réjouissante cette solitude en la seule compagnie d'un vieil homme malade, et je me remis au travail afin de penser à autre chose. Grondal m'apporta des draps propres, ainsi que des serviettes et de l'eau chaude pour la toilette du malade. Ainsi, Grondal cumulait donc avec ses autres tâches la paisible charge de femme de chambre ! Il souleva mon patient avec aisance et douceur, ajusta avec une adresse professionnelle les coins des draps. Avec, m'assura-t-il, la permission du « policier en complet gris », il remit de l'ordre dans la chambre. Il passa un antique balai mécanique sur l'épais tapis qui semblait n'avoir jamais été sorti ni battu à fond. Il ouvrit les volets, une lumière grise et froide se glissa à regret dans la pièce. Il souffla toutes les bougies et lampes apportées en hâte quelques heures plus tôt et joua du plumeau avec un manque de minutie bien masculin.

– Je mets les allumettes ici, sur la cheminée, mademoiselle !

Il repoussa un peu le petit éléphant de jade et posa la boîte.

– Il est joli, n'est-ce pas, remarquai-je, en parlant de l'éléphant. C'est du jade ?

– Je n'en sais rien... M. Federie y tient beaucoup, il le veut sur la cheminée afin de pouvoir le voir. Vous avez peut-être remarqué que M. Federie est très amateur d'objets d'art.

Il désigna fièrement une gigantesque croûte accrochée au mur opposé.

– Le chat l'a fait tomber hier soir, expliquai-je en détournant hâtivement les yeux de cette monstruosité. C'est une chance qu'il ne soit pas cassé.

– Geneviève l'a fait tomber ?

Il prit le petit bibelot dans ses mains et l'examina.

– Oui, il a dû rouler presque jusqu'à l'escalier, j'ai failli marcher dessus quand j'ai... (petit chevrotement, je m'éclaircis la voix), quand... enfin, après le coup de feu. J'espère qu'il n'est pas cassé ?

– Non, il n'a rien.

Grondal tournait et retournait l'objet dans sa main, et je me surpris à détailler ces grosses pattes basanées, noueuses, au dos et aux phalanges un peu velues. Très peu attirantes, ces mains-là !

– Mlle Keate ?

O'Leary était sur le seuil, tenant le rideau écarté.

– Pouvez-vous laisser votre patient quelques minutes, s'il vous plaît ? J'ai une ou deux questions à vous poser.

J'hésitai un instant.

– … Vous pouvez venir aussi ? ajouta-t-il à l'adresse de Grondal. Les autres attendent dans la bibliothèque.

– Certainement, monsieur. Le temps de rajouter une bûche sur le feu…

Je suivis O'Leary dans l'enfilade de pièces glacées. La lumière du vestibule éclairait chichement le tissu grossier des canapés et les portes vitrées des étagères bourrées de bibelots. Grondal nous rejoignit et nous entrâmes dans la bibliothèque. En approchant du petit groupe assis près du feu, il me sembla qu'ils n'avaient pas bougé depuis la dernière fois que je les avais vus. Ils avaient pourtant dû prendre leur petit déjeuner, ils avaient certainement regagné leurs chambres pour se reposer et se changer. Mais de tous émanait la même tension tout juste maîtrisée, et le silence fragile paraissait devoir au moindre bruit se changer en crise de terreur.

Mittie Frisling n'était pas parmi eux, et j'étais trop préoccupée pour y prêter beaucoup d'attention. Mais elle était quand même le seul membre de la maisonnée à ne pas s'être montré de toute la nuit.

Plusieurs hommes en bleu étaient aussi présents, parmi eux le chef de la police lui-même. Je notai sa déférence envers Lance O'Leary.

Le décor se prêtait à la scène. C'était une bibliothèque à la mode d'autrefois, avec des murs couverts de rangées de livres, des meubles massifs et des lustres à girandoles de cristal. La lumière avare d'un jour gris s'introduisait péniblement entre les rideaux rouges et fanés des fenêtres. Une tenture de velours cramoisi séparait l'alcôve de la tour sud-ouest du reste de la pièce. Le piano luisait faiblement dans son coin. Un maigre feu brûlait dans la cheminée au-dessus de laquelle un miroir à cadre doré reflétait nos visages fatigués. Un épais tapis recouvrait le sol. March, assise bien droite sur le divan, se poussa comme pour me faire place. Je m'installai à côté d'elle. Ses jolis cheveux bruns bouclaient comme ceux d'un bébé, mais la ligne de ses sourcils et les plis de sa bouche avaient toujours la même sévérité.

Lance O'Leary resta debout, légèrement appuyé au haut dossier d'un fauteuil. Ses yeux inquisiteurs allèrent successivement de Eustache et Isabelle, assis sur le sofa en face de moi, à Elihu Dimuck calé dans un grand fauteuil en acajou. Lorsque le petit homme s'appuyait à son dossier, ses pieds ne touchaient pas le sol, mais il n'en siégeait pas moins avec une dignité de chanoine. Puis O'Leary inspecta rapidement Deke Lonergan, debout le dos au feu, les mains enfoncées dans les poches d'une veste qui n'appartenait pas au même costume que le pantalon, Kema, tout à fait à l'aise à l'arrière-plan, Grondal, March et moi. J'étais prête à parier que rien n'avait échappé à ce bref regard, ni la marque des cigarettes d'Isabelle, ni (hélas!) la pointure de mes chaussures, ni la qualité du mouchoir avec lequel Dimuck essuyait son front moite.

– On m'a résumé les faits à mon arrivée, à trois heures ce matin, commença O'Leary. J'aimerais vous poser quelques questions. Cela nous faciliterait la tâche si vous vouliez bien répondre rapidement et sans détour. C'est la procédure habituelle, et vous n'avez aucune raison de craindre de vous impliquer ou d'impliquer quelqu'un d'autre. Dites seulement la vérité aussi simplement que possible.

Il marqua une pause, jeta rapidement un regard circulaire au groupe et commença par moi.

– M$^{lle}$ Keate, pouvez-vous s'il vous plaît me dire comment, quand et en quelles circonstances vous avez découvert le corps?

O'Leary parlait d'une voix posée, sur le mode de la conversation. Il semblait plus intéressé par un bout de crayon rouge tiré de sa poche que par mon récit. Mais je connaissais ses méthodes, et ma relation des faits fut aussi claire et concise que possible. Il reprit après moi.

– Bon... Voyons si j'ai bien compris... Vous pensez vous être endormie aux alentours d'une heure du matin. Vous avez été réveillée par un coup de feu. Vous vous êtes levée et vous êtes allée à l'escalier. Vous avez trouvé le cadavre. Dites-moi... pourquoi vous êtes-vous dirigée droit vers l'escalier?

– C'est... à cause du chat!

Le choc de cette découverte était encore si proche que ma gorge se serra.

– ... Le chat était sur la cheminée et regardait fixement l'escalier, alors j'ai remonté la mèche de la lampe et je me suis approchée. Et je... je l'ai vu là...

– Avez-vous examiné le corps? Dans quelle position était-il?

– Il était à plat ventre. Je l'ai retourné et j'ai vu que c'était Adolphe Federie. J'ai remonté la mèche de ma lampe, trop sans doute, car elle s'est éteinte. J'ai traversé la pièce à tâtons, j'ai trouvé le cordon de la sonnette et je l'ai tiré. Je crois bien que j'ai crié, car M. Lonergan est descendu par l'escalier. M^lle^ Federie et M. Eustache Federie sont arrivés avec de la lumière par le couloir qui mène de la chambre de la tour aux autres pièces du rez-de-chaussée.

– Ensuite?

– Ensuite M. Dimuck est entré, puis le maître d'hôtel et un peu plus tard la cuisinière. Nous avons examiné le corps, vu qu'il n'y avait plus rien à faire, et appelé la police.

– D'après vous, quelle est la cause de la mort de M. Adolphe Federie ?

– Une balle dans le cœur, je pense.

Lance O'Leary étudia son crayon pendant un long moment. J'avais oublié cette manie, qui m'exaspéra. Ce minable moignon de crayon n'avait vraiment rien de passionnant. Il aurait mieux fait d'observer les visages blêmes autour de lui.

– C'est également la première conclusion de notre médecin légiste, se décida-t-il enfin à dire.

Un policier apparut sur le pas de la porte et hésita.

– Qu'y a-t-il ? questionna le chef.

– C'est cette femme là-haut dans sa chambre, chef. Elle a mis le verrou et elle refuse d'ouvrir. Nous ne pouvons pas fouiller sa chambre si nous n'arrivons pas à la déloger !

March sursauta.

– C'est Mittie Frisling !

– Et qui est Mittie Frisling ? demanda O'Leary.

– Mittie Frisling est une vieille amie de la famille, expliqua Grondal devant le silence dédaigneux de March. Elle était venue voir M. Federie pour affaires, et elle a décidé d'attendre ici qu'il retrouve l'usage de la parole.

– Depuis combien de temps est-elle ici ?

Le détective fixa le majordome d'un regard aussi intense et impénétrable que celui d'un sphinx. Grondal ne cilla pas, mais la cicatrice de sa joue devint cramoisie.

– Peu de temps, monsieur, quelques jours...

– Pouvons-nous l'obliger à sortir ? s'enquit le policier d'un ton grognon.

O'Leary jeta au chef de la police un regard amusé et se tourna vers le policier.

– Allez-y, répondit-il à sa place, mais en douceur, n'est-ce pas ? Mettez-y les formes. Dites à cette dame que les autres l'attendent ici, et demandez-lui d'avoir l'amabilité de se joindre à nous dans la bibliothèque… (Il se retourna vers nous.) Continuons… M. Lonergan, je crois que vous avez été le premier à entrer dans la pièce après la découverte du corps par M$^{lle}$ Keate. Pouvez-vous me faire part de vos impressions ? Étiez-vous endormi ? Par quoi avez-vous été réveillé ?

– Sans doute par le coup de feu… (Son regard franc croisa celui du détective.) Je suis resté quelques instants à me demander ce qui m'avait tiré du sommeil et d'où venait ce bruit. Ensuite, il m'a semblé qu'on bougeait dans la pièce en dessous. Puis j'ai entendu crier, alors j'ai bondi du lit et je suis allé à tâtons jusqu'à l'escalier, de l'autre côté de la petite pièce. J'ai commencé à descendre. Il… J'étais dans le noir, et… je… j'ai buté contre quelque chose. C'était le corps.

Il se tut brusquement.

– Vous n'avez pas eu de difficultés à vous déplacer à travers la chambre à coucher et la petite pièce attenante, puis de là dans l'escalier… tout ça dans le noir ?

Lonergan ne se démonta pas.

– Pas trop, non. Je connais les lieux. J'ai buté sur une table, c'est tout.

– Vous partagez bien la chambre juste au-dessus de la chambre de la tour avec Eustache Federie ?

– Oui, acquiesça Blondinet d'un air boudeur, nous vous l'avons dit quand vous êtes monté prendre nos vêtements.

– Étiez-vous tous les deux dans la chambre au moment du coup de feu ?

– Non, j'étais seul.

– C'est exact, intervint Eustache. J'étais en train de

lire dans la bibliothèque. Je n'étais pas encore monté me coucher.

Les yeux pensifs du détective se posèrent un instant sur le jeune homme, et je crus discerner un doute. Il se tourna de nouveau vers Lonergan, comme pour en finir avec lui avant de passer à autre chose.

– Ainsi, dans le noir, vous êtes sorti de votre chambre, vous avez traversé la petite pièce, commencé à descendre les marches et trébuché sur le corps d'Adolphe Federie.

O'Leary glissa un coup d'œil d'excuse vers Isabelle Federie, mais celle-ci, occupée à se choisir une cigarette dans l'étui que lui tendait Eustache, n'avait pas l'air particulièrement affectée par cette macabre description.

– Continuez, s'il vous plaît. Que s'est-il passé ensuite ?

– Eh bien… ensuite March, je veux dire M^lle Federie, et Eustache sont arrivés en courant par le couloir. Celui qui mène à la chambre de la tour. Eustache avait de la lumière et je lui ai demandé de venir voir. Ils se sont approchés de l'escalier et nous avons vu qu'il s'agissait d'Adolphe Federie. Puis les autres sont arrivés. Nous avons un peu discuté et cherché le revolver. En vain. Je crois que nous étions tous très bouleversés. L'infirmère nous a dit qu'il était mort et qu'il ne fallait pas y toucher, mais appeler la police. C'est ce que nous avons fait, conclut-il avec la satisfaction du devoir accompli.

O'Leary me lança un bref regard approbateur.

– Voyons…

« Ah, cela devient intéressant ! » me dis-je en voyant son air pensif.

– … Voyons, l'escalier de la tour conduit à la pièce attenante à la chambre que vous partagez avec Eustache, n'est-ce pas ? Elle n'a qu'une porte, qui ouvre dans votre chambre. Donc quiconque cherchant à gagner le couloir de l'étage, comme a dû le faire le meurtrier pour s'échapper, devait obligatoirement passer par votre chambre pour rejoindre le couloir. Juste ?

Deke pâlit, mais répondit aussitôt.

– Je crois, oui.

– Oui, répéta Eustache sans hésiter.

Lonergan lui lança un regard hostile et Eustache, toujours désinvolte, secoua d'une chiquenaude sa cendre de cigarette sur le tapis.

– Ensuite, continua doucement O'Leary, juste après avoir été réveillé par le coup de feu, vous n'auriez pas entendu quelqu'un traverser votre chambre ? La chambre où vous étiez couché, bien réveillé, n'est-ce pas ? ajouta-t-il d'un ton coupant.

Mon cœur fit un bond et March, à mon côté, serra les poings.

– Non, personne, articula tranquillement le jeune homme. D'ailleurs, je n'ai pas pensé tout de suite à un coup de feu. J'ai le sommeil plutôt lourd et si je suis réveillé brutalement, j'ai besoin d'un peu de temps pour reprendre mes esprits.

– Donc, à votre avis, il n'est pas impossible que le meurtrier ait traversé votre chambre avant que vous ne soyez complètement réveillé ?

Deke Lonergan hésita une fraction de seconde. Son attitude, jusque-là assez spontanée, devint prudente, comme s'il était sur ses gardes.

– C'est possible. En tout cas, je n'ai rien entendu.

Il choisissait ses mots, ce qui leur donnait un certain poids. Bien que je ne puisse l'expliquer, je fus à cet instant persuadée qu'il mentait.

– Ainsi vous n'avez rien entendu... Pas de bruit de pas ou de porte se refermant ?

– Rien. Sauf quelqu'un qui bougeait dans la pièce du dessous, l'infirmière, je pense.

– Vous ne pouvez pas faire erreur sur la direction d'où provenaient ces sons? De votre chambre plutôt que de celle d'en dessous, par exemple?

Cette insistance agaçante n'était pas dans les habitudes du détective.

– Non, déclara catégoriquement Deke Lonergan.

– Vous pensiez que M. Eustache Federie allait monter plus tard?

– Oui, naturellement.

– Vous avez donc laissé la porte de votre chambre ouverte, je veux dire celle qui donne dans le couloir.

– Je pense, oui.

– Donc vous ne l'avez pas fermée à clef.

– Bien sûr que non!

– Vous avez la clef de cette porte?

– Non.

Bref silence. Lance O'Leary tournait et retournait son crayon, apparemment entièrement absorbé par cette occupation. Une rafale de vent s'abattit sur la fenêtre près de nous, le battant vibra avec un tremblement lugubre. Dans un coin, un policier s'agita sur sa chaise, qui grinça. L'homme se figea aussitôt. March, à mon côté, poussa un long soupir. Isabelle croisa ses jambes gainées de soie, écrasa le reste de sa cigarette dans un cendrier et joignit les mains autour de ses genoux, en contemplant O'Leary d'un air rêveur. Les bagues ornant ses grosses mains scintillèrent, comme un clin d'œil ironique.

– Mlle Keate, vous dites que vous dormiez au moment de la déflagration. Cela signifie-t-il que vous étiez profondément endormie? Assez profondément pour que quelqu'un ait pu pénétrer dans la chambre où vous étiez, en venant du couloir, sans que vous vous en soyez aperçue ?

– Non, c'est impossible. Mon fauteuil se trouvait tout près du lit, tournant le dos à l'escalier. Quelqu'un aurait pu descendre les marches sans me déranger, elles sont à une certaine distance de l'endroit où se trouvait mon fauteuil. Mais le moindre soupir de mon malade m'aurait réveillée. Quand je dis que je dormais, je veux dire que je dormais comme dort une infirmière, d'un œil seulement.

– Alors, vous ne pensez pas que quelqu'un ait pu entrer dans la chambre par le couloir ? En faisant si peu de bruit que vous ne l'auriez pas entendu ?

– Non, je suis certaine que cela m'aurait immédiatement tirée du sommeil. Vous savez, pour entrer par cette porte et traverser la pièce en direction de l'escalier, il aurait fallu passer tout près de moi.

– Pourtant, deux personnes ont pénétré dans cette chambre : Adolphe Federie et le meurtrier. Vous êtes sûre que personne n'est entré par la porte du bas, et M. Lonergan est également certain de n'avoir entendu personne traverser la petite pièce pour gagner l'escalier.

– Je vous ai dit que je dormais, grommela Deke Lonergan.

– Bon, continua O'Leary sans prêter attention à la remarque de Lonergan, l'une de ces deux personnes a pourtant réussi à sortir, n'est-ce pas ? Et après le coup de feu, ce qui est encore plus intéressant, car celui-ci a réveillé et M^lle^ Keate, et M. Lonergan. Il a sans doute été tiré du haut de l'escalier. Pour s'enfuir, le meurtrier disposait de deux solutions : descendre et traverser la chambre du malade en passant tout près de M^lle^ Keate, déjà réveillée par le coup de feu, et partir par le couloir du rez-de-chaussée. Ou bien traverser la chambre à coucher du premier étage, sans attirer l'attention de M. Lonergan, et s'enfuir par le couloir d'en haut. Vous, M. Lonergan, vous êtes certain que personne n'est passé et que sinon, vous l'auriez entendu. Mlle Keate, quelqu'un aurait-il pu passer à côté de vous après le coup de feu?

– Non, à moins qu'il n'ait eu des ailes!

– Vous n'avez rien vu qui pourrait indiquer…

– Attendez!

Un fait était en train d'émerger de ma mémoire. Je fermai les yeux pour essayer de visualiser le moment de mon réveil.

– … Attendez! Je rêvais qu'il y avait un orage et que le tonnerre grondait. C'est un violent coup de tonnerre qui m'a réveillée, et au moment où j'ouvrais les yeux… Ça y est, je le revois, maintenant, j'ai remarqué les plis du rideau : ils ondulaient comme si la tenture se remettait en place après avoir été écartée. C'est tout ce que j'ai vu, c'est ensuite que j'ai compris que j'avais rêvé et qu'il n'y avait eu aucun coup de tonnerre. Je me suis levée et j'ai regardé autour de moi.

– Et vous n'avez rien vu?

– Rien, sauf le chat. Le choc de la découverte m'a fait oublier le rideau.

– Merci, Mlle Keate. Croyez-vous qu'entre le coup de feu et l'instant où vous avez ouvert les yeux et vu la tenture bouger, il se soit écoulé assez de temps pour que celui ou celle qui l'avait écartée ait pu descendre l'escalier et traverser la pièce?

– Non, j'en suis certaine.

– Alors le problème reste entier. Surtout si l'on sait que… (O'Leary étudiait toujours le crayon avec une attention soutenue), que la porte entre la chambre de M. Lonergan et le couloir est fermée et que la clef a disparu. Et que les empreintes digitales sur le bouton de la porte ont été soigneusement essuyées.

– Quoi ! s'écria Deke Lonergan.

Cette révélation, faite à mi-voix, nous sidéra.

– Vous n'avez rien à ajouter, M. Lonergan ? Vous êtes sûr de n'avoir rien oublié ?

Blondinet fronça les sourcils, le visage morose.

– Je n'ai rien d'autre à dire !

– J'en suis désolé, M. Lonergan. Supposons que, comme vous l'assurez, vous ayez été réveillé par le coup de feu et que le meurtrier ait pu traverser votre chambre sans que vous l'entendiez… Je dis bien « ait pu »… Comment expliquez-vous que vous n'ayez pas entendu la porte se refermer et la clef tourner dans la serrure ? Il serait préférable pour vous que vous ayez entendu quelque chose de ce genre.

Lonergan fixa longuement le visage impassible du détective, puis explosa.

– Qu'est-ce que cela signifie ?

– Rien de plus que ce que je viens de vous dire.

O'Leary était l'affabilité incarnée.

– Écoutez, vous n'allez quand même pas m'accuser de meurtre avec une preuve aussi mince !

– Personne ne vous accuse… du moins, pas encore !

Lourd silence. Puis Lonergan lança à O'Leary un regard furibond et se laissa tomber sur une chaise, les bras étroitement croisés. Sa fureur fit place à une sorte de bouderie et de réserve hautaine.

– Vous essayez de me faire parler. Je n'ai rien à vous dire, rien à vous raconter !

– M. O'Leary…

C'était Eustache, toujours nonchalant.

– … Vous n'avez pas encore fait ouvrir cette porte ? C'est très aimable à vous de nous avoir apporté des vêtements… (il regarda la veste et le pantalon dépareillés de son ami), mais il y a quand même quelque désagrément à ne pouvoir accéder à sa propre chambre !

– Vous n'êtes pas le seul à qui cette affaire vaut quelques désagréments. Je suis navré, mais ils devront être supportés jusqu'à ce que je sache qui a fermé cette porte à clef.

Les traits étaient toujours aussi inexpressifs, mais le sens de la phrase était inquiétant, et Eustache parut contrarié. Il accorda à une allumette sortie de sa poche une attention tout à fait superflue, puis la frotta brutalement sur le bras de bois verni du canapé. La petite flamme crépita, brisant le silence. A cet instant nous parvint un bruit sourd qui s'amplifia, et nous tournâmes tous les yeux dans la direction d'où il provenait.

Les traits terreux et les cheveux pendant comme de petits balais sur les oreilles, Mittie Frisling, drapée dans un informe kimono vert pâle, fit son entrée dans la bibliothèque, soutenue sous chaque bras par un policier. Ses yeux terrifiés allèrent de l'un à l'autre et finirent par se poser sur le chef de la police.

– Mais je n'ai rien vu, moi ! Je vous l'ai dit… Je ne sais rien, s'écria-t-elle avec véhémence. Ces hommes ont tapé à ma porte pendant toute la matinée… Oui, toute la matinée ! Alors bien sûr, j'ai refusé de les laisser entrer, j'en avais le droit ! C'est scandaleux ! Je ne sais rien… absolument rien !

Tout en parlant, elle s'approcha de nous, se dandinant sur des escarpins trop serrés qui lui boudinaient les pieds.

– Vous ne savez rien sur quoi, M^lle^ Frisling ? demanda O'Leary d'une voix suave.

Les yeux affolés se posèrent sur lui.

– Sur la mort d'Adolphe, bien sûr ! Sur la mort d'Adolphe Federie !

– Vous saviez qu'il avait été empoisonné?

– Pas empoisonné, tué d'un coup de pistolet... Je ne sais rien de tout ça!

– L'un de vous l'a-t-il renseignée? demanda O'Leary à son escorte.

– Non, monsieur.

– Comment savez-vous qu'Adolphe Federie a succombé à un coup de revolver?

Les yeux affolés se posèrent sur moi, puis sur March. Elle passa le bout de la langue sur ses lèvres.

– Je ne le sais pas, j'ai juste entendu les autres parler... dans le couloir menant à ma chambre... On m'a obligée à descendre, je voulais rester dans ma chambre!

Pour la première fois, Isabelle prit la parole. Sa voix étudiée était lente, mais une tension voilée la rendait rauque. Elle avait eu le temps de se maquiller avant de venir à la bibliothèque. Deux taches orange flambaient sur ses joues et sa bouche était généreusement tartinée de rouge à lèvres.

– Allons Mittie, calmez-vous! Ce qui est fait est fait... nous n'y pouvons rien. Personne ne vous accuse, vous n'avez pas besoin de vous défendre! Essayez de vous maîtriser un peu.

Mittie Frisling leva vers la femme des yeux pâles. La terreur fit place à la haine.

– Pour vous, c'est facile à dire! (Elle crachait les mots comme un chat en colère.) Vous vous moquiez éperdument de lui, vous vous querelliez tout le temps. Même hier soir... je vous ai entendus. Vous le détestiez! Alors évidemment, vous êtes ravie d'être débarrassée de lui!

Elle se tourna vers O'Leary et pointa sa main grasse vers l'autre femme.

– Allez donc voir dans ses affaires si vous ne trouvez pas le revolver qui a tué Adolphe!

Elle était folle de rage et de peur. Les taches de couleur sur les joues d'Isabelle me parurent flamber encore plus. Elle pinça les lèvres, puis affecta de rire en se rejetant en arrière sur le canapé. C'était un rire acerbe, désagréable. Je frissonnai, je voyais cette femme d'un autre œil.

– Encore jalouse, Mittie? dit-elle d'une voix basse et sarcastique. Vous avez toujours eu un faible pour mon mari, n'est-ce pas? Et moi, vous m'avez toujours détestée!

Elle se tut. Un silence de mort régna dans la pièce. Puis elle pinça les lèvres et ajouta d'une voix lasse :

– Seigneur! Si vous saviez comme je vous l'aurais bien volontiers laissé!

# Pas le moindre alibi

– Isabelle !

La voix coupante de March brisa le silence scandalisé de l'assistance.

– … C'est de votre mari que vous parlez, et il est mort !

Isabelle haussa les épaules avec mépris.

– Oui, en effet, c'est de mon défunt mari ! Eustache, tu peux me donner une autre cigarette s'il te plaît ?

Elle l'alluma d'une main ferme, et les bagues de ses doigts scintillèrent méchamment. Elle prit le temps de tirer une ou deux bouffées avant de regarder Mittie Frisling dans les yeux.

– Eh oui, il-est-mort ! scanda-t-elle d'une voix aussi sépulcrale que cruelle, oui, il est bel et bien mort, et j'espère qu'il a souffert autant qu'il le méritait !

– Isabelle ! fit March offusquée.

– Ça suffit, Isabelle !

La voix d'Eustache était tendue. Il posa une main sur celle de la veuve et appuya jusqu'à ce que les bagues pénètrent dans la peau. Isabelle resta de marbre.

– Écoutez-la, vous entendez ce qu'elle dit ! grinça Mittie. Je vous l'avais dit, c'est elle, elle l'a tué ! Pourquoi ne l'arrêtez-vous pas ! Mettez-lui les menottes !

Sa voix chevrotante devenait de plus en plus criarde. Elle hoquetait, et ses sanglots aigus se répercutaient dans la pièce.

Le spectacle était insupportable, j'en avais les genoux tremblants et l'estomac noué. D'un bond je fus sur elle, je saisis ses épaules grasses et les secouai énergiquement. Peut-être trop énergiquement. Ses dents s'entrechoquèrent et elle se mordit la langue. Elle poussa un « aïe ! » un peu étranglé, lâcha un dernier sanglot et eut une expression d'intense souffrance.

– Laissez-moi ! articula-t-elle difficilement quand elle réussit à ouvrir la bouche. Vous m'avez presque tuée !

Sa voix se remettait à grincer, elle eut droit à une dernière secousse pour faire bonne mesure.

– Ça suffit maintenant ! dis-je sèchement. Vous êtes au bord de la crise de nerfs. Nous avons tous passé des heures difficiles. Nous sommes très fatigués, et nous faisons de notre mieux pour rester calmes. A quoi servirait-il de nous laisser aller, comme vous, à crier et à sangloter ? Jusqu'ici nous avons réussi à nous maîtriser. Sinon nous serions tous devenus fous !

Sans le vouloir, j'avais exagéré ma pression sur ses épaules et elle dut croire que j'allais recommencer à la secouer, car elle tourna un regard mourant vers O'Leary.

– Dites-lui de me lâcher ! Je me suis déjà mordu la langue deux fois !

– Ça ira maintenant, M^lle^ Keate ! dit O'Leary.

En regagnant mon siège, je croisai son regard, mi-amusé, mi-respectueux. Je dois dire que lorsque je fais quelque chose, je ne le fais pas à moitié.

– A vous, M. Federie, enchaîna-t-il, toujours à l'aise. Voulez-vous nous dire ce que vous avez fait cette nuit ? Vous étiez dans la bibliothèque, en train de lire, quand vous avez entendu le coup de feu, n'est-ce pas ?

Il était remarquable de constater à quel point la voix tranquille du détective était apaisante après cet épisode rempli d'émotions intenses. Je respirai profondément et redressai ma coiffe tombée sur l'oreille. March, avec un léger soupir, s'appuya au dossier du divan, sans toutefois cesser de se tordre les mains.

– C'est exact ! répondit Eustache.

– Vous n'étiez pas encore couché ?

– Non, je dors peu et je lis tard.

– Quand avez-vous vu Adolphe Federie vivant pour la dernière fois ?

Eustache prit son temps, fronçant les sourcils, comme pour s'efforcer de se remémorer les moindres détails.

– Vers onze heures, sans doute. Après le dîner, nous nous sommes tous retrouvés dans la bibliothèque, excepté l'infirmière et grand-père. Puis ils sont montés les uns après les autres. Isabelle est partie la première. Un peu avant onze heures je suis allé voir grand-père. M^lle^ Keate était là, avec ma cousine. March et moi sommes montés ensemble, et elle est entrée dans sa chambre. J'ai retiré la veste que j'avais au dîner pour mettre une veste d'intérieur, j'ai pris ma pipe et je suis retourné à la bibliothèque. En descendant, j'ai croisé oncle Adolphe. Il m'a dit bonsoir. C'est la dernière fois que je l'ai vu vivant.

– Vous êtes allé directement dans la bibliothèque ?

– Oui, et je me suis installé avec un livre. J'ai lu longtemps sans m'apercevoir qu'il était déjà si tard, du moins selon les critères de la maison. J'avais toutefois l'intention d'aller me coucher à la fin de mon chapitre. C'est alors que j'ai entendu un bruit. Une sorte de craquement sourd qui s'est répercuté partout. Il semblait venir de l'autre bout de la maison. Je n'ai pas compris tout de suite qu'il s'agissait d'un coup de feu. J'ai tendu l'oreille, il y a eu des cris. J'ai posé en hâte mon livre, et je me suis précipité dans le couloir. Ma cousine descendait alors les escaliers en courant… (Son regard doucereux désigna

March)… J'ai allumé des chandelles et nous nous sommes précipités dans la chambre de la tour.

Il s'arrêta et se croisa les bras d'un air théâtral.

– Êtes-vous surpris que votre oncle ait été assassiné? s'enquit O'Leary d'un ton détaché.

– Un meurtre est toujours surprenant! répliqua Eustache sans se laisser démonter. C'est le moins qu'on puisse dire!

– Combien de temps s'est-il écoulé entre le moment où vous avez entendu le coup de feu et votre arrivée dans le couloir?

J'avais eu l'impression que le récit d'Eustache était apprêté, comme appris par cœur, et j'attendis sa réponse avec curiosité.

– Pas très longtemps… C'est difficile à dire. J'ai entendu M^lle^ Keate crier peut-être deux minutes après le coup de feu, je suis sorti aussitôt. Disons trois minutes, il n'est pas facile de savoir exactement.

– Et vous dites que vous n'avez pas tout de suite pensé qu'il s'agissait d'un coup de feu.

– Pas immédiatement, en effet. Je ne m'attendais pas du tout à ce genre de chose!

Lance O'Leary inspecta la grande pièce, avec ses tapis épais et ses lourdes portières.

– Où étiez-vous assis, M. Federie?

Le regard noir d'Eustache parcourut les sièges de la pièce. Un livre était posé, retourné, sur le bras en tapisserie d'un fauteuil. Il me sembla voir dans ses yeux un éclair de satisfaction lorsqu'il le désigna du menton.

– … Ici?

Le détective s'approcha du fauteuil et sembla mesurer des yeux la distance entre le siège et la porte. Eustache le suivait du regard, à travers le fin nuage de fumée de cigarette.

O'Leary revint à sa place et se tourna vers March.

– Mlle Federie, pouvez-vous avoir l'amabilité de me dire quand vous avez vu votre oncle pour la dernière fois ? Je sais que vous avez traversé une terrible épreuve, mais si vous pouviez faire un effort…

– Merci, dit March fermement. Ça va. J'ai vu mon oncle pour la dernière fois à onze heures environ, la nuit dernière. Je suis montée à ma chambre, puis je suis redescendue pour voir si l'infirmière ne manquait de rien dans la chambre de grand-père. Oncle Adolphe était là quand j'ai quitté la pièce, et je ne l'ai pas revu jusqu'à… jusqu'à… (sa voix se brisa brutalement mais elle poursuivit), jusqu'à ce qu'il soit tué.

– Avez-vous entendu distinctement le coup de feu ?

– Oui… (Elle hésita.) C'est-à-dire… j'ai entendu la déflagration, mais je ne savais pas ce que c'était. J'étais dans le couloir, juste au pied de l'escalier.

Eustache sursauta.

– Mais non, March ! Tu étais en haut de l'escalier, forcément, puisque quand nous nous sommes rencontrés, tu étais en train de dévaler les escaliers.

Il parlait avec une parfaite assurance, sans se presser, mais ses yeux fixaient intensément ceux de March, comme pour lui imposer sa version des faits. Elle fronça les sourcils et jeta un regard vindicatif à son cousin. Puis elle fixa les yeux clairs du détective et insista avec une ombre de défi.

– Non, j'étais au pied de l'escalier, dans le couloir, lorsque j'ai entendu le coup de feu. Cela m'a fait un peu peur et j'ai attendu, en tendant l'oreille, peut-être deux minutes. Et puis j'ai entendu crier. Eustache est arrivé dans le couloir, il m'a donné de la lumière et nous nous sommes précipités vers la chambre de grand-père.

– Avez-vous vu votre cousin arriver dans le couloir ?

– Pourquoi ? Non… enfin, vous savez… il n'y avait pas beaucoup de lumière, juste la veilleuse laissée pour la nuit. Et puis j'écoutais, je ne pensais à rien d'autre qu'à ces cris. Il arrivait sans doute de la bibliothèque.

– Mais vous ne l'avez pas vraiment vu entrer dans le couloir ? insista O'Leary.

– Non.

La voix de March était sans timbre.

– Qu'est-ce que c'est que cette histoire, O'Leary ? demanda Eustache, agressif. Vous ne me croyez pas ?

– C'est mon affaire, M. Federie. Je travaille à ma façon. M^lle^ Federie, vous étiez donc au rez-de-chaussée ?

Une rougeur envahit les joues de la jeune fille, puis elle pâlit.

– Oui.

Puis elle ajouta, comme à regret :

– J'étais inquiète… Je ne pouvais pas dormir. Je suis descendue pour… pour boire un verre de lait. Seulement en arrivant à la porte de la salle à manger, j'ai changé d'avis et j'ai préféré retourner au lit. Vous connaissez la suite.

– Pourquoi étiez-vous inquiète ? lui demanda doucement O'Leary.

Je vis la jeune fille se raidir et ses lèvres se décolorèrent.

– Je ne…

Les mots venaient difficilement, elle posa les mains sur son cou délicat, comme pour s'aider, et reprit :

– Je ne sais pas. C'est-à-dire… J'avais peur pour grand-père.

Lance O'Leary la regarda pensivement, et même pour moi il était évident que l'incohérence de la réponse trahissait une terreur disproportionnée par rapport à la simplicité de la question. Sans doute préféra-t-il attendre de pouvoir lui parler seul à seule. Ou par bonté voulut-il s'abstenir de perturber encore plus cette enfant. Il continua sans insister :

– Il était quelle heure environ ?

– Quand j'ai entendu le coup de feu ? Il devait être deux heures, peut-être deux heures et demie.

– Qu'en pensez-vous ?

O'Leary se tourna vers Eustache.

– Oui, vers les deux heures et demie, acquiesça Eustache.

Il ne semblait pas gêné par le fait que March ait pu rejeter catégoriquement sa version des faits.

– ... Je ne peux pas en être tout à fait sûr, cependant.

– Et vous, Lonergan ? Quelle heure pensez-vous qu'il était ?

– Je n'en ai pas la moindre idée, grogna celui-ci. Je vous ai déjà dit que je dormais.

– M<sup>lle</sup> Keate ?

– Il devait être aux alentours de deux heures et demie, en effet. Du moins je sais que lorsque j'ai regardé ma montre, il n'était pas encore trois heures... Et nous avions un peu parlé et appelé la police.

Il hocha la tête et après avoir laissé à March ce bref répit, il reprit :

– Une dernière question, M<sup>lle</sup> Federie. A peu près une demi-heure après la découverte du corps, vous êtes sortie de la maison. Pour quelle raison ?

Il parlait d'une façon plus étudiée et douce que d'habitude, pourtant les yeux de March semblèrent s'agrandir de peur, et Kema me lança un regard chargé de reproches.

– Pourquoi ? Oui, je... (La voix de March semblait étouffée.) Oui, je me suis souvenue que Konrad, le chien, était détaché. La police allait arriver, et c'est un animal dangereux quand il ne connaît pas. Je suis sortie l'attacher.

– Je vois, approuva O'Leary toujours aussi doucement. Et vous l'avez fait ?

– Non... (March semblait traquée.) Non... il... je n'ai pas réussi à l'attraper.

– Vous portiez des pantoufles de satin noir ?

– Oui.

– Avec un pompon sur le dessus ?

– Oui... pourquoi ?

– Vous en avez perdu un. Savez vous où vous l'avez perdu ?

Ses mots étaient soudain coupants. Une vague de terreur sembla submerger la jeune fille et ses lèvres, déjà pâles, devinrent bleuâtres.

– Non, non, je ne sais pas.

Sa voix n'était plus qu'un souffle. Lance O'Leary se tut assez longtemps, le regard fixé sur les joues blêmes. Puis il parut prendre une décision.

– Merci, mademoiselle... M^me^ Federie, si vous ne vous sentez pas en état de répondre à mes questions, je peux attendre un peu, mais je vous serais très reconnaissant si vous vouliez bien faire un effort.

Isabelle rejeta d'un geste indifférent la courtoise proposition. Nonchalamment appuyée contre le dossier du canapé, elle avait l'air tout à fait à l'aise, avec une attitude qui me parut trop étudiée pour être naturelle.

– Je comprends parfaitement, dit-elle de sa voix monocorde. Vous pouvez me demander tout ce que vous désirez. Vous voulez sans doute savoir à quel moment j'ai vu Adolphe pour la dernière fois. Vers minuit. Nous étions installés dans son appartement, de l'autre côté. Il disposait de trois pièces à l'étage : une chambre, un salon et une salle de bains. Par là… (Elle désigna l'arrière de la maison.) Je suis allée au lit de bonne heure, et je lisais avant de m'endormir. Il est entré dans la chambre, et nous avons discuté environ une demi-heure. Il est ensuite retourné au salon. J'ai soufflé la lampe. J'ai pensé qu'il était allé se coucher sur le lit d'appoint du salon. Les cris m'ont réveillée. Je savais que ma présence était inutile, alors j'ai attendu à peu près une demi-heure avant de descendre. Et lorsque je me suis décidée, Eustache m'a mise au courant.

Elle maîtrisait admirablement sa voix. Il était clair qu'Isabelle était de taille à soutenir un interrogatoire serré.

– Vous n'avez donc pas entendu de coup de feu ?

Isabelle réfléchit à la question, et sa réponse sembla convaincante.

– Non, j'étais déjà réveillée lorsque j'ai entendu M^lle^ Keate crier. Il se peut que j'aie effectivement été réveillée par le coup de feu, mais je ne m'en suis pas aperçue. Un cri perçant s'entend de loin, tandis qu'un son plus sourd traverse difficilement ces vieux murs épais et ces lourdes tentures.

O'Leary approuva, et je ressentis une sorte de respect pour Isabelle. Elle ne me plaisait pas du tout, mais elle n'était pas stupide. Son ton calme et grave aurait fait très bonne impression devant un jury.

« Un jury ! quelle idée ! »

Je rattrapai au vol mes soupçons et reportai toute mon attention sur O'Leary.

– Je vous demande pardon de mon insistance, M$^{me}$ Federie, mais… en quels termes étiez-vous avec votre mari ?

– Vous n'avez pas à vous excuser.

Elle devait s'attendre à ce genre de question.

– Avez-vous eu récemment des différends? reprit O'Leary.

Isabelle hésita une fraction de seconde, mais retrouva vite son aplomb

– Non. Simplement, nous ne nous entendions plus très bien. Adolphe n'avait jamais assez d'argent.

– Était-il cruel envers vous?

Sous la douceur apparente de la voix, la question était sèche. Je vis se durcir le regard ombré par les cils fardés.

– Cela dépend de ce que vous entendez par cruauté. Si vous me demandez s'il contrariait tous mes désirs, s'il me refusait tout plaisir, s'il m'empêchait de m'intéresser aux activités féminines habituelles, s'il me traînait d'un rendez-vous de jeu à un autre, la réponse est oui. Si vous considérez ce comportement comme de la cruauté, il était incroyablement cruel, comme un pervers. Mais si vous me demandez s'il me battait, s'il me maltraitait physiquement, la réponse est non. Non… (Silence) Il n'osait pas me toucher.

Cela me glaçait d'être assise là, à écouter ces horreurs débitées calmement sur un mari qui venait juste d'être assassiné! Si seulement sa voix avait tremblé ou montré un semblant d'émotion! Mais non. Ce ton égal, ce flot de paroles venimeuses me donnaient froid dans le dos.

– Isabelle, voyons, Isabelle! chuchota March à côté de moi.

Je fus la seule à l'entendre, elle parlait sans s'en apercevoir. Eustache tendit une main vers la veuve, puis se ravisa. Grondal toussota. Mittie Frisling se leva d'un bond. Que se passa-t-il ensuite? Je ne sais pas trop, ce fut très confus. Mittie et Isabelle élevèrent la voix, il y eut un bruit de tissu déchiré et le claquement d'une gifle. Mittie poussa un hurlement. Eustache la saisit aux épaules et la rassit. Isabelle, les yeux luisant comme des charbons ardents, montrait les dents. L'une des manches de sa robe de soie pendait, entièrement déchirée, et le joli bras était rouge du coude à l'épaule.

– Écoutez ! hurla Mittie.

La trace rouge des cinq doigts d'Isabelle se voyait distinctement sur la joue molle

– … Écoutez-moi, il se sont battus la nuit dernière ! Elle ne veut pas le dire, mais moi je les ai entendus. Il l'a frappée, et elle lui a dit qu'il ne l'emporterait pas au paradis.

– Merci, Mittie !

La voix d'Isabelle était chargée de venin.

– Mesdames, voyons mesdames, s'interposa le chef de la police en se plaçant à côté de O'Leary.

– Allons, Isabelle ! intervint Eustache.

Avec plus de douceur que je ne l'en croyais capable, il noua les pans de soie déchirés de façon à cacher le bras zébré de griffures. Mais la soie fine ne dissimulait qu'à peine les dégâts.

– On n'a jamais vu ça ! murmura Dimuck, figé sur place.

Deke jeta à Mittie un regard désapprobateur. March, horrifiée, serrait ma main sans le vouloir. Seul, Lance O'Leary était resté impassible.

– Vous avez tous subi un gros choc nerveux.

Puis il ajouta d'un ton naturel, comme si ce qui venait de se passer était tout à fait banal :

– Juste quelques questions M. Dimuck. Pouvez-vous nous raconter comment vous avez vécu cette nuit ?

– Bien sûr… J'ai été réveillé par le coup de feu. Je me suis tout de suite levé. J'ai mis ma robe de chambre et je suis descendu. Allumer une bougie dans ma chambre m'a pris un peu de temps, aussi ne me suis-je pas aventuré tout de suite dans les escaliers. J'ai effectivement entendu des cris provenant de la chambre de la tour. En arrivant, j'ai trouvé Eustache, M^lle^ Federie, l'infirmière et M. Lonergan tous penchés sur Adolphe Federie, dans le petit escalier. C'est vraiment affreux, affreux ! On n'a jamais vu…

– Vous avez dit être un vieil ami de M. Federie ?

– Oui, oui. Son conseiller financier, en quelque sorte. Je veux dire… Il me consultait pour certains placements. Oui, nous étions de vieux amis.

– Pourquoi êtes-vous ici en ce moment ?

– Juste avant de tomber malade, M. Federie m'a demandé de venir. Mais quand je suis arrivé, il ne pouvait plus parler. Je ne sais donc pas ce qu'il voulait exactement. Et puis voilà, cette catastrophe maintenant…

– Il vous a écrit ? Puis-je voir sa lettre, s'il vous plaît ?

– Mais bien sûr, elle est sans doute là-haut dans ma valise, ou bien… (Il fouilla fébrilement ses poches.) Ah, la voilà ! Il n'y a que quelques lignes.

O'Leary prit la lettre, la parcourut puis la lut à haute voix, comme pour lui-même :

*Cher M. Dimuck,*
*Vous est-il possible de passer ici dans quelques jours ?*
*Adolphe est ici.*
*Salutations amicales,*
*Jonas Federie*

– Adolphe est ici… répéta lentement le détective. Merci M. Dimuck… (Il lui rendit la lettre.) Pouvez-vous nous parler d'Adolphe Federie ? Quelle était sa prof… que faisait-il ?

– Hum… (Dimuck jeta un regard désapprobateur vers Isabelle.) Il ne travaillait pas… pas à ma connaissance, en tout cas. Je regrette de ne pouvoir vous dire grand-chose sur lui. Il ne venait pas souvent ces dernières années. Je crois cependant pouvoir dire que le motif de sa venue cette fois-ci était une question d'argent...

– Exact, coupa Isabelle froidement. Il avait toujours besoin d'argent. Il avait l'intention d'en demander à son père. Alors bien sûr, pour lui, c'était très ennuyeux de trouver son père dans cet état !

« Ennuyeux ! C'est le moins qu'on puisse dire ! Est-elle honnête ou habile en rendant Adolphe de plus en plus méprisable à chaque fois qu'elle ouvre la bouche ? »

Elihu Dimuck se cala sur sa chaise à haut dossier, s'éclaircit la voix comme un orateur et prit un air important, derrière ses grosses lunettes.

– Oui, enchaîna-t-il, comme si Isabelle n'était pas intervenue. Oui, j'ai eu l'impression qu'Adolphe avait besoin d'argent... Peut-être de façon pressante. Pauvre garçon... Je n'ai jamais vu ça de toute ma v...

– Pourquoi aviez-vous cette impression ?

La question brutale sembla déconcerter Dimuck. Il se frotta le nez consciencieusement et adressa à O'Leary un regard maussade.

– Oh ! comme ça, une chose et une autre.

– Je vous l'ai déjà dit... commença Isabelle.

– Que voulez-vous dire, M. Dimuck ? insista O'Leary sans s'occuper d'Isabelle.

– C'est difficile à expliquer. C'est la lettre de son père qui m'y a fait penser. De toute façon, je crois qu'Adolphe venait rarement ici pour un autre motif...

Dimuck regarda de nouveau vers Isabelle qui acquiesça de façon très déplaisante.

– ... Je sais qu'il n'est pas très convenable de dire du mal d'un mort, mais il ne menait pas une vie très... recommandable.

– Ne vous excusez pas, dit Isabelle devant son air gêné, ce qu'il faisait n'était pas très... convenable non plus.

Ses paroles avaient une intonation cruelle.

– M. Dimuck a tout à fait raison, ajouta March d'une toute petite voix glacée. Oncle Adolphe ne menait pas « une vie recommandable »... (Elle avait repris les mots de Dimuck d'un air légèrement dégoûté.) Il était toujours à court d'argent, il a récemment essayé de m'en emprunter... hier soir, en fait.

Le mépris de ses paroles était dur à supporter après cette mort violente.

– A-t-il expliqué la cause de sa demande ?

– Non, j'ai juste refusé... une fois de plus !

Eustache expédia nerveusement sa cigarette vers la cheminée, rata son but, et du pied, Lonergan poussa le mégot dans le feu.

– Vous ne trouvez pas que nous avons assez lavé le linge sale de la famille ?

La voix d'Eustache était coupante. March rougit de colère, et Dimuck leva sa main potelée en un geste évasif.

– C'est tout à fait déplorable, oui vraiment, ce n'est pas le moment de dire du mal de ce pauvre garçon. C'est terrible, terrible.

March l'interrompit.

– Adolphe Federie n'était pas un membre de la famille dont nous pouvions nous enorgueillir, dit-elle nettement, en regardant alternativement Eustache et Dimuck. Il était faible, influençable, il buvait trop, il jouait trop...

Elle s'arrêta pour donner du poids à ce qu'elle venait de dire, puis continua :

– Il était son propre ennemi. Mais aucun de nous n'aurait voulu sa mort...

Elle se tut brusquement, comme si une idée soudaine l'empêchait de terminer sa phrase.

– Vous avez bien une théorie concernant ce meurtre ? demanda O'Leary.

Sa méfiance et sa colère l'avaient quittée.

– Je ne sais pas… vraiment pas.

– Vous n'étiez pas en bons termes avec votre oncle ?

– Ah non ! Je le détestais.

C'en était trop pour Eustache qui bondit sur ses pieds, la rejoignit et voulut la saisir aux épaules, mais elle se dégagea en lui criant :

– Et toi aussi Eustache, tu le détestais, ce n'est pas la peine de dire le contraire !

Le silence fut déchiré par le rire d'Isabelle, un rire insolent, si indécent en ces circonstances que j'en frissonnai. Kema trottina vers Eustache et lui plaça sa grosse patte noire sur l'épaule. Il se retourna furieux. La voix de Kema sembla venir d'un autre monde :

– La mort est dans la maison, et vous vous disputez ! Laissez-le en paix maintenant !

Eustache se secoua pour se dégager et ricana.

– Tu as bien raison, Kema ! Vous avez d'autres questions, monsieur le détective ?

O'Leary détacha son clair regard du crayon qui l'avait absorbé pendant cet intermède.

– Euh oui… quelques détails. Naturellement, M. Dimuck, l'assassinat d'Adolphe Federie vous a surpris ?

Elihu Dimuck joignit ses petites mains roses.

– Vous voulez dire que j'ai été horrifié, vous entendez, horrifié ! Ça a été un choc épouvantable !

– Et vous, Grondal ? (O'Leary s'était tourné sans prévenir vers lui.) Qu'est-ce qui vous a réveillé ?

– La sonnette, monsieur. J'ai cru que M. Federie était mort.

Sa mine était toujours aussi patibulaire et ses manières toujours irréprochables.

– Où dormez-vous?

– A l'arrière de la maison, monsieur, en haut.

– La pièce à l'angle sud-est?

– Oui, monsieur.

– Vous êtes descendu par l'escalier principal?

– Non, monsieur. Il y a un escalier de service à côté de la porte de derrière, près de la cuisine. Vous ne le connaissez sans doute pas. Je suis descendu par là.

– Vous n'avez rien remarqué d'anormal en arrivant?

– Non, monsieur, rien.

La réponse fut claire et nette. Peut-être trop rapide? Il semblait s'être attendu à la question et avoir préparé la réponse. Mais ne nous étions-nous pas tous attendus à un interrogatoire détaillé?

– Vous êtes allé directement à la chambre du malade?

– Oui, monsieur, après un bref arrêt à la cuisine pour allumer une lampe.

– Et vous êtes descendu à la cuisine dans le noir?

– Bien sûr, monsieur. Je connais cette maison comme ma poche. Mais j'ai pensé qu'une lampe de plus pourrait être utile auprès du malade. Vous vous êtes peut-être aperçu que nous n'avons pas l'électricité.

– Je l'ai effectivement remarqué! ironisa O'Leary.

Cela ne démonta pas Grondal qui poursuivit:

– Pendant que j'étais en train d'allumer ma lampe, Kema est arrivée de la cuisine. La sonnette est reliée à sa chambre aussi.

– Je vois...

Les yeux d'O'Leary se posèrent sur Kema debout à côté de March, sobrement habillée de vichy gris et les mains sur les hanches. Du moins là où devaient se trouver ses hanches. Elle regardait posément O'Leary.

– C'est la sonnette qui vous a réveillée ? lui demanda-t-il.

– Oui, monsieur. Je dormais, j'ai entendu la sonnette, j'ai pensé à une aggravation de l'état de M. Federie. Je suis descendue voir. Quand je suis arrivée, ils étaient tous là, autour de M. Adolphe, dans l'escalier. Je suis restée à les regarder.

Le gros anneau qui pendait à son oreille réfléchit un bref instant la lumière. Elle répondait d'une voix monotone, comme si cela ne la concernait pas.

– Avez-vous été choquée par cet assassinat ?

Elle haussa les épaules, fataliste.

– Oui, mais la mort vient de toute façon. Qu'y pouvons-nous ?

Son geste évasif contenait toute la sagesse du monde. Celle qui sait la brièveté de la vie humaine au milieu de l'immensité universelle. Impressionnée, je m'agitai sans le vouloir sur ma chaise, et c'est le bruissement de mon uniforme qui me ramena à la réalité.

« Ah non ! c'est important, une vie humaine ! C'est même tout en haut de notre échelle de valeurs. Et à l'autre bout de la maison, une vie vient d'être tranchée. »

– Vous ne savez rien de plus ?

O'Leary semblait légèrement troublé lui aussi.

– Moi ? Non.

Kema était toujours impassible. O'Leary fixa un instant l'impénétrable physionomie, puis sortit de son gousset une montre de platine extra-plate, la consulta, la remit dans sa poche, passa en revue le visage de chaque membre de la maisonnée.

– A vous, M$^{lle}$ Frisling... Pouvons-nous avoir votre version ?

– Ma version ? s'étrangla Mittie.

Elle se tenait étrangement tranquille depuis son empoignade avec Isabelle. La marque rouge de sa joue se voyait toujours. Ses yeux inexpressifs montrèrent à nouveau de la terreur lorsque O'Leary s'adressa à elle.

– Vous avez été invitée à séjourner dans cette maison ?

– Oui… enfin, pas exactement… Si on veut !

– Oui ou non ?

– Oui.

Elle se dépêcha de répondre avec un regard hésitant dans la direction de March. Celle-ci la contemplait sévèrement.

– Dans ce cas, vous êtes l'invitée de M$^{lle}$ Federie ?

O'Leary la poussait dans ses retranchements.

– Non… (Gênée, Mittie se trémoussa.) Non… je…

Elle s'arrêta et O'Leary attendit poliment. Je savais qu'il tenait à savoir pourquoi Mittie était si bouleversée par cette volonté de connaître son statut exact.

– … J'étais déjà là quand elle… M$^{lle}$ Federie… est revenue, se hâta de poursuivre Mittie.

Visiblement, elle ne supportait pas les silences de la conversation.

– … J'étais déjà arrivée, vous comprenez…

Elle tordait ses gros doigts en malmenant les franges de son kimono. Grondal toussota de nouveau, regarda fixement la femme. La balafre à sa joue était encore plus rouge. Elle se mordit les lèvres, lui lança un muet appel au secours, serra son kimono contre elle, parcourut l'assistance de son regard pâle et se jeta dans un discours précipité et haletant.

– Je suis venue pour affaires. Je voulais voir le vieux M. Federie. Mais il ne parle pas. Il est malade. Ils m'ont dit que ça allait durer encore. J'attends qu'il aille mieux. Je n'ai rien fait. Pourquoi m'interrogez-vous? Je ne sais rien. Je dormais lorsqu'ils ont cogné à ma porte. C'était très tôt… (Elle s'arrêta pour reprendre son souffle.) Je ne voulais pas leur répondre.

– Pourquoi ça, Mlle Frisling?

– Parce que je… (on eût dit un animal traqué), parce que j'ai peur!

– De quoi pourriez-vous avoir peur? Vous dites que vous n'êtes au courant de rien! Vous saviez donc qu'Adolphe Federie avait été tué?

La voix avait brusquement changé pour se faire dure. Elle se cacha la figure dans les mains et se laissa aller contre son dossier. Son teint avait soudain pris un ton jaune bilieux, et ses lèvres étaient couleur de cendre.

– Non… Non, ils l'ont dit derrière ma porte!

– Avez-vous entendu le coup de feu?

– Non plus!

– Avez-vous entendu les cris de Mlle Keate?

– Non, non et non!

– Comment saviez-vous qu'Adolphe Federie avait été tué?

– Je vous l'ai déjà dit. Je les ai entendus en parler dans le couloir.

– A quelle heure êtes-vous montée dans votre chambre?

– Vers onze heures, sans doute.

– Vous dites avoir entendu M. et Mme Adolphe Federie se quereller. C'est vrai?

– Oui, oui. C'est… Je…

– Où étiez-vous à ce moment-là?

– Je descendais à la cuisine chercher de l'eau chaude pour ma bouillotte, ma chambre est une vraie glacière… (Elle glissa de nouveau un regard vers March.) Je suis passée devant leur porte. Je les ai entendus parler fort. Ils étaient en colère. Je ne pouvais pas faire autrement que de les entendre.

– Vous avez entendu ce qu'ils disaient?

Isabelle se redressa brutalement en fixant Mittie d'un air mauvais.

– Mais oui, Mittie, interrompit-elle d'une voix doucereuse. Dites-nous donc ce que vous avez entendu.

– Je vous ai entendue crier lorsqu'il vous a frappée, répondit Mittie d'un ton rancunier.

Les traits d'Isabelle se décomposèrent, mais elle se força à sourire.

– Mais rapportez-nous les mots exacts, Mittie. La police s'intéresse aux mots. Vous ne pouvez pas trouver mieux? Si vous n'avez rien entendu, inventez-nous quelque chose! Vous n'aviez pas l'oreille collée au trou de la serrure, par hasard?

– Isabelle! intervint de nouveau Eustache.

– Oui... marmonna Mittie, d'après le ton de leur voix, j'ai compris qu'ils se querellaient. J'ai entendu Isabelle crier quand il l'a frappée et Adolphe a ri. Alors...

Elle cessa de marmonner et ajouta triomphalement :

– J'ai très bien entendu ce qu'elle a dit...

Elle se tut un instant, puis continua de sa voix de tête :

– « Je te tuerai pour ça. » Et elle l'a fait!

Le silence retomba lourdement. De nouveau, Isabelle éclata de rire, mais elle serrait les mains comme si elle désirait étrangler Mittie.

– Ah, Mittie! Vous ne pouvez vraiment pas trouver mieux? Ça manque de subtilité. Un petit effort... Savez-vous que vous devenez intéressante, ma chère?

Le rouge de ses joues ressortait comme un maquillage de poupée.

– Oui, je l'ai bien entendu. Je le jure... C'est ce qu'elle a dit!

Essoufflée par sa véhémence, elle respira bruyamment et repoussa ses mèches grasses. Personne ne souffla mot. Le feu s'était éteint et la pièce était froide. L'odeur de moisi et d'humidité imprégnait tout, même l'air que nous respirions. La lumière glauque pénétrait à regret à travers les fenêtres étroites. Nous avions tous, sans exception, des visages hagards et fatigués.

Il me semblait avoir passé un siècle dans cette maison, devenue pour moi si familière que j'en faisais désormais partie.

Lorsque O'Leary parla, je remarquai une froideur nouvelle dans sa voix. C'était la première fois que je le voyais abandonner son attitude courtoise et laisser soupçonner son implacable ténacité.

– Il y a pourtant bien quelqu'un qui a tué Adolphe Federie. Cette maison est fermée comme un tombeau. Dehors, il y avait un chien dangereux. Je n'arrive pas à imaginer qu'on ait pu pénétrer ici sans qu'on le sache, tuer sans mobile apparent, et ressortir sans être vu ! C'est forcément l'un d'entre vous le coupable.

Les têtes autour de moi étaient terribles à voir. Mittie s'accrocha aux accoudoirs de sa chaise, mais personne ne bougea.

«Je comprends très bien ce qu'ils peuvent ressentir, moi qui suis innocente, j'ai l'impression d'avoir un poids sur le cœur, et si moi, je sens cela, que doit éprouver celui qui cache un terrible secret ! »

– ... Vous comprenez, bien sûr, que nous n'en sommes qu'au début de l'enquête. Je dois vous rappeler que vous devez tous rester dans la maison jusqu'à ce que vous soyez autorisés à en sortir. A moins que vous préfériez que nous demandions des mandats. C'est possible, n'est-ce pas, chef ?

Le chef de la police ne s'attendait pas à la question et il lui fallut faire passer un gros morceau de chewing-gum d'une joue dans l'autre.

– Oui… ch'est chûr !

– L'enquête devant jury* aura lieu demain matin, continua O'Leary. Quelques policiers vont rester ici pour certaines tâches. Vous n'avez aucune inquiétude à avoir.

Il rangea soigneusement son ridicule morceau de crayon dans sa poche et tourna les talons. Je fus l'une des premières à atteindre le couloir. En arrivant à la porte, je jetai un regard en arrière : Deke était auprès de March et lui parlait. Isabelle, assise, immobile, un mégot aux doigts, fixait le tapis. Mittie me suivait à petits pas rapides. Elihu Dimuck s'extirpa de son grand fauteuil et tapa un peu des pieds pour remettre en place son pantalon. Grondal attisait le feu. Kema était toujours immobile. Eustache, sourcils froncés, s'approcha de March et interrompit Deke Lonergan. Je m'éloignai dans le couloir. Lance O'Leary parlait à voix basse avec le chef de la police. Il m'appela au passage.

– Mlle Keate, j'aimerais vous voir un peu aujourd'hui, vous restez ici de toute façon ?

– Oui, je me reposerai dans l'après-midi. M. O'Leary… si le meurtre a été commis par quelqu'un de la maison, je ne tiens pas à rester. Il y a ici huit personnes, neuf avec moi. Je ne peux pas arriver à croire qu'il y ait un assassin !

– Vous oubliez votre malade, me fit remarquer O'Leary gravement, cela fait dix. Quant à vous,

* En cas de mort violente ou subite, un officier civil (coroner) assisté d'un jury, est chargé de l'instruction. L'enquête devant jury peut aussi avoir lieu au tribunal. *(N.d.T.)*

M^lle^ Keate, vous savez très bien que vous ne partiriez d'ici pour rien au monde, n'est-ce pas?

Puis il ajouta, comme s'il venait d'y penser :

– Vous n'avez pas remarqué un détail tout à fait particulier? En principe, en cas d'assassinat, tout le monde, ou au moins quelques personnes, a un alibi. Or dans cette affaire, personne n'en a... Pas le moindre alibi! C'est un cas vraiment intéressant!

Il avait parfaitement raison, c'était certes un cas passionnant. Mais je ne suis pas fanatique de ce genre de distraction. En fait, combien de fois ai-je pensé, lors des noires journées qui suivirent, que plus rien n'arriverait jamais à me distraire?

# Un pompon en duvet de cygne

Le reste de la journée se déroula paisiblement, mais avec quelle lenteur ! L'horreur qui avait dominé la nuit précédente planait toujours sur les vieux murs silencieux de la maison Federie. Si cela avait été en mon pouvoir, j'aurais commencé par jeter toutes ces tentures fanées. A chaque fois que je passais près d'une portière, j'avais le sentiment affreux quoique absurde que des mains allaient d'un instant à l'autre surgir d'entre les plis. Cette impression était tellement forte que je fus sur le point de crier lorsqu'un courant d'air fit onduler le pan de velours à l'entrée de la chambre de mon patient.

Toute la maisonnée avait tendance à s'attarder dans la bibliothèque, cherchant à tuer le temps, parlant peu, choisissant un livre et le reposant, regardant par la fenêtre, se déplaçant d'une chaise à l'autre en lançant des regards méfiants.

March rédigea quelques lettres, Eustache envoya un ou deux télégrammes à des membres éloignés de la famille. Mittie cousait des perles sur un sac à main, relevant les yeux de temps à autre pour jeter à Isabelle des regards furtifs de chat guettant une souris. Isabelle rêvassait avec grâce, sans rien faire. Pourquoi, après une nuit aussi épuisante, n'essayaient-ils pas de dormir ou, au moins, de se reposer? Mais non... En fait, tout comme moi, ils redoutaient de rester seuls.

A mon corps défendant, Geneviève semblait s'être entiché de moi et me suivit de près toute la journée. Il s'asseyait sur la cheminée pendant que je m'occupais du malade, m'observait sans ciller dès que je commençais à tricoter, m'emboîtait le pas si je me rendais dans une autre partie de la maison. Je jure n'avoir jamais maltraité un animal, et je ne le ferai certainement jamais, mais la présence de Geneviève éveillait en moi des pensées particulièrement pénibles. En le voyant assis à mes pieds, suivant avec beaucoup d'intérêt le mouvement de mes aiguilles, il me vint à l'esprit qu'un petit coup du bout de ma chaussure pourrait, peut-être, remédier à mon problème. Mais à peine cette vilaine pensée me fut-elle venue que Geneviève se dressa sur ses pattes maigres, recula à quelques mètres de moi, hors de portée, puis se rassit avec un regard plein de reproches. En pensant aux nombreux chatons noyés dans des sacs, je me demandai, et me demande encore, pourquoi ce sort avait été épargné à Geneviève.

La cloche de la porte d'entrée retentit plusieurs fois. C'était certainement des journalistes, car jamais personne ne pénétra dans la maison. Une fois, j'étais dans l'entrée lorsque Grondal referma la porte sur quelqu'un. J'aperçus par la fenêtre un homme repartant vers le portail, un appareil photo en bandoulière. Même de dos, il avait l'air penaud d'un vaincu. Pourtant, l'un d'eux réussit à récolter matière à un article, peut-être la police y avait-elle mis du sien ?

Le déjeuner se déroula dans un silence tendu. Les seuls mots prononcés le furent par Dimuck qui demanda timidement si quelqu'un pouvait avoir l'amabilité de lui passer le sel.

Le Dr Jay arriva peu de temps après le repas avec, dans la poche, une édition spéciale du quotidien le plus dynamique de la ville. L'encre en était à peine sèche. Le médecin était un peu vexé que je ne l'aie pas prévenu.

– Mais l'état de mon malade était tout à fait normal. Je n'avais aucune raison de vous déranger !

– Aucune raison de me déranger ! répéta-t-il d'un air faussement courroucé. Un meurtre a été commis dans la chambre du malade et mademoiselle prétend qu'il n'y avait aucune raison de m'appeler ! Ça a dû être un grand moment !

– Pas vraiment ! répondis-je vertement, en jetant involontairement un coup d'œil vers l'escalier en colimaçon.

Il suivit mon regard.

– Ah ! ça s'est passé là, alors ?

Tout émoustillé, il allait se diriger vers les marches lorsque March fit son apparition dans l'encadrement de la porte. Elle portait toujours la petite robe de laine mohair rouge éclaircie par un col et des poignets de soie blanche. Elle s'était recoiffée, ses cheveux vaporeux bouclaient, quelques petites mèches folles s'échappaient çà et là, et malgré les cernes sous ses yeux, ses traits et son regard bleu avaient repris leur calme.

– Bonjour, docteur ! Grondal m'a prévenue de votre arrivée. Je suis March Federie. Alors, que pensez-vous de l'état de grand-père ?

Le jeune praticien la contemplait.

– Il va s'améliorer, nous faisons de notre mieux, la rassura-t-il.

– Merci, docteur, j'ai… j'ai tellement peur pour lui.

Sa voix chevrota légèrement et d'une main toute professionnelle (n'est-ce pas…) le Dr Jay saisit le fin poignet. Il le lâcha au bout de quelques instants et fouilla dans sa trousse médicale.

– Donnez-lui ces deux comprimés dans un peu d'eau, s'il vous plaît, Mlle Keate, et envoyez-la se coucher.

– Oh non ! Je ne veux pas rester seule là-haut ! cria-t-elle, perdant d'un seul coup l'assurance qu'elle avait eu tant de peine à garder jusque-là.

– Mais non, bien sûr! répondit-il, conciliant. Vous n'aurez qu'à dormir ici, sur ce lit. M$^{lle}$ Keate restera auprès de vous.

Il désigna du menton le vieux divan dans un coin. Puis il rencontra mon regard et se troubla un peu.

– … Cela ne vous empêchera pas de prendre vos heures de repos, mademoiselle. Vous pourrez certainement dormir sur cette grande chaise longue…

L'effet de beaux yeux bleus sur la gent masculine est incroyable! Le plus sensé des hommes peut devenir d'une mauvaise foi… Prendre mes heures de repos dans la chambre du malade, c'est un comble!

– Très bien, répondit March. Je vais juste dire un mot à Kema, et je reviens.

– Ainsi, cette jeune femme est March Federie, remarqua le médecin. Eh bien… Mais je suis marié, n'est-ce pas? ajouta-t-il d'un ton mélancolique. Au revoir, M$^{lle}$ Keate. S'il y a un autre problème, n'omettez pas de me téléphoner, cette fois.

– S'il y a un autre problème, je serai déjà partie à votre arrivée, rétorquai-je. Au revoir, docteur!

C'est ainsi que je passai tout l'après-midi enfermée dans cette chambre de malade, allongée sur la grande chaise longue, à somnoler par moments, mais surtout à contempler les gouttes de pluie ruisselant sur les vitres et à m'empêcher de revenir sans arrêt sur chaque détail de la déplaisante situation dans laquelle je me trouvais.

J'avais sorti le vieux divan de son coin et March y reposait, dormant calmement, menue et abandonnée comme une enfant, au creux du velours vert. Ce lit paraissait ma foi plutôt confortable, et je projetai de l'essayer par la suite. Je ne savais pas alors que je n'y coucherai jamais. Et pour cause !

Grondal rôda autour de nous presque tout l'après-midi. Était-ce souci de notre bien-être ou curiosité, toujours est-il qu'il ne cessa d'entrer et de sortir de la pièce. Il ne se passa pas un quart d'heure sans qu'il ne fasse son apparition sur la pointe des pieds, inspectant tout, ravivant le feu, vérifiant la fermeture des fenêtres. Par deux fois il me réveilla alors que je dormais comme un chat ou plutôt comme une infirmière, c'est-à-dire d'un œil. Il s'excusa, mais cela ne l'empêcha pas de recommencer un peu plus tard.

Jusqu'à dix-huit heures, silence total en provenance des autres pièces. La brume était déjà retombée, sombre, froide, sinistre. Grondal venait juste d'apporter deux lampes allumées lorsque, à l'autre bout de la maison, une étrange cascade de notes brisa le silence épais : l'air maléfique joué la veille au soir par Eustache.

La musique réveilla March, elle ouvrit les yeux, je saisis ma coiffe et je me redressai en grommelant :

– Pour l'amour du ciel, qu'est-ce que c'est que cette musique ?

March bâilla, s'étira.

– Hmm, j'ai bien dormi ! remarqua-t-elle, encore somnolente. Il fait déjà nuit ?

– Il est six heures du soir.

Et je répétai ma question :

– Quel est cet air qu'Eustache joue tout le temps ?

– Je crois qu'il s'intitule *La Furiante*. Je n'en suis pas sûre, c'est d'un compositeur tzigane il me semble, Eustache l'aime beaucoup.

– Chacun ses goûts ! dis-je maussade.

Le morceau était truffé de gammes très rapides, en mineur, et de trémolos. J'en avais des frissons partout !

J'aime la musique, mais la vraie, si je puis dire, la musique qui ressemble à quelque chose. Les rengaines à la mode me tapent sur les nerfs. Cette musique venant de l'autre bout de la maison me semblait menaçante, plus même, méchamment triomphante.

« Ne sois pas idiote. »

Je croyais m'être parlée à moi-même, mais je compris que je m'étais exprimée à haute voix lorsque March tourna vers moi un regard surpris. J'enchaînai aussitôt.

– Vous avez bien dormi ?

Elle s'assit lentement, presque prudemment, et se frotta les yeux.

– Ou… oui… (elle frissonna) mais… j'ai rêvé, j'ai fait un rêve horrible à propos de ce divan.

Je regardai le lit avec méfiance, mais je répondis d'un ton professionnel :

– Les somnifères légers ont souvent cet effet. Il est presque l'heure du dîner. J'aimerais bien pouvoir me changer. Est-ce que vous…

Elle devina ma pensée.

– Je vous remercie beaucoup d'avoir bien voulu rester avec moi tout cet après-midi. Vous pouvez aller dans votre chambre, je me sens très bien maintenant. Je vais garder grand-père jusqu'à votre retour. Prenez votre temps.

A mesure que j'approchais, Eustache semblait taper plus fort sur les touches. Puis il s'arrêta d'un seul coup, et j'entendis des voix assourdies dans la bibliothèque. Je ne rencontrai personne dans l'escalier.

« Je n'arrive pas à croire que je suis chez les Federie depuis moins de vingt-quatre heures, me dis-je en montant l'escalier, il me semble connaître cet endroit depuis toujours. »

Il me fallut très peu de temps pour faire un peu de

toilette et me changer. Avant de m'engager dans le couloir tapissé de vert sapin, je l'inspectai sur toute sa longueur. Je tournai à gauche, dans la partie la plus longue, et je pressai le pas. Des bougies étaient placées à intervalles réguliers dans des niches du mur, protégées par de vieux réflecteurs. Leurs petites flammes vacillaient, impuissantes à dissiper la pénombre.

Le couloir en croisait un autre conduisant apparemment à l'arrière de la maison. Ce corridor secondaire était étroit et, comme la cuisine, dépourvu de tapis. Il était éclairé par des lucarnes, sur ma droite, tandis qu'à ma gauche s'alignaient plusieurs portes closes.

Je l'empruntai. J'étais décidée à trouver la chambre juste au-dessus de celle du malade. Je fus arrêtée par une vieille porte en bois sombre qui luisait doucement à l'avare lumière des bougies. Je la contemplai avant d'essayer de l'ouvrir. Pas moyen, elle était verrouillée. D'après O'Leary, la clef était introuvable. Peut-être était-elle tout simplement tombée à terre ? Peu probable... Je m'agenouillai néanmoins pour la chercher à quatre pattes, sur le tapis poussiéreux. Au-dessus de moi, une voix m'interpella.

– Vous avez perdu quelque chose ?

Je tressaillis, car je n'avais entendu personne approcher. Je me redressai.

– Ou... oui... c'est-à-dire... je cherche l'escalier de service.

– Vous ne risquez pas de le trouver par ici !

L'intrus bougea un peu et fut éclairé par la lumière. Je reconnus en même temps l'homme et la voix... O'Leary, bien sûr ! Je me remis debout, ignorant la main tendue, et je brossai la poussière sur ma tenue blanche.

– Vous ne seriez pas par hasard en train d'essayer de vous introduire dans cette chambre à coucher? demanda-t-il sévèrement.

Puis il reprit son timbre habituel pour poursuivre, avec une lueur amusée dans les yeux.

– ... Seulement voilà, elle est toujours fermée ! Si je pouvais savoir où se trouve cette clef ! Au fait, M$^{lle}$ Keate, je voudrais avoir votre opinion sur un point. Vous pouvez venir avec moi ?

Nous fîmes quelques pas dans ce couloir, et il ouvrit toute grande une porte qui donnait sur une pièce obscure. Je ne distinguai d'abord que quelques vagues formes, à peine visibles dans la faible clarté entrant par la porte ouverte. Puis O'Leary alluma une torche électrique et éclaira la pièce dans plusieurs directions. Je vis alors un grand lit recouvert d'une courtepointe en chenille de coton raide de poussière et, dans un coin, une grosse armoire très haute en bois verni, une commode recouverte de marbre, deux chaises et une vieille table de toilette. Et toujours ces vieux rideaux fanés et l'épais tapis vert. Lance O'Leary s'accroupit.

– Regardez, M$^{lle}$ Keate.... (Il éclaira le sol sous différents angles.) Ça va comme ça ? Vous voyez ?

– Je vois quoi ?

Je me penchai pour examiner le tapis.

– La poussière par terre. Il y en a une fine couche et...

– Ah oui, je vois !

Imprimées dans la couche de poussière, j'aperçus nettement de petites empreintes de pieds. Les talons avaient laissé des marques à de courts intervalles et la trace de la semelle était facile à distinguer. Et à côté des petites traces, d'autres, plus grandes.

– Les grandes sont les miennes, m'expliqua O'Leary.

Elles mènent derrière l'armoire puis en sens inverse vers la porte. Et dans le coin, j'ai découvert ceci.

«Ceci» était un petit pistolet qui, malgré sa taille, avait l'air tout à fait efficace. Il le sortit juste un peu de sa poche, le temps que je distingue l'éclat bleuté de l'acier, puis il le laissa retomber hors de vue.

– Il semble avoir été déposé derrière ce meuble. Celui qui l'a mis là a pris bien soin d'effacer les empreintes digitales.

Je regardai de nouveau, fascinée, les petites traces de pas dans la poussière. Si faibles, si faciles à effacer et pourtant si affreusement présentes.

– C'est…

Je me tus. S'il n'y avait pas pensé, pas la peine de le lui faire remarquer. Mais évidemment, il n'était ni aveugle ni sot, et il avait très bien regardé.

– Eh oui ! Ce sont des empreintes de pieds féminins.

Je pensai tout de suite aux petites mules en satin de March.

– L'ennui, poursuivit O'Leary, c'est que deux femmes dans cette maison portent des chaussures de cette pointure. Mittie Frisling comprime ses pieds dans des mules à talons qui correspondent exactement aux empreintes. Les chaussures de M^me^ Federie sont également de la même pointure, mais elle n'y est pas à l'étroit. Ces traces sont hélas ! trop légères pour que l'on puisse faire la différence.

– Vous êtes sûr que c'est l'une des deux ?

– Non, je ne suis certain de rien, pour l'instant. J'ai seulement comparé avec les affreuses mules de satin noir que M^lle^ Frisling avait dans sa chambre, et avec une élégante paire d'escarpins en velours noir à boucles de strass que j'ai eu la chance de trouver dans celle de M^me^ Federie. Alors, à votre avis… Une de ces deux femmes est-elle psychologiquement capable de tirer avec une telle précision ?

Je m'attendais à ce qu'il dise « assassiner », mais sa façon de poser la question me surprit et me fit considérer le problème sous un angle nouveau.

« Après la scène incroyable de ce matin, il me semble tout à fait possible que l'une d'entre elles soit capable de tirer. Mais de là à toucher sa cible… c'est une autre affaire ! »

– Non, je ne crois pas. A la limite, je pencherais plutôt pour Isabelle que pour Mittie. Isabelle est plus difficile à comprendre. Elle cache son jeu. Cependant, ce matin, lorsque, à son entrée dans la chambre de la tour, Eustache lui a appris la mort d'Adolphe Federie, son comportement a été celui de quelqu'un d'innocent. Elle a été profondément choquée, pas malheureuse, sans doute, mais ça lui a quand même porté un coup.

– C'est votre impression ?

Il accrocha mon regard comme pour y lire mes pensées ou mes souvenirs de la nuit précédente.

– … Vous avez peut-être raison. Quelle actrice aurait fait Isabelle Federie ! Avez-vous remarqué comme elle a minimisé le récit de Mittie et sa propre menace de tuer Adolphe ? Quant à Mittie, une femme si ouvertement désespérée est capable de n'importe quoi.

– Hum ! Si Mittie se décidait un jour à tirer sur quelqu'un, elle viderait le chargeur et pas une seule balle n'atteindrait la cible !

O'Leary semblait sceptique.

– Il y a pourtant en cette femme une sorte d'astuce féline et certainement une bonne dose de ruse. Bon, refermons cette porte. Cette chambre est inoccupée. Si elle servait, il n'y aurait ni traces de pas ni revolver. Cela renforce ma conviction : l'assassin fait partie de la maison et connaît les pièces inoccupées.

Il ferma la porte. Nous continuâmes le long du couloir silencieux.

– … Quant au revolver, un seul coup a été tiré. La balle extraite du corps est du même type. C'est un petit calibre, mais suffisant pour tuer, en visant bien. Il est possible que cette arme soit celle du crime. C'est même probable. Quand j'ai interrogé Mittie et M$^{me}$ Federie, toutes deux ont bien insisté sur le fait qu'elles se trouvaient dans une autre partie de la maison. Elles ont dit ne rien savoir du pistolet… mais il y a ces empreintes de pas.

Nous avions atteint l'aile arrière de la maison, perpendiculaire au corps principal. Je regardai dans cette direction.

– Où se trouve l'appartement d'Adolphe Federie ?

O'Leary me désigna une porte au milieu du couloir :

– Cette porte est celle de son salon, la suivante ouvre sur une petite chambre à coucher, à côté du salon. Une salle de bain est contiguë à la chambre. Le genre d'appartement exigu à la mode il y a cinquante ans. La chambre de M$^{lle}$ Federie est dans le couloir principal, après l'escalier, à l'angle sud-ouest de la maison. En fait, elle inclut une partie de la tour sud-ouest. La chambre de Dimuck est en face de celle de la jeune fille. Celle de M$^{lle}$ Frisling est voisine de celle de Dimuck, par là… (geste)… Ensuite, vous avez une bagagerie, avec une échelle et une trappe pour monter au grenier. Votre chambre est là, sur la droite, juste en face de cette pièce. Après il y a une salle de bain, et la porte suivante… (il montrait une porte à quelques mètres de nous), c'est la chambre qu'Eustache et Lonergan utilisent provisoirement, jusqu'à ce qu'on retrouve la clef de leur première chambre.

–Jusqu'à ce qu'on retrouve la clef, répétai-je machinalement. Vous pensez que c'est l'assassin qui l'a? Et pourquoi aurait-il fermé cette porte?

– Pour nous égarer, je suppose, me répondit O'Leary. Ou alors, parce que le meurtrier veut garder un moyen d'accès à la chambre de la tour… Allons, allons, n'ayez pas peur, M^lle^ Keate! Descendons… Mais vous tremblez! Ah! ces vieilles maisons, tellement froides et humides! Et puis ces bougies et ces lampes à pétrole donneraient la chair de poule à n'importe qui. Pourquoi n'ont-ils pas l'électricité? Attention aux marches! Cette bougie nous éclaire à peu près autant que… que les empreintes de pas dans la poussière!

Une silhouette, moulée dans de la dentelle noire, tourna autour du pilier d'angle de l'escalier et commença à monter vers nous. C'était Isabelle, dont les cheveux aux reflets roux encadraient un visage encore blême. Elle nous gratifia du regard voilé de ses yeux songeurs et recula un peu pour nous laisser passer. Elle ne dit rien, mais je sentis que notre apparition, ou bien le fait que nous soyons ensemble, l'inquiétait. Au bas de l'escalier, je me retournai. Ses formes souples aux courbes agréables étaient mises en valeur par la lumière tamisée. Elle montait gracieusement les marches, le dos droit, les épaules dégagées, avec ce balancement des hanches et des bras qui est un art perdu par nos jeunes générations, trop garçonnières. Lance O'Leary devait avoir la même idée car en traversant le salon, il remarqua avec un petit sourire amusé :

– Quelle âge a-t-elle? Pas plus de trente-cinq ans, qu'en pensez-vous? Mais elle a un charme étudié, un peu désuet, du genre à jouer de l'éventail et à se mettre à la harpe pour montrer les courbes d'une belle épaule. En fait, c'est seulement une impression, je parie qu'elle joue au poker, qu'elle sait conduire et qu'elle est experte en cocktails... Pourquoi diable n'ont-ils pas mis de vraies portes ici ? C'est vraiment une étrange vieille maison ! Toutes ces tentures, tous ces volets, pas d'électricité... Ah ! nous y sommes.

Je le précédai dans la chambre de la tour. March s'y trouvait encore, sans doute de nouveau plongée, par la pensée, dans les événements de la nuit. Elle tressaillit à notre approche, pâle, raide, les doigts accrochés aux accoudoirs de son siège. Elle murmura quelque chose de vague, se leva et franchit la porte rapidement. Cela avait tout d'une fuite.

– Elle ne doit pas aimer la façon dont je la regarde ! A moins que ce ne soit ma conversation ?

– Plutôt votre conversation, répondis-je en m'approchant du malade.

– Il va mieux ?

Le détective me regarda secouer vigoureusement le thermomètre avant de le glisser entre les lèvres tordues.

– Un peu, il me semble.

– A propos, M^lle^ Keate, savez-vous si Adolphe Federie portait une bague ? D'après la trace à son doigt, ce serait une lourde bague avec un gros chaton. La lui avez-vous vue au doigt ?

Aussitôt, le souvenir me revint du gros diamant qui avait brillé lorsqu'une main moite et molle s'était posée sur la mienne.

– Oui, un solitaire, sans grande valeur, je crois.

– Il ne le portait plus quand j'ai examiné le corps. Vous souvenez-vous s'il l'avait au doigt après sa mort ?

Je frissonnai. Comment oublier ce corps recroquevillé et ces doigts tordus, raidis par la mort ? Mais impossible de me souvenir si le diamant était encore là.

– Je n'en suis pas sûre.

Je m'affairai auprès du malade. Lance O'Leary me regardait faire, bavardant allègrement comme si nous étions en train de prendre le thé.

– C'est curieux... D'après ce que j'ai appris sur les occupants de cette maison, ils sont exactement ce qu'ils semblent être. Eustache et Deke Lonergan viennent de O... Eustache a un bureau de conseils juridiques. Lonergan travaille dans l'entreprise de bâtiment Dekesmith et Lonergan Constructions, dont son père est actionnaire majoritaire. Il habite ici, à B... Ce n'est pas une grosse affaire, mais ils arrivent à décrocher quelques bons contrats. Eustache, quant à lui, s'intéresse plus à la musique qu'à son travail, et il dépense beaucoup. March Federie était effectivement en visite chez les membres d'une branche de la famille dans le Sud... Chez un cousin âgé qui a télégraphié ses condoléances ce matin. Il a d'ailleurs offert l'hospitalité à la jeune fille, si M. Federie mourait. Adolphe Federie et son épouse devaient errer de ville en ville, profitant de la vie tant qu'il y avait de l'argent, et revenant à la maison lorsque les fonds étaient bas. Il n'avait pas une fameuse réputation, mais on ne peut rien retenir de bien grave contre lui, du moins rien qui puisse expliquer sa mort...

– Donc l'explication est ici, dans cette maison ! interrompis-je.

Il me regarda sans me voir et continua. J'eus l'impression qu'il réfléchissait à haute voix, plutôt qu'il ne me parlait.

Je pris des serviettes sèches et je les étendis avec soin sur le matelas et les oreillers. Je lissai draps et couvertures, je jetai un coup d'œil à ma montre et je m'assis près d'O'Leary. Celui-ci continuait son monologue.

– C'est comme Mittie Frisling... elle vivait depuis des années dans un confortable appartement avec son père.

Je n'ai rien trouvé sur lui à part son nom, Matthew Frisling. Il a été notaire pendant un certain temps, puis il a pris sa retraite voici dix ou quinze ans. Tous deux menaient une vie tranquille et retirée. Le père est mort récemment et Mittie est partie avec armes et bagages. Il semble qu'elle se soit installée ici il y a plusieurs semaines. Elle a dû avoir le temps de questionner le vieux M. Federie, et elle en a sans doute profité, jusqu'à ce qu'il tombe malade. Mais pourquoi se promène-t-elle par ici? Il n'y a qu'elle qui puisse nous le dire, sans doute aussi Grondal. Peut-être Isabelle, aussi. Elle semble connaître Mittie depuis un certain temps. Quoi qu'il en soit, celle-ci s'incruste ici. Ce qu'elle veut des Federie et ce qu'elle espère faire… je ne sais pas… Du moins pas encore!

En parlant, il avait pris une chaise et s'était confortablement installé, jambes croisées. La lumière de la lampe sur la table, au centre de la pièce, adoucissait ses traits. Je ne voyais que son nez, sa bouche fine et le menton bien dessiné, le reste de sa figure restait dans l'ombre. Je ne pouvais pas distinguer ses yeux. Je n'avais jamais remarqué à quel point ce regard gris lui donnait de la personnalité. En entendant sa voix, et sans voir son visage, j'eus l'étrange impression d'une machine douée de raison dont O'Leary et moi-même serions les auditeurs. Une bûche tomba soudain dans les cendres avec une sorte de soupir. A ce léger bruit, je sursautai. O'Leary se tourna aussitôt vers moi avec empressement :

– Vous vous êtes reposée, au moins, cet après-midi M^lle^ Keate?

– Un peu… C'est-à-dire…

Je lui expliquai brièvement ce qu'avait été mon prétendu repos de l'après-midi. J'étais si peu habituée à ce qu'on s'occupe de mon bien-être que son froncement de sourcils irrité me fit chaud au cœur.

– Ce soir, vous allez dormir dans votre lit. Je vais leur dire de demander une autre infirmière pour vous aider. Vous avez vraiment besoin de repos. Vous avez subi un grave choc, et n'importe qui à votre place aurait déjà fait une crise de nerfs.

Je refusai avec véhémence. Pas question de laisser venir ici une autre infirmière ! Comme si j'avais besoin d'une personne de plus dans les jambes ! A coup sûr une petite évaporée qui passerait son temps à flirter avec Eustache ! D'abord, ce patient était le mien, j'entendais qu'il restât entre mes mains !

Si seulement j'avais su !

– Et puis, il y a Elihu Dimuck, reprit le détective en s'appuyant au dossier de la chaise.

Il fouilla dans ses poches et, d'avance, j'étais sûre qu'il allait sortir son affreux petit bout de crayon, toujours cette manie !

« Gagné ! Le voilà, bien poli et luisant comme un grain de chapelet. »

Dès qu'il commença à le tourner entre ses doigts, O'Leary sembla plus décidé, moins songeur.

– ...C'est une vieille connaissance de M. Federie, il vient le voir assez souvent. Il possède une superficie non négligeable de bonnes terres cultivables à environ soixante kilomètres d'ici. Il a un compte en banque bien garni où il puise régulièrement. Mais d'après son banquier, son train de vie est raisonnable. On le considère comme assez riche à Stockville, où il habite. Ses revenus sont confortables. Il mène une vie paisible. Il est, et a toujours été, célibataire. Je n'ai pas appris grand-chose sur lui, sinon qu'il y a quelques années, il a énergiquement repoussé les avances d'une veuve à ambitions matrimoniales. Ses rapports avec M. Federie semblent être uniquement ceux d'un conseiller. Je n'ai trouvé aucune trace de transaction monétaire. Il a l'air d'un vieux maniaque qui déteste les problèmes comme un chat a horreur de l'eau.

– En effet, il ne me viendrait pas à l'idée de le suspecter !

– Vous avez tort, M^lle^ Keate, il faut soupçonner tout le monde si vous voulez trouver le coupable... Tout-le-monde ! Bon, restent les domestiques. On ne peut pas dire qu'ils soient décoratifs, bien sûr, bien sûr, mais...

Il s'arrêta, s'éclaircit la voix et poursuivit :

– Cette enquête du juge ne sera qu'une formalité, je pense. Il est passé, cette nuit. Vous ne l'avez sans doute pas vu.

Grondal traversa la pièce. Il faisait si peu de bruit que je ne m'aperçus de sa présence que lorsqu'il fut près de ma chaise. Je compris pourquoi O'Leary avait changé de sujet.

– Dites-moi, Grondal...

– Oui, monsieur ?

Grondal tenait un gros trousseau de clefs à la main. Il portait de nouveau sa livrée élimée, et je vis O'Leary retenir un sourire en détaillant de haut en bas le velours passé et râpé de la veste, les bas de laine et les grosses chaussures.

– Un instant, si monsieur permet, je ferme juste les volets, dit respectueusement le serviteur en joignant l'action à la parole.

– Vous les fermez tous les soirs ? s'enquit O'Leary sans se départir de son calme habituel.

– Oui, monsieur, c'est l'habitude ici.

– Cela doit vous prendre beaucoup de temps, non ?

– Oh non, monsieur, je ne referme que ceux qui sont ouverts dans la journée ! Malheureusement, beaucoup de pièces sont inoccupées maintenant.

– Vous avez de bien solides verrous sur ces volets.

– Oui monsieur, ils sont d'origine. Ils nous ont été bien utiles à l'époque.

Il replaça le trousseau dans sa poche et referma sans bruit la dernière fenêtre.

– Vous désirez quelque chose, monsieur ?

– Vous êtes au service des Federie depuis longtemps ?

– Près de quarante ans, monsieur. J'étais presque un enfant quand j'ai commencé à travailler pour le vieux M. Federie.

– Vous devez en savoir long sur la famille, alors.

– Je suis très fier de servir chez eux, répondit hâtivement Grondal.

– Je n'en doute pas… La tragédie de l'autre nuit a dû vous bouleverser !

– Oh oui, monsieur ! Bien que ces dernières années, nous n'ayons pas vu M. Adolphe très souvent.

– Il n'était pas le seul enfant de M. Federie ?

– Oh non, monsieur ! Ils étaient quatre frères. L'aîné était M. James, le père de Mlle March. Il est décédé lorsqu'elle était petite. Le deuxième c'était M. Charles. Il ressemblait un peu à M. Adolphe, si vous voyez ce que je veux dire… (hochement de tête réprobateur) Il a… euh… a disparu il y a quelques années. Une affaire de jeu… M. Federie a jugé qu'il avait sali le nom de la famille et a refusé l'inhumation dans le caveau familial. M. Federie est très pointilleux sur l'honneur de la famille. Ensuite, il y avait Adolphe et puis Eustache, le cadet, le père de notre M. Eustache. Il est mort de… enfin… il est mort alcoolique il y a presque trente ans, et sa femme l'a suivi de près. C'était peu de temps après la naissance de M. Eustache. Une triste descendance pour M. Federie… Mais il avait de grands espoirs en élevant M. Eustache. Quoique ce soit certainement

Mlle March sa préférée… Le dîner est servi à dix-neuf heures, mademoiselle. Si vous êtes encore ici, M. O'Leary, Mlle March espère que vous voudrez bien vous joindre à la famille.

Le rideau retomba derrière Grondal. O'Leary se tourna de nouveau vers moi.

– « Une triste descendance » répéta-t-il, et Mlle Federie est la préférée de son grand-père… Regardez donc ça, Mlle Keate !

Il ouvrit la main. Un pompon en duvet de cygne, tout froissé, était niché au creux de sa paume.

– … Inutile de vous demander si vous le reconnaissez, n'est-ce pas ?

– Où l'avez-vous trouvé ? haletai-je

– Dans la main du mort. Mais comment y est-il arrivé, voici ce qui reste à découvrir !

# Des pas dans la nuit

Le pompon du chausson de March retrouvé dans la main de la victime !

Avec une effroyable rapidité, ce fait nouveau vint se placer dans le contexte des événements de la veille. Les phrases alarmantes de la conversation surprise sur le pont étaient encore présentes dans ma mémoire, terriblement claires : « … Une Federie a la main faite pour tenir un revolver… Je n'arrive pas à croire qu'il n'y ait pas un autre moyen… Il faut que ce soit ce soir ! »

– Qu'avez-vous, Mlle Keate ?

– Rien… Rien… Non, rien, rien du tout, chevrotai-je.

– Bon… Je suppose que vous me le direz quand vous le jugerez utile… Mais puis-je avoir votre parole de me donner la primeur de ce secret quand vous vous déciderez ?

J'avais oublié que si ses yeux étaient dans l'ombre, j'étais en revanche en pleine lumière.

– Promis !

– Heureusement pour vous, je vous connais, Mlle Keate ! Sinon je vous aurais certainement suspectée de quelque coupable cachotterie. Vous savez, le chef de la police pense qu'il n'est pas impossible que ce soit vous qui ayez tué Adolphe Federie. En effet, vous étiez ici, présente sur le lieu du crime. Le mobile pourrait être une querelle d'amoureux… Allons, allons, remettez-vous ! Je lui ai montré les lacunes de son raisonnement. En vérité je me porte garant de vous. Vous avez peut-être tué Adolphe Federie et dissimulé avec adresse mobile et revolver, mais je n'arrive pas à le croire !

Pas la moindre ébauche de sourire, pourtant j'aurais bien voulu apercevoir ses yeux. Malgré l'humour de ses paroles, sa voix placide me donna un petit frisson dans le dos.

– Alors, M$^{lle}$ Keate, enchaîna-t-il avec entrain, relatez-moi donc tout, absolument tout ce qui s'est passé depuis votre entrée dans cette maison. Ce qui s'est dit et fait, sans omettre vos impressions sur les gens. Je veux une description détaillée de tout ce qui est relatif à la nuit dernière : où vous étiez assise, l'aspect de la pièce, l'éclairage, votre examen du corps, la façon dont vous avez tiré la sonnette, ce qu'ont dit les autres quand ils sont arrivés dans la pièce... enfin tout ! Je sais que vous êtes particulièrement observatrice, et je veux toutes vos impressions.

Il eut un sourire engageant.

– Mes impressions... (je tardai à répondre), elles ne risquent pas d'égayer mes pensées ni d'apaiser mon sommeil. J'ai plutôt la sensation de forces qui s'affrontent et de personnages qui se débattent et luttent les uns contre les autres. Toute cette terrible maison ressemble à... (j'hésitai et ma voix trembla) un panier de crabes en folie !

– Je ne vous croyais pas autant d'imagination ! (Son ton était sec.) Continuez, je vous prie !

– C'est difficile à décrire, mais pourtant bien réel, insistai-je gauchement. Vous ne comprenez pas ce que je ressens ?

– Si... moi aussi, cela me fait un peu cet effet-là. Mais je dois m'en tenir aux faits, c'est l'une des obligations de ma profession. Quel que soit le nombre de personnes ayant rêvé d'assassiner Adolphe Federie, une seule balle a atteint sa cible. Et mon travail consiste à trouver la main qui tenait cette arme. Il est facile de rire des indices et de se moquer des empreintes digitales, mais aussi longtemps que nous vivrons dans un monde matériel, il nous faudra des preuves matérielles. D'ailleurs, qui dit indice ne dit pas preuve. J'ai recueilli pas mal d'indices dans cette affaire, mais pour l'instant, je suis plus intéressé par son aspect psychologique. Quand nous saurons réguler les lois de la psychologie, nous serons capables de réguler le crime et de faire du criminel un honnête…

– La psychologie, quelle blague ! Quand on parlera un peu moins d'extérioriser les désirs refoulés et un peu plus de savoir se maîtriser, peut-être alors y aura-t-il moins de crimes. De la psychologie ! Un homme pèche parce que le diable est en lui, point final !

O'Leary se permit un mince sourire.

– Alors, M^lle^ Keate ?

Abandonnant la théorie pour revenir aux faits, je lui racontai tout ce qui s'était passé depuis mon arrivée chez les Federie. Comme j'ai une bonne mémoire, je pense n'avoir rien oublié. Je passai sous silence la conversation surprise entre Eustache et sa cousine. N'avait-elle pas eu lieu *avant* mon entrée dans la maison Federie ? En revanche, je relatai minutieusement tout le reste : comment j'avais trébuché sur le petit éléphant vert, ma recherche désespérée du cordon de sonnette, la main moite d'Adolphe Federie sur la mienne, la robe de chambre jaune canari de Dimuck et son cri horrifié : « Qui a tiré sur lui ? », la façon dont March tenait la lampe pendant qu'Eustache examinait le corps. Il eut droit à tous les détails, même les plus insignifiants. Quand j'en vins à l'examen du corps, O'Leary m'interrompit assez brusquement.

– Vous dites que le jeune Federie et Lonergan étaient penchés sur le corps ?

– Oui.

– Donc l'un ou l'autre aurait très bien pu glisser le pompon dans la main du mort ! Je ne dis pas que l'un des deux l'a fait. Mais s'il avait voulu... Vous comprenez pourquoi je dis que les indices sont souvent trompeurs. Bon, continuons... Où est ce petit éléphant dont vous m'avez parlé ? demanda-t-il lorsque j'eus terminé ma saga.

– Sur la cheminée.

Il se leva. La cheminée était dans l'ombre, et après avoir fouillé un moment parmi les objets entassés là, il vint prendre une lampe et se remit à chercher.

– Il y a de tout là-dessus ! Quel bazar ! Mais pas de petit éléphant.

– Il est vert, il doit être en jade, à peu près quinze centimètres de haut.

Presque dix-neuf heures à ma montre... Une nouvelle nuit allait bientôt commencer.

– M. O'Leary, est-ce que vous laissez des policiers ici cette nuit ?

Je jetai involontairement un coup d'œil vers l'escalier de la tour, environné d'ombres.

– Oui... Et Grondal pourra dormir sur ce divan si vous craignez quelque chose... Je suis peut-être aveugle, mais je ne vois vraiment rien qui ressemble de près ou de loin à un éléphant !

– Pourtant, il est là... (Je me levai et je m'approchai de la cheminée.) Il est... Il n'y est plus ! C'est bizarre ! Ce n'est qu'une babiole, vous savez. Grondal m'a dit à midi que M. Federie y était très attaché, mais c'est juste un bibelot.

– Qu'a dit Grondal exactement ?

Je lui répétai les quelques phrases échangées. Mes yeux scrutaient sans succès le dessus de la cheminée et le sol, espérant voir le petit objet vert.

–Je suis entré dans la pièce pendant que vous parliez avec Grondal, et vous m'avez suivi tous les deux à la bibliothèque… Ah, attendez! Grondal est resté en arrière pour mettre une bûche dans le feu.

– C'est juste. Et à partir du moment où vous avez fini de nous interroger dans la bibliothèque, il y a toujours eu March ou moi dans la pièce. Toutes les personnes de la maison étaient à la bibliothèque, j'en suis sortie la première et ensuite, comme je l'ai déjà dit, ni March ni moi n'avons quitté cette pièce.

– Mais vous avez dormi cet après-midi?

–Je me suis seulement un peu assoupie.

– Hum! Bien… L'important, c'est que quelqu'un ait trouvé cet objet assez intéressant pour l'emporter. Est-ce qu'il semblait avoir de la valeur?

– C'est possible, je ne sais pas vraiment.

– Mais vous l'avez vu, vous devez quand même avoir une idée!

Son ton devenait maussade. Je n'avais pas l'intention de me laisser faire.

– Mon domaine, c'est le pouls de mes malades et les thermomètres… Et non les éléphants verts! Peut-être les enfants Federie s'en sont-ils servi étant bébés pour se faire les dents?

Cela ne sembla pas l'amuser, et il se disposa à partir.

– Il est en effet possible que sa disparition ne signifie rien du tout. Je vais en ville. Y a-t-il un téléphone dans cette maison?

–Je crois… Vous ne pensez pas qu'il risque d'arriver quelque chose cette nuit?

–Je laisse deux policiers. Ne craignez rien, la foudre ne tombe pas deux fois au même endroit. Grondal n'aura qu'à dormir sur le lit d'appoint. Vous n'avez quand même pas peur?

Ce n'est pas pour rien que certains de mes ancêtres ont combattu pendant la guerre d'Indépendance. Je me raidis et je mentis.

– Non, bien sûr que non !

Il se laissa, hélas ! facilement convaincre.

– Tout va bien, alors ! J'ai à faire en ville. Je dois vérifier un point ou deux de l'histoire de la famille Federie, pour commencer.

La voix calme de Grondal nous parvint de la porte.

– Le dîner est servi !

O'Leary venait juste de sortir quand je tombai par hasard sur les premières perles bleues. Voilà comment cela se passa : après avoir annoncé le dîner, Grondal avait disparu. Je changeai la poche à glace placée sur la tête de mon malade. Puis je pris une chandelle, l'allumai au feu dans la cheminée et suivis Grondal. En franchissant le seuil, j'écartai l'épais rideau qui retomba derrière moi. Je revis dans ma tête le mouvement de ce même rideau juste après le coup de feu. Pour étudier la façon dont il retombait, je le soulevai de nouveau. Ma bougie éclaira les vieux murs fanés.

« Oui, c'est bien une main qui l'a écarté et laissé retomber. Un courant d'air n'aurait pas suffi, il est trop lourd. Mais la main de qui ? »

Mon regard tomba sur une petite pointe, sortant du chambranle, à laquelle pendait un fil bleu. Je me penchai.

Quelques perles bleues, cinq ou six, étaient encore enfilées sur un morceau de fil cassé, à demi cachées par le montant de porte. Comme si la pointe avait arraché le fil et entraîné les perles de... Mais bien sûr ! Les perles de la robe de Mittie ! Elle portait hier soir une robe généreusement ornée de perles exactement comme celles-ci.

Je les contemplai fixement, stupéfaite, puis me souvins soudain : le dîner était servi ! Je décrochai le fil avec ses perles et j'enfouis le tout dans ma poche.

Dans la salle à manger, les autres convives attendaient, et je me glissai rapidement à ma place. Je jetai un coup d'œil circulaire et j'eus un nouveau choc : rien n'avait changé depuis la veille. Messieurs en costumes noirs et chemises blanches, avec des cols bien raides et des vestes bien repassées. March en robe du soir de velours cramoisi et trop élégants accessoires en argent, Isabelle en taffetas jaune et grosse émeraude. Une épaisse couche de fond de teint cachait mal les meurtrissures de ses bras. Les perles bleues de la robe de Mittie tintinnabulaient doucement au rythme des cuillerées de soupe qu'elle portait à sa bouche.

La place à côté de moi était vide. Grondal, avec un manque complet de tact, y avait laissé une chaise. La présence de cette chaise et, sur la nappe, cet espace vide, à l'endroit où hier se trouvaient couverts en argent et assiette de porcelaine, étaient difficiles à supporter. Je remarquai, tout le long du repas, les regards furtifs lancés par les convives à ce vide. En mangeant la soupe, j'essayai désespérément de trouver l'endroit où quelques perles manquaient aux festons de la robe de Mittie. J'y arrivai au moment où Grondal desservait. Là, près de l'épaule, le fil d'un feston était cassé et pendait, nu. Il devait y avoir une quinzaine de perles par feston, j'en avais seulement cinq ou six dans ma poche. Où étaient tombées les autres? Mittie, nouveau Petit Poucet, avait dû laisser derrière elle une traînée de perles bleues.

Je fus obligée de cesser mes investigations car la grosse femme, ayant remarqué mon insistance, commençait à s'agiter. Pas un mot ne fut prononcé pendant tout le repas, et je crois que ce dîner fut le plus déplaisant de ma vie. Il était encore pire que celui de la veille et tira tout autant en longueur. Grondal servit une succession de plats prétentieux, aussi insipides que peu abondants. Par le passe-plat, Kema nous observait à la dérobée, de quoi vous glacer le sang. Isabelle Federie se tournait de temps à autre vers la place vide, aussi calme que si son défunt mari y avait été assis. Son attitude était si naturelle que je suivis une fois son regard, m'attendant à je ne sais quoi. Bien sûr, je ne vis que le siège vide. Le silence devint de plus en plus oppressant à mesure que le repas progressait.

Nous en étions au dessert, lorsque Konrad, quelque part dehors, se mit brusquement à aboyer très fort. Mittie poussa un petit cri, March redevint blanche comme un linge, et Dimuck laissa tomber sa fourchette. Après un silence effrayé de quelques secondes, Grondal, imperturbable, apporta une fourchette propre et March cessa de fixer la place vide. Tout le monde pensait à la même chose : l'aboiement du chien la veille au soir et l'histoire qu'Adolphe avait entrepris de raconter. Le repas devint vraiment pénible. Le cliquetis des couverts brisait seul l'épais silence. Personne n'osait respirer. Chacun s'accrochait au rôle qu'il s'était fixé et se retranchait derrière un mur de négation. « Il ne s'est rien passé ! » proclamait leur choix des mêmes vêtements que la veille. Les grandes bougies de la table éclairaient cruellement nos visages fermés et apeurés. Grondal passait et repassait…

Nous finissions à peine le dessert (pruneaux en compote) lorsque se produisit un incident macabre : des bruits de pas retentirent au-dessus de nous. Des pas bien détachés, lents, assurés, juste au-dessus. Toutes les têtes se levèrent d'un seul mouvement. March agrippa le bord de la table, les traits figés. Nous nous arrêtâmes de manger, effrayés, nous regardâmes le plafond, nous nous comptâmes. Personne ne manquait... sauf Adolphe Federie! Toujours pas un mot. Nous cessâmes, je crois, de respirer pendant tout le temps que durèrent ces pas. Ils semblaient provenir du parquet du couloir situé à l'arrière de la maison. Isabelle mit la main sur sa bouche pour ne pas crier. A ce moment, les pas se transformèrent en une course légère et rapide qui cessa brusquement, faisant place au silence.

Nous étions tous debout. Eustache renversa sa chaise et sortit de la pièce en courant, suivi par Deke. Elihu Dimuck les rattrapa, sans lâcher sa serviette de table qui flotta un instant derrière lui comme un drapeau. Grondal suivit lourdement les autres. Mittie Frisling était affalée sur la table, une main encore ouverte sur le plat à gâteaux, l'autre sur la nappe. Le visage verdâtre, elle fixait de ses yeux vides la place d'Adolphe et se mit à hurler follement. Ses cris remplirent la pièce. Isabelle bondit à ses côtés, lui plaqua sur la bouche une main chargée de bagues et l'y maintint. Mittie, le regard toujours vide, eut beau se débattre, elle ne put se dégager. Émergeant enfin de ma léthargie, terrifiée, je saisis mon verre et en expédiai le contenu à la figure de Mittie.

L'effet fut radical. Elle hoqueta, le souffle coupé par l'eau froide, puis, dès qu'Isabelle relâcha sa pression, aspira une bouffée d'air et se mit à éponger avec son mouchoir l'eau dégoulinant de ses cheveux.

– Passons-nous dans la bibliothèque? murmura March.

Il s'agissait plus d'un ordre que d'une question. Elle était encore pâle, mais sa voix était ferme. Elle nous précéda, mais au lieu d'entrer dans la bibliothèque, elle se dirigea vers la chambre de la tour. Mittie, les traits tirés par le choc, la suivit, puis Isabelle. Je fermais la marche. J'eus la présence d'esprit de prendre une bougie au passage. Elle jetait une faible clarté sur les murs verts et poussiéreux, sur la masse de cheveux auburn d'Isabelle, sur ses bras et ses épaules laiteuses.

Arrivée dans la chambre du malade, March tisonna le feu et resta devant, bien droite, toujours pâle et les sourcils soucieux, les plis de sa robe éclairés par les flammes. Isabelle s'enfonça avec grâce dans un fauteuil, les yeux rêveurs, mais la main crispée sur l'émeraude pendant à son cou. Le taffetas jaune bruissait à chacun de ses mouvements. Mittie s'assit sur le sofa et tamponna ses yeux rougis avec sa serviette de table, en jetant des regards furtifs en direction de l'escalier. Je m'approchai du lit de mon malade, ma jupe amidonnée crissa légèrement lorsque je me penchai sur lui. Nous devions former un bien étrange tableau !

Un bon quart d'heure passa avant le retour des hommes. Eustache écarta le rideau et ils entrèrent, suivis d'un policier dont l'insigne brillait sur l'uniforme bleu.

– Ce n'était rien, annonça Eustache avec un sourire rassurant, une lueur insondable dans les yeux. Il y a un policier en haut, dans le couloir principal. Il y est resté tout le temps, et il n'a rien vu.

– Vous avez fouillé la maison ? s'enquit March.

– Oui, du haut en bas ! Nous sommes même montés à l'échelle pour regarder dans le grenier.

– Je pense que c'est cette cuisinière qui traînait là-haut, dit le policier. Elle sera sans doute rentrée précipitamment à la cuisine en me voyant et maintenant, elle a peur de l'avouer. De toute façon, rien d'alarmant.

« Kema, je veux bien, évidemment c'est l'explication la plus simple… mais je n'y crois guère. Pourtant, la maison est fermée et le policier a cherché partout… Bon, admettons… ça devait être Kema ! »

Grondal apporta le café et le servit dans de minuscules tasses en argent. Le policier en accepta une, regarda, surpris, les fines ciselures, la renifla d'abord avec suspicion puis finalement se décida à en avaler le contenu d'un seul coup. Il sortit peu après.

Tout le monde resta dans la chambre le reste de la soirée. Peu importait leurs sentiments les uns envers les autres, la terreur les unissait. Une sorte d'inertie due à la peur les maintenait dans cette pièce où les ombres commençaient à s'allonger sur l'escalier de la tour.

« L'un d'entre eux connaît le mystère de l'escalier. Il y a ici des yeux qui cachent leur secret… »

Mieux valait ne pas s'appesantir sur le sujet.

Il n'y eut guère de conversation. Dès que je pense à ces lugubres journées et soirées de Federie House, le souvenir me revient de ces silences si nombreux, apeurés et méfiants, qui s'appesantissaient dès que nous étions réunis. Seul Eustache ne tenait pas en place. Il fuma un nombre impressionnant de cigarettes, s'affaira près du feu, se leva plusieurs fois pour aller contempler les traits de son grand-père, prit l'ordonnance et l'étudia avec attention, comme s'il y comprenait quelque chose. Finalement, à force de tourner en rond dans la pièce, il tomba en arrêt devant un étui à violon traînant sur une commode. Il souffla sur la boîte, de laquelle s'envola un nuage de poussière, et sortit le violon. Il devait être là depuis longtemps, mais il avait toujours ses cordes. Eustache s'occupa un certain temps à les pincer et à les accorder. Puis il sortit l'archet et le fit glisser sur lcs cordes. Au premier gémissement de l'instrument, Geneviève, qui était entré majestueusement dans la pièce, quelques instants plus tôt, se dressa d'un air outragé et repartit, tout aussi hautain. March eut un geste de protestation de la main. Eustache ne le vit pas, ou feignit de ne pas le voir. En fait, rien ne lui échappait.

Il continua donc, tirant du vieux violon des notes discordantes qui petit à petit donnèrent un vague air ressemblant à *La Furiante.* Après une gamme chromatique dans un ton mineur qui faillit me faire grincer des dents, Isabelle jeta sa cigarette dans le feu, se leva d'un mouvement félin, et nous fit face, dans sa robe de taffetas dont le tomber luisant était tout à fait gracieux. L'émeraude imparfaite brillait méchamment au creux de son décolleté.

– Mais arrête donc, Eustache ! s'exclama-t-elle d'une voix aiguë.

Son visage faisait penser à un masque. Elihu Dimuck émergea de sa rêverie, se leva à son tour. Deke Lonergan détourna les yeux du profil de March et en fit autant.

– Je vais me coucher, annonça Isabelle de sa voix sirupeuse. Bonne nuit !

Mittie se leva à son tour, jeta à Isabelle un regard flou comme celui d'un somnambule et la suivit. Les trois hommes lui emboîtèrent le pas. C'était à se demander s'ils n'étaient pas attachés les uns aux autres par un fil de peur et de suspicion.

Elihu Dimuck et Deke Lonergan s'arrêtèrent au passage pour me demander si M. Federie n'allait pas un peu mieux. March s'inquiéta de savoir si je ne manquais de rien. Eustache s'approcha, alors que March était à mes côtés, et lui passa un bras autour de la taille tout en laissant ses doigts errer sur son poignet nu. Elle se dégagea immédiatement et, en me lançant un « Bonne nuit, Mlle Keate ! », rejoignit la porte où le jeune Lonergan, le regard sombre et les lèvres serrées, l'attendait, semblait-il, pour l'éclairer dans le couloir obscur.

– Pensez-vous que l'état de grand-père va bientôt s'améliorer ? me demanda Eustache.

– Je n'en sais rien.

Il contempla un instant son grand-père d'un air songeur puis s'en alla.

« Me voilà seule avec l'odeur de la cigarette d'Isabelle, la lumière vacillante des vieilles lampes, le malade sourd, muet et impotent sur son lit, et, dans ce coin-là, un étroit escalier qui se perd dans l'ombre. »

Le petit éléphant vert avait disparu, les perles bleues étaient dans ma poche, le pompon rouge de March avait été trouvé dans la main du mort.

« Au moins, c'est un assassinat haut en couleur ! »

A cette pensée absurde, j'eus un petit ricanement aigu et le son de ma propre voix me fit réagir. Je retournai à mon travail. Mais le souvenir de ces pas, réguliers, déterminés, bien marqués, me tracassait.

Un peu plus tard, Grondal entra avec de l'eau chaude et une couverture. Il posa l'eau chaude près du feu et déplia la couverture sur le divan.

– Est-ce que je peux m'étendre ici, mademoiselle ?

– Bien sûr ! Dormez, si vous voulez, je vous appellerai en cas de besoin.

– Très bien, mademoiselle.

Sans protester, l'homme s'installa confortablement, et autant que je pus en juger, il s'endormit aussitôt. Du moins il ferma les yeux, ce qui le rendit plus laid que jamais, et il commença à respirer bruyamment. A la vérité, vu ma méfiance envers Grondal, sa protection était à double tranchant. Toutefois, la présence d'une autre personne dans la pièce me permit de me détendre un peu et diminua mon appréhension.

Geneviève revint dans la chambre, tandis que je prenais une dernière fois le pouls de mon malade. Il sauta sans bruit sur la cheminée, s'arrangeant, avec l'habileté de son espèce, pour ne rien déranger du fouillis là-haut. Je retirai ma coiffe, remontai ma montre et m'assis sur une chaise à haut dossier en prenant bien soin, cette fois, de faire face à l'escalier. Je n'avais pas baissé les mèches des deux lampes posées l'une près du lit, l'autre au centre de la pièce. J'examinai les roses rouges ornant leur grand réservoir de cuivre, leur poignée tarabiscotée, leur haut verre dépassant des abat-jour ornés eux aussi de roses et agrémentés de pendeloques de cristal. Celles-ci frémissaient sous l'effet des courants d'air qui filtraient dans la pièce malgré rideaux et volets.

Chaque fois que je levais la tête pour jeter un coup d'œil autour de moi, je retrouvais le même décor. Le moindre détail me devint familier : les lampes, le feu brûlant avec un enthousiasme capricieux, le nez crochu de Grondal émergeant de la couverture et se détachant sur les lambris sombres de l'escalier, le chat maigre sur la cheminée, la queue lovée autour des pattes et la pointe des hanches et des épaules accrochant par moments la lumière.

Malgré une appréhension indéfinissable qui me mettait mal à l'aise et m'empêcha de dormir, la nuit passa assez calmement. Vers minuit, je m'assoupis. Mon sommeil est toujours très léger, aussi je m'éveillai dès que Grondal bougea. Il se leva sans bruit, comme à l'ordinaire, et s'approcha du feu. J'eus nettement l'impression qu'il faisait tout pour éviter d'attirer mon attention. Sans rien dire, il remit méthodiquement du bois dans le feu et retourna se coucher. J'étais mal à l'aise, avec l'impression inexplicable d'être sous étroite surveillance. Les nerfs à fleur de peau, je serrai les accoudoirs de ma chaise, cherchant à percer l'obscurité. Mais les ombres me cachaient les coins de la pièce et enveloppaient l'escalier de mystère. Et en vérité, les événements qui suivirent démontrèrent que nous fûmes épiés pendant presque toute cette longue nuit.

Vers trois heures, le feu était mourant et l'eau chaude apportée par Grondal à peine tiède. Kema avait promis de laisser le fourneau allumé et une bouilloire pleine. J'eus du mal à me décider à traverser toutes ces pièces silencieuses, entre la chambre de la tour et la cuisine. Pourtant je pris une chandelle et partis. Je parvins à mon but, malgré des genoux un peu tremblants. Au retour, je m'arrêtai près du rideau, encombrée par la chandelle dans une main et un récipient d'eau bouillante dans l'autre. Comment écarter cette portière sans provoquer une catastrophe? J'avais dû arriver très doucement, car Grondal ne m'avait pas entendue. Je l'aperçus par la fente du rideau, à genoux à côté du coffre à bois. Je ne distinguais que ses épaules et sa tête penchée, mais j'eus l'impression qu'il examinait un objet dans sa main, le tournant et le retournant, très absorbé.

Si j'avais réfléchi, j'aurais attendu un peu. Mais l'eau risquait de devenir froide avant que j'aie eu le temps de m'en servir. Je poussai donc le rideau du coude, et je pénétrai dans la pièce. A mon entrée soudaine, Grondal sursauta. Il y eut un éclair vert dans ses grandes mains, puis il saisit du bois, le jeta sur les braises et s'activa à ranimer le feu. Celui-ci en avait besoin, il n'y avait rien à dire. Toutefois, je surveillais Grondal du coin de l'œil lorsqu'il retourna se coucher pour replonger apparemment dans un profond sommeil.

Jc stérilisai mon aiguille et je mesurai l'adrénaline. Puis je nettoyai à l'alcool un endroit du bras inerte de mon malade, j'enfonçai l'aiguille, et j'appuyai sur le piston avec mon pouce. Mais mes pensées étaient ailleurs. J'étais certaine que le petit éléphant vert, enlevé par Grondal de la cheminée, était caché dans le coffre à bois. Je retournai différentes hypothèses dans ma tête. Aucune n'était satisfaisante ! Une certitude, toutefois : cet éléphant était plus qu'une babiole. D'après Grondal, M. Federie y tenait énormément. L'attachement de son maître pour ce bibelot, associé au fait que j'avais trébuché sur lui au pied de l'escalier juste après le meurtre, avait pu mettre la puce à l'oreille de Grondal. Cet éléphant, semblait-il, avait un rapport avec le cas qui nous préoccupait. J'ignorais naturellement s'il avait une quelconque valeur intrinsèque, et je ne voyais pas en quoi il pouvait constituer un indice menant à la solution du mystère. Mais une chose était sûre : je voulais à tout prix cet éléphant.

En moins d'un quart d'heure, j'avais inventé un prétexte pour envoyer Grondal à la cuisine. Dès que la lumière de sa bougie fut hors de vue, je traversai rapidement la pièce et je m'agenouillai devant le coffre à bois. Quel délicieux frisson quand mes doigts rencontrèrent le poli de l'objet convoité ! J'eus la brillante idée de le cacher dans l'étui à violon. Eustache l'avait refermé en abandonnant négligemment le violon dessus. Je soulevai l'instrument, j'ouvris l'étui, j'y déposai le petit objet et je le refermai. Je replaçai ensuite le violon comme Eustache l'avait laissé. En retournant près du lit, j'eus, une fois de plus, la sensation désagréable d'une présence très proche. Pourtant le rideau était bien droit et l'escalier semblait vide. Grondal revint avec de l'eau chaude. Il ne put s'empêcher de regarder vers moi, puis en direction du coffre, avec un air de doute.

Peu de temps après, l'aube se leva, grise et froide, filtrant comme à regret à travers les interstices des volets.

Les lampes s'épuisaient derrière leur décor de roses. Geneviève bondit légèrement sur le sol, étira méthodiquement ses grandes pattes, poussa un miaulement caverneux et sortit sans se presser pour quelque expédition secrète.

Grondal se réveilla, plia sa couverture sur son bras et alla au coffre à bois. Je l'observai à la dérobée. Il devait avoir l'intention de prendre du bois pour le feu et par la même occasion de cacher l'éléphant dans la couverture. Quand sa main ne trouva pas l'objet, je le vis tressaillir et hésiter un bref instant. Il empila sans aucun signe de gêne quelques bûches sur le feu et sortit.

Une demi-heure plus tard, il m'apporta le plateau du petit déjeuner. Je tentai de le regarder dans les yeux, mais ses sourcils épais cachaient son regard, et je ne pus rien discerner. Tout en sirotant le café, bienvenu, quoique manquant de crème, je pris deux décisions.

D'abord, garder coûte que coûte cet éléphant, afin de le donner à O'Leary. Ensuite, me méfier de Grondal. Si, comme je l'avais dit au détective, un homme avait péché parce que le démon était en lui, Grondal avait toutes les chances d'être celui-là. Il y avait nettement en lui la trace d'un pied fourchu.

Je finissais mon petit déjeuner lorsque March arriva. Elle était encore pâle et semblait fatiguée. La nuit n'avait sans doute pas été paisible. Elle me gratifia d'un «Bonjour!» las et s'enquit tout de suite de l'état de son grand-père. J'en profitai pour lui demander de bien vouloir rester quelque temps auprès de lui. Après cette nuit agitée, j'avais envie de faire un saut jusqu'à ma chambre pour me rafraîchir un peu et endosser un uniforme propre. Je crois que ce n'était pas faire preuve de mauvais esprit que d'avoir plus confiance en March qu'en tout autre membre de la famille. Je précise : une confiance limitée.

En me rendant rapidement à ma chambre, je rencontrai Mittie dans les escaliers. Elle était hagarde, livide, avec les yeux cernés. Elle aurait aimé me retenir, mais je répondis brièvement à ses questions sur l'état du vieux M. Federie et continuai en hâte. De retour dans la chambre de mon malade, j'attendis que March parte en direction de la salle à manger pour sortir l'étui à violon et l'ouvrir. L'éléphant de jade y était toujours. Je le pris et l'examinai attentivement. Même aux yeux d'une béotienne comme moi, il semblait d'une excellente facture. Mais j'eus beau admirer sa délicate couleur verte, scruter ses yeux sagaces, détailler les larges oreilles et la petite trompe inquiétante, je n'en tirai rien de plus. Au bruit de quelqu'un approchant dans le couloir, je le remis vite dans sa cachette. Ce n'était que Kema, désirant savoir si j'en avais fini avec mon plateau.

– Oui, vous pouvez l'emporter. Au fait, Kema, où étiez-vous donc pendant le dîner, hier soir ?

– Mais dans la cuisine ! répondit-elle sans hésiter en saisissant le plateau de ses grandes mains brunes.

– Tout le temps ?

– Oui.

Elle n'eut pas l'air d'apprécier mes questions et recula d'un air vexé en direction de la porte. Mais j'insistai.

– Vous n'êtes pas montée à l'étage pendant le repas ?

– Non mademoiselle, j'étais à la cuisine, j'avais du travail.

Son regard appuyé en direction du malade disait clairement que je ferais mieux moi aussi de m'occuper de mon travail ! L'instant d'après, sa silhouette massive avait disparu. Alors si les pas entendus n'étaient pas ceux de Kema, qui marchait là-haut ? Ou bien… quoi ? Je crois avoir les pieds sur terre, mais j'avoue qu'à cet instant, mes pensées s'étaient bien vite envolées vers la chaise vide d'Adolphe Federie. Mes cheveux se dressèrent sur ma tête et la chair de poule me gagna, tandis que je lançai un coup d'œil anxieux en direction de l'escalier de la tour.

Puis je haussai les épaules avec impatience et me mis fiévreusement au travail. Une demi-heure plus tard, Grondal arriva, les bras chargés de linge propre. Il m'aida, comme les autres fois, à soulever le malade et à refaire le lit. Il y avait une certaine ironie macabre à nous affairer ainsi ensemble, et j'évitai instinctivement tout contact avec ses longs doigts jaunes.

Il nettoya succinctement la pièce et ne s'approcha même pas du violon. Il m'expliqua, tout en travaillant, que le détective en complet gris avait demandé que l'enquête devant jury eût lieu dans la bibliothèque. En conséquence, il devait se dépêcher d'aller y mettre de l'ordre. Vers neuf heures environ, il revint dans la chambre.

– Ils vont commencer, mademoiselle, et M. O'Leary m'envoie vous chercher.

– Tous les autres sont arrivés? Je désire passer le moins de temps possible loin de mon malade.

– Tout le monde est présent, on n'attend plus que vous.

Bon! Si tous les habitants de cette maison étaient réunis dans la bibliothèque, je ne risquais pas grand-chose à laisser l'éléphant dans sa cachette jusqu'à la fin de l'enquête. Comme je passais la porte, Grondal murmura quelque chose d'inintelligible à propos de la fenêtre et retourna sur ses pas. Mais s'il s'imaginait pouvoir chercher rapidement l'éléphant, il se trompait : je restai sur le pas de la porte et ne le quittai pas des yeux, tandis qu'il tournait dans la pièce en faisant mine de vérifier le feu. Finalement, il me rejoignit, le regard noir, et nous prîmes ensemble le chemin de la bibliothèque.

Comme il l'avait dit, tout le monde était là. Je regrettai de n'avoir pas pu voir O'Leary avant cette séance. J'aurais aimé lui parler de quelques détails auxquels j'avais pensé depuis la veille au soir. Mais après tout, je pourrais aussi bien lui raconter après l'enquête, qui n'apporterait rien de nouveau et ne désignerait certainement pas un coupable.

Un effort avait été fait pour donner à la pièce une apparence officielle. Les chaises étaient bien alignées et le juge, O'Leary près de lui, était assis en face de nous, derrière une petite table. Il s'y appuyait, nous surveillant froidement d'un air las. Ses yeux gonflés semblaient avoir trop vu les faiblesses des hommes.

Quelques pimpants jeunes gens étaient disséminés dans la pièce, sans doute des reporters qui, tous sans exception, n'avaient d'yeux que pour March et Isabelle. D'autres hommes, moins reluisants, appartenaient de toute évidence à la police et affectaient une certaine nonchalance. Tout cela n'était que routine. Il faut ajouter à l'inventaire quelques policiers en tenue et le jury, collection disparate de messieurs tout excités par l'affaire en cours. Les habitants de la maison s'étaient assis les uns à côté des autres, et je me demandai si j'arborais une expression aussi effrayée qu'eux.

La voix du juge, fluette et froide, retint immédiatement mon attention. J'écoutai avec beaucoup d'application la déposition du Dr Hiller, médecin légiste. Il donna rapidement des détails techniques que je fus seule à comprendre. Il parlait si vite que la moitié de ce qu'il disait était inintelligible, même pour moi. Mais une phrase me frappa : « Donc, vu l'angle de pénétration de la balle dans le cœur, il semble à peu près certain qu'elle a été tirée par quelqu'un se trouvant un peu au-dessus de la victime. »

Le juge l'interrompit pour demander si on pouvait apprécier la distance du tir. Le médecin légiste répondit par un déluge de détails, et en dépit de nombreuses références à la taille et à la position des traces de poudre, à la vitesse du projectile et à la force de l'impact, il resta vague. Apparemment, ce point ne pouvait être éclairci, malgré l'aide de toutes ces techniques modernes.

Une idée me vint : si Adolphe Federie avait été penché sur la rampe, une balle tirée depuis la porte de la chambre l'aurait atteint sous le même angle. Or j'avais la preuve que Mittie avait à un moment ou un autre passé cette porte. D'autre part, j'avais vu le rideau bouger juste après le coup de feu. Certes, la visite de Mittie à la chambre de la tour pouvait remonter à plusieurs heures, ou même à plusieurs jours avant le meurtre. Et puis, il ne fallait pas oublier la porte verrouillée de la chambre au-dessus. Deke Lonergan avait l'air d'en savoir long là-dessus.

L'enquête continua par une discussion sur la position du cadavre au moment de sa découverte. A mes yeux, c'était un débat futile : malgré mon peu d'expérience des affaires de meurtre, je crois qu'on se fie beaucoup trop à la position du cadavre. En tant qu'infirmière, je pense qu'elle n'est pas si significative : il y a toujours des contractions involontaires des muscles au moment de la mort. Pourtant, le juge me questionna longuement sur ce point lorsqu'il m'interrogea, à la suite du médecin légiste. J'avais déjà assisté une ou deux fois à ce genre d'enquête et je savais ce qu'on attendait de moi. Je pense avoir fourni un témoignage adéquat en expliquant comment, quand, et dans quelles circonstances j'avais trouvé le corps d'Adolphe Federie. Je fus brève et claire. O'Leary s'était bien gardé de mentionner le pompon rouge et autres détails, car mon interrogatoire et ceux qui suivirent se déroulèrent de la même manière qu'avec lui. Chaque membre de la maison s'en tint strictement à la même version des faits. J'ignore ce que le juge pensa de la déclaration de Mittie concernant la menace proférée par Isabelle de tuer Adolphe, mais les journalistes se mirent à griffonner avec enthousiasme. Quoi qu'il en soit, et bien que l'enquête ait traîné en longueur, rien de nouveau n'apparut.

Je commençai à chercher un prétexte pour retourner dans la chambre de la tour quand Eustache, son mouchoir devant la bouche, gargouilla quelque chose d'un air gêné et fut autorisé à quitter la salle. Sans réfléchir, je bondis sur mes pieds et le suivis, repoussant un policier qui voulait s'interposer. A la porte, j'entendis la voix de O'Leary, expliquant de façon convaincante que M$^{lle}$ Keate devait retourner auprès de son malade.

Le temps d'atteindre le hall d'entrée et Eustache avait disparu. Était-il allé vers la chambre où était caché l'éléphant de jade? Je courus à travers le dédale de pièces, j'arrivai à la porte de la chambre, j'écartai le rideau et restai un instant sur le pas de la porte, fouillant des yeux la pièce. Mon patient gisait, inconscient de l'agitation régnant dans sa maison. Il respirait lentement avec des efforts pénibles. Personne d'autre dans la pièce. Donc si Eustache avait eu l'intention de venir ici, je l'avais battu au poteau. Mais en arrivant près de la table où était posé le violon, mon autosatisfaction s'évanouit. L'instrument était toujours sur son étui, mais quand j'ouvris celui-ci, je vis immédiatement que ce n'était plus le cas de l'éléphant de jade. Il y était pourtant quand j'étais sorti avec Grondal, en direction de la bibliothèque où tous les membres de la maisonnée étaient réunis. Eustache n'en était parti qu'un court instant avant moi, et il n'avait matériellement pas eu le temps d'arriver dans la chambre, de prendre le bibelot dans l'étui (en supposant qu'il sache où il était) et de s'échapper avant mon arrivée. Aucun doute, cependant, l'éléphant avait disparu. Et Eustache était la seule personne à avoir quitté la bibliothèque.

Une quelconque puissance maléfique se moquant des lois humaines était-elle à l'œuvre dans cette vieille maison silencieuse? Confuse du tour que prenait mon imagination, je rejetai ces pensées macabres et absurdes. C'était des mains humaines qui avaient déplacé le violon, ouvert l'étui et saisi l'éléphant. Quel sombre complot se tramait ici?

Je m'abstins de retourner à la bibliothèque, on saurait bien venir me chercher en cas de besoin. Personne ne me demanda, et un peu avant le déjeuner, O'Leary vint me rejoindre. Il paraissait fatigué, abattu, et se laissa tomber pesamment dans un fauteuil.

– Absolument rien, rien que nous ne connaissions déjà. Je suis déçu. Normalement, au cours d'une enquête de ce genre, quelque chose de nouveau apparaît, un petit défaut, une imprécision dans les témoignages. Mais ici...

Il s'interrompit d'un air las, puis brusquement il se redressa, en alerte.

– Que se passe-t-il, M^lle^ Keate ? Je reconnais cette lueur dans vos yeux... Allons, dites, il y a du nouveau ?

– Peut-être... C'est au sujet du petit éléphant vert. Ça n'a peut-être rien à voir avec le meurtre...

Il m'écouta avec un intérêt croissant lui raconter les aventures de l'éléphant de jade et secoua la tête à l'annonce de sa disparition. Puis il s'approcha de la table pour examiner l'étui. Il inspecta également le violon avec minutie.

– C'est un vieil instrument. Au premier abord, pas d'empreintes digitales, mais on ne sait jamais. Nous pouvons essayer de les relever.

– Vous allez trouver les miennes !

La perspective ne me réjouissait guère.

– Bien sûr ! Voyons cet étui... rien ici... pas d'éléphant.

Il retourna s'asseoir.

– Il me semble, M^lle^ Keate, que vous auriez pu être assez astucieuse pour conserver cet éléphant, du moment qu'il était en votre possession !

C'était un comble !

– Sans aucun doute ! rétorquai-je de mon ton le plus acerbe. Je n'avais qu'à le promener dans ma poche ou même le tenir à la main pour que tout le monde en profite. Et ainsi, me faire tuer par celui qui voulait me le reprendre.

Il prit un air songeur, mais cette éventualité parut le laisser froid.

– Voyez-vous, ça ne m'étonnerait pas du tout que ce soit ce qui est arrivé à Adolphe Federie. Il a peut-être volé l'éléphant et quelqu'un, ayant eu trop tard la même idée, a eu recours au revolver. Vous m'avez bien dit que ce bibelot était au pied de l'escalier la première fois que vous l'avez trouvé ?

J'acquiesçai.

– Le meurtrier a vu qu'il ne pouvait pas ramasser l'éléphant qui avait roulé loin des mains du mort, il a eu peur d'être pris sur le fait. En outre, il avait intérêt à filer au plus vite. Il a donc abandonné l'éléphant en pensant le récupérer un peu plus tard, à un moment moins dangereux.

– *Il ?* Vous pensez que c'est un homme ?

– Non, c'est une façon de parler. Ne changeons pas de sujet, si vous le voulez bien.

– Mais je ne comprends pas... Cet éléphant a toujours été sur la cheminée, n'importe qui pouvait le prendre. Si quelqu'un le voulait, il aurait eu cent fois le temps de s'en emparer depuis que M. Federie était malade !

Les yeux gris devinrent plus clairs.

– A condition qu'il sache qu'il le voulait !

Il paraissait très content de lui, comme s'il était tombé sur une piste. Pourtant, ma foi, je ne voyais pas en quoi cela pouvait nous aider. Que voulait-il dire ? J'allais le lui demander quand je vis l'heure à ma montre, et je me précipitai sur le thermomètre.

– Y a-t-il autre chose, M^lle^ Keate ?

Certes. Les perles bleues et les étranges pas dans le couloir de l'aile arrière, l'autre nuit. Je commençais par ces derniers, et je lui en fis une description concise, de ma voix la plus sèche, tout en prenant la température du malade. Mais quand j'eus fini, je m'aperçus que j'avais placé le thermomètre à l'envers dans la bouche du patient. O'Leary me regarda gravement retourner le thermomètre, le secouer de nouveau vigoureusement et le replacer entre les lèvres de M. Federie, par le bon bout cette fois.

– Kema affirme qu'elle n'est pas montée du tout pendant le repas, et Grondal était à l'office avant de suivre les autres. Êtes-vous sûre que tout le monde, sauf Kema et Grondal, était à table ?

– Oui, enfin, tout le monde sauf…

Je me tus, ne sachant pas comment continuer.

– Tout le monde, sauf Adolphe Federie, c'est ça ? Vous m'étonnez M^lle^ Keate. Les morts ne marchent pas.

– Si vous passiez une nuit ici, vous changeriez peut-être d'avis ! protestai-je. De toute façon, mes oreilles sont en parfait état de marche, et j'ai bel et bien entendu des pas ! A moins que ce ne soit vos policiers en train de jouer à saute-mouton !

Quand on parle du loup… Le rideau s'entrebâilla pour laisser passer le policier qui nous avait rassurés sur la nature des bruits de pas. Il eut l'air content de voir O'Leary et regarda la table pour s'assurer qu'il n'y avait plus de minuscules tasses de café. Rassuré, il approcha.

– Qu'y a-t-il, O'Brien ?

– Je voulais seulement savoir si Shafer et moi étions de garde cette nuit, monsieur.

– Oui, c'est probable. Vous avez eu votre journée de congé, n'est-ce pas ?

Le ton était sec.

– Oui, monsieur. Le chef m'a dit de vous parler, monsieur. Mais… M. O'Leary… (Il était manifestement très mal à l'aise.) Je me demandais seulement si, enfin… si deux hommes étaient suffisants.

Il balbutia les derniers mots en hâte et resta à se dandiner d'un pied sur l'autre, pétrissant son képi avec une anxiété croissante.

– Certainement. Vous n'avez quand même pas peur ?

– Oh non, monsieur ! non, non, nous n'avons pas peur… (Il déglutit d'un air malheureux.) Enfin, à vrai dire… (il se pencha et continua d'une voix à peine audible) cette maison est hantée, monsieur… oui… par le diable en personne !

O'Leary ne broncha pas.

– Pourquoi dites-vous cela ?

O'Brien prit sa respiration.

– Je… Je ne sais pas. Je vous jure que je ne sais pas. J'aimerais comprendre. Si seulement je pouvais mettre la main sur quelque chose, ou lui donner un bon coup de matraque ! Mais c'est juste une impression. Cela fait une douzaine de fois que je me retourne en me sentant observé… et je n'arrive pas à trouver ces yeux-là. C'est juste une impression.

Il se tut, écarlate, mais affirmatif.

– Dites donc, O'Brien, qu'est-ce que c'est cette histoire de pas, hier soir pendant le dîner ? Vous étiez en haut, à ce moment-là ?

Le visage ouvert du policier se détendit :

– Oh ça, ce n'était rien ! Juste une idée. Les convives dans la salle à manger ont entendu quelque chose, le vent dans les arbres ou quelqu'un dans la cuisine, et ils se sont imaginé qu'il y avait des bruits de pas au-dessus. Mais moi j'étais à l'étage, monsieur, au bout du grand couloir. Je patrouillais dans la maison, suivant les ordres. Pendant ce temps-là, Shafer faisait une ronde dehors pour s'assurer que toutes les portes et les fenêtres étaient bien verrouillées. J'étais là dans le couloir, quand les deux jeunes sont arrivés au pas de course, avec le petit gros à lunettes. Et aussi ce Grondal. Ils voulaient savoir qui marchait dans le couloir de derrière. Nous y sommes tous allés. Et bien entendu, monsieur, il n'y avait personne. Ni dans aucune des chambres. Nous sommes même montés au grenier. Nous avons pensé que ça devait être cette sauvage, la cuisinière, vous savez, la vieille aux grosses boucles d'oreilles en or. Mais, entre nous, M. O'Leary, je crois qu'ils ont tous imaginé le bruit de pas.

Je ne pus me contenir plus longtemps.

– Nous n'avons rien imaginé du tout, j'ai des oreilles et je sais m'en servir. Et je ne suis pas du genre à imaginer. Je vous dis que quelqu'un marchait là-haut !

Lance O'Leary nous écoutait, attentif.

– Venez avec moi, O'Brien, allons voir ce que Kema a à dire.

Je le retins.

– Un instant, M. O'Leary, il y a autre chose…

Il attendit pendant que je sortais les perles bleues de ma poche où je les avais soigneusement déposées en changeant d'uniforme. O'Brien m'écouta bouche bée expliquer la découverte de ces perles et leur provenance.

Pour je ne sais quelle raison, O'Leary parut ravi de mes explications. Il me les fit répéter, et quand je lui exposai ma théorie du coup de feu tiré depuis la porte de la chambre, ses yeux se mirent à briller. Il redevint l'homme alerte, toujours sur le qui-vive, que je connaissais bien.

– M^lle^ Keate, personne ne vous arrive à la cheville !

Donnez-moi ces perles, s'il vous plaît. Nous allons rechercher ce fantôme-piétineur !

Comme je l'en avais prié, Grondal m'apporta le déjeuner dans la chambre. Il m'informa que les obsèques auraient lieu à quinze heures au funérarium de la ville. Parfaitement approprié aux circonstances…

Dès treize heures, je me faisais déjà une joie de pouvoir enfin faire une longue sieste pendant mon temps de liberté, qui commençait à quatorze heures. C'est alors que le détective revint dans la pièce. Il était comme toujours tiré à quatre épingles, avec des cheveux impeccablement coiffés. Son apparence prospère, moderne et soignée, était plutôt incongrue dans cette vieille maison étouffante et humide, encombrée de meubles anciens, où des relents de discorde et de haine cachée empoisonnaient l'air que nous respirions. Il recommença à me poser des questions sur les bruits de pas entendus la veille au soir et finit par remarquer d'un ton vexé qu'il n'y aurait pas cru si je n'avais été parmi les témoins.

« Qu'entend-il par là ? Est-ce un compliment ou une critique ? »

– Figurez-vous, continua-t-il, que Kema m'a déclaré se trouver effectivement au premier étage, dans le couloir, et être descendue par l'escalier de service, évitant ainsi d'être vue du policier et des autres hommes. Et lorsque je lui ai demandé pourquoi elle revenait sur sa déclaration initiale, elle a fait semblant de ne pas comprendre ! Alors, à qui ment-elle ? Il est probable que c'est à moi, car elle a eu le temps de réfléchir. De toute façon, sa volte-face est intéressante.

– Pensez-vous que quelqu'un, un étranger, un cambrioleur par exemple, ait pu s'introduire dans la maison ?

Il me lança un étrange regard.

– Tout est possible, M^lle^ Keate. Mais réfléchissez : hier, il y avait des policiers tout autour de la maison, ils ont fouillé dans tous les coins et n'ont rien trouvé. Depuis, nous avons constamment eu un homme sur place. Seul un être doué de pouvoirs surnaturels aurait pu entrer et sortir sans se faire voir. Et bien que tout soit possible, nous devons garder les pieds sur terre et rejeter le surnaturel. O'Brien maintient qu'il n'a rien entendu. C'est possible, ces vieux tapis étouffent les bruits. Pour entendre les pas, il fallait se trouver, comme vous, juste sous le plancher dépourvu de tapis… Ah ! Vous voilà !

Il se retourna pour accueillir Grondal, entré pourtant sans le moindre bruit.

– Vous m'avez demandé, monsieur ?

– Oui.

Il observa pensivement l'homme. Quand il se décida à parler, ses mots tombèrent, si calmes, si nets et cependant si tranchants qu'ils me firent penser à du gravier frappant une dalle de ciment.

– La nuit du crime, vous êtes descendu par l'escalier de service après avoir entendu la sonnette de cette chambre. Qui était la femme que vous avez, je crois, croisée dans l'escalier ?

Le visage de Grondal se décomposa, sa cicatrice devint encore plus visible. Il se mordit les lèvres.

– Qui était-ce ? répéta O'Leary.

Grondal cligna des yeux. Seule, une lueur filtrait sous les cils épais. A quelques pas de lui, le velours vert du rideau bougea très légèrement, comme sous l'effet d'un courant d'air.

– C'était… c'était Mittie Frisling, dit le majordome.

Au même instant, le rideau frémit de nouveau. Or, il n'y avait pas le moindre souffle de vent… Qui agitait ce rideau? En moins de temps qu'il n'en faut pour le dire, je repoussai Grondal et j'écartai les plis du rideau, juste à temps pour voir Mittie Frisling disparaître au coin de l'étroit couloir. Impossible de se méprendre sur ces cheveux filasse et ces épaules grasses.

– Mittie Frisling en personne ! dis-je à O'Leary qui m'avait rejointe rapidement.

En entendant ces mots, Grondal se retourna brusquement. Il était évidemment très contrarié, paniqué même, et il regarda O'Leary d'un air effrayé.

– Ça ne me plaît pas du tout, qu'elle m'ait entendu, dit-il. M^lle^ Frisling a mauvais caractère. Elle ressemble à son père.

– Vous connaissiez son père ?

Grondal regrettait sa demi-confidence.

– Si l'on veut, monsieur, c'était... Il faisait partie des connaissances de M. Federie.

– Sans doute plus qu'une simple connaissance, puisque M^lle^ Frisling est venue vivre ici dès la mort de son père.

– Comment sav... (Il se reprit si brusquement qu'il faillit s'étrangler.) C'est exact, monsieur.

– Pourquoi vouliez-vous me faire croire que M^lle^ Frisling n'était ici que depuis quelques jours alors qu'elle est en réalité arrivée il y a plusieurs semaines ?

– J'ai pensé que M. Federie aurait voulu que je protège... que je garde...

Il s'arrêta, comme s'il ne savait comment continuer, et O'Leary attendit un instant avant d'insister sèchement :

– Protéger quoi ?

Grondal s'était repris.

– J'ai dit à monsieur tout ce que je me sens en droit de dire.

Les yeux du détective, soudain du gris des nuages d'orage, lancèrent des éclairs. Mais il n'était pas homme à montrer ses sentiments.

– Où étiez-vous exactement quand vous l'avez croisée ?

– A peu près au milieu de l'escalier. Ma main a effleuré son bras nu au passage. J'ai... j'ai fait un de ces bonds !

– Elle n'a rien dit ?

– Une sorte de... hoquet, monsieur, je pense qu'elle aussi a eu peur.

– Très probablement... Comment savez-vous que c'était M^lle^ Frisling ?

Grondal hésita :

– C'est difficile à expliquer... je suis sûr que ce n'était pas M^me^ Isabelle, car elle porte un parfum très capiteux. Ce n'était pas non plus M^lle^ March. Elle n'aurait pas eu peur, elle, et ne se serait pas enfuie... et puis je l'aurais reconnue. Non, ça ne pouvait être que M^lle^ Frisling, monsieur.

– Un dernier mot, Grondal !

La voix de O'Leary était tranchante car Grondal s'était tourné vers la porte, comme pour bien marquer qu'en ce qui le concernait, cet interrogatoire était fini.

– ... Que savez-vous de l'éléphant vert ?

A cette question inattendue, Grondal se raidit. Il se mordit de nouveau les lèvres, et ses yeux allèrent de O'Leary à moi, puis revinrent au détective.

– Un éléphant vert ? Ah, vous voulez parler du bibelot de jade appartenant à M. Federie ?

– Exactement.

– Eh bien... rien ! Simplement que c'est un petit objet d'art que M. Federie aime beaucoup... et qui semble avoir disparu. Quelqu'un l'a sans doute pris.

– Qui ça ?

Grondal ne réagit pas

– Je ne sais pas, répliqua-t-il avec beaucoup de naturel.

O'Leary eut beau le questionner adroitement pendant quelques instants, il n'en tira rien de plus. Quant aux raisons que pouvait avoir Mittie Frisling pour s'imposer à la famille Federie, impossible d'obtenir un autre mot d'explication de la part du majordome. (J'emploie ce mot au sens large, Grondal, en fait, faisait tout dans la maison.)

– Et pourquoi avez-vous omis de me dire avoir croisé Mittie Frisling dans les escaliers de service le soir du meurtre ?

– Cela m'a semblé préférable, monsieur.

– Vous ne voyez pas autre chose qu'il vous a semblé préférable d'omettre ? finit-il par demander.

Grondal devint écarlate, et cela me surprit car je le croyais plus coriace.

– Non, monsieur.

Nous ne devions découvrir que beaucoup plus tard à quel point il mentait.

Après son départ, O'Leary se tourna vers moi.

– Je suis prêt à parier mon nouveau bolide (et il est superbe) que ce type en sait bien plus qu'il ne dit, remarqua-t-il. Enfin, j'arriverai peut-être à lui extorquer d'autres révélations, sait-on jamais ?

– Comment saviez-vous qu'il avait croisé Mittie Frisling dans l'escalier de service ?

– Les précieuses perles bleues, chère mademoiselle ! Regardez !

Il tira avec mille précautions de sa poche les quelques perles enfilées que je lui avais données, plus trois autres, toutes seules.

– … L'une d'elles était au milieu de l'escalier, une autre avait roulé dans une fente du plancher du couloir du premier étage, près de la porte du salon d'Adolphe Federie. Et la troisième… (il s'arrêta, savourant l'effet de suspense)… la troisième était dans la chambre inoccupée, là-haut, à moins de cinquante centimètres de l'endroit où nous avons trouvé l'arme du crime.

Après un mouvement de recul, je contemplai, fascinée, ces trois innocentes perles bleues. Atterrée, je pensai que c'était moi qui avait mis O'Leary sur leur piste. Bien sûr, tôt ou tard, il les aurait trouvées. Mais si Mittie était accusée de meurtre à cause de ces perles, je ne pourrais plus jamais dormir sur mes deux oreilles !

– … Allons, n'ayez pas de regrets, M^lle^ Keate, me réprimanda-t-il, comme s'il pouvait lire dans mes pensées. Ce qui doit être sera. Si Mittie est capable de commettre un meurtre, elle est capable d'en assumer les conséquences. C'est la première leçon qu'apprend un enquêteur… Bon, maintenant j'ai de quoi occuper mon après-midi. Quelqu'un va venir relever les empreintes digitales sur le violon, et je reviendrai ce soir. Vous feriez mieux de demander à Kema ou à Grondal de rester auprès de votre malade cet après-midi pendant que vous vous reposez. Il y a toujours deux policiers dans la maison, donc vous n'avez pas à avoir d'inquiétude. Ah, bonjour docteur !

Lance O'Leary sortit comme le docteur entrait. Le Dr Jay le suivit d'un regard admiratif.

– C'est donc lui, Lance O'Leary… (Il avait une nuance de respect dans la voix.) Je ne le croyais pas si jeune ! Il est plutôt bien de sa personne, vous ne trouvez pas ? Je me demande qui est son tailleur… Moi qui l'imaginais petit et rondouillard, avec un cigare et un chapeau mou… Voyons, continua-t-il en se tournant vers le patient, j'ai toujours pensé que j'aurais aimé être détective... porter un pistolet, chercher des indices, traquer le méchant et me couvrir de gloire! Au lieu de cela, je suis armé d'un stéthoscope et dérangé à n'importe quelle heure de la nuit. C'est une vie d'enfer.

Puis il changea de sujet brusquement.

– Où est l'ordonnance? Comment va notre patient? J'ai l'impression qu'il a une chance de s'en tirer.

Kema accepta tout de suite de rester près du vieux M. Federie pendant que j'allais me reposer. Elle n'avait pas l'intention d'assister aux obsèques car, me précisa-t-elle, elle s'intéressait plus aux vivants qu'aux morts. Une très honorable façon de voir, que j'aurais admirée de tout mon cœur si j'avais été absolument sûre qu'elle n'était vraiment pour rien dans le départ définitif d'Adolphe Federie. Mais c'était une certitude que je n'avais pour aucun des membres de la maisonnée. La seule chose qui m'agaçait chez Kema, c'était son flegme, le calme dont elle ne se départait jamais.

Une fois en haut, dans ma chambre, je commençai par retirer de mon lit Geneviève, confortablement lové sur mon kimono de soie. Je le déposai dans le couloir. Je n'avais pas du tout envie de le toucher, et le contact de cette épaisse fourrure me fut très désagréable. Et plus je secouai le kimono, moins les poils du chat s'en détachaient.

De ma fenêtre, j'assistai au départ de la famille pour les obsèques. Deux taxis attendaient près de la grille, taches jaunes et brillantes dans la grisaille de ce monde triste.

Isabelle Federie arriva la première, son petit chapeau noir enfoncé jusqu'aux yeux. Elle portait une cape de vison qui faisait beaucoup d'effet malgré son usure. Elle s'arrangeait toujours pour garder, quels que fussent ses problèmes ou son manque d'argent, une allure élégante et distinguée.

La température avait encore baissé, avec une humidité glaciale qui transperçait jusqu'à la moelle. March portait également un manteau de fourrure : de l'écureuil gris qui semblait neuf et très chic, avec un tout petit chapeau noir et d'épais gants blancs. Je les vis lorsque sa main s'attarda sur la poignée du portail, jusqu'à ce que Lonergan ouvre la portière du taxi le plus proche. Il avait manœuvré pour être à côté d'elle.

Eustache, exagérément élégant à côté d'Elihu Dimuck, habillé de façon fort banale, fut obligé de monter dans le second taxi. Ils durent attendre quelques instants Mittie Frisling qui arriva à petits pas pressés dans l'allée, plumes de chapeau voletant au vent et franges dépassant d'un affreux manteau à carreaux. Grondal la suivait. Il s'assit près du chauffeur. Les deux taxis démarrèrent lentement sur la route boueuse. Il me sembla curieux que Lonergan les accompagne. Peut-être était-ce davantage pour être avec March que par respect pour le mort ? D'ailleurs, que faisait Blondinet dans cette maison ? D'après ce que j'avais vu, son amitié pour Eustache n'était pas assez grande pour justifier sa présence, ni son anxiété quant à la santé du vieux M. Federie.

Je me reposai enfin avec délices. C'était la première fois que je me sentais bien depuis mon arrivée chez les Federie ; ce fut aussi la dernière.

Encore somnolente, je pensais que mon bien-être était dû au fait que les personnalités conflictuelles de la maisonnée avaient déserté la place. Dehors, loin d'ici, ils assistaient tous aux obsèques d'un homme… tué par l'un d'entre eux ! Je scrutai les ombres autour de moi, et mon bien-être s'évapora. Le meurtrier était soit l'une des sept personnes parties afficher leur chagrin et accomplir un dernier geste de respect envers Adolphe Federie, soit Kema. Avec de telles idées en tête, pas moyen de m'endormir avant d'être allée coincer une petite chaise sous le loquet de la porte.

Je ne dormais pas depuis plus d'une heure lorsque je m'éveillai en sursaut, tous les nerfs tendus, le cœur au bord des lèvres et les paumes moites : un peu assourdis, mais bien clairs, des sons provenaient d'en bas. Au piano, quelqu'un effleurait les vieilles touches avec des mains expertes... *La Furiante,* l'air préféré d'Eustache, jouée d'un doigt léger mais compétent. Je ne sais pas combien de temps je restai là, glacée d'effroi, écoutant, en retenant mon souffle, ce morceau mystérieux qui résonnait, palpitait, gémissait ou se déchaînait. Cette musique démoniaque m'émouvait malgré moi.

Soudain, je bondis sur mes pieds.

« Mais Eustache n'est pas ici, je l'ai vu, de mes propres yeux, quitter la maison ! »

## La troisième nuit

Quelques secondes me suffirent : je m'enroulai dans mon kimono noir et sans me chausser, je me glissai à pas de loup dans le couloir vert sapin. Arrivée à l'extrémité sud, après la chambre de March, j'aperçus près de la fenêtre une silhouette massive, vêtue de bleu. Le policier scrutait l'obscurité du dehors, mais ne semblait absolument pas dérangé par cette innocente petite musique. Je le dépassai doucement. La chance était avec moi : il ne se retourna pas. Mais à l'instant où j'atteignis le haut de l'escalier, la musique cessa d'un seul coup. Ni bruit soudain, ni note discordante, ni accord final, elle s'arrêta simplement aussi brusquement qu'elle avait commencé, laissant la mélodie en suspens. Ce fut tellement inattendu que j'hésitai pendant au moins quinze battement de pouls, une main serrant mon kimono et l'autre posée sur mes lèvres : mon cœur faisait de tels bonds que j'avais peur qu'il ne me sorte par la bouche !

En bas, silence total et intégral.

« Appelle le policier ! » susurra une petite voix en moi.

Je passai outre à cet avertissement, et je descendis les escaliers avec mille précautions, mais aussi vite que possible. Pas une âme dans l'entrée. Je tournai rapidement l'angle. Arrivée à la bibliothèque, j'écartai brusquement le rideau et je balayai toute la pièce du regard. Personne en vue ! Inquiétant, certes, mais au fond, je m'y attendais. Alors, quels doigts s'étaient posés sur les touches jaunies du vieux piano luisant majestueusement à l'extrémité de la pièce ?

«Je n'ai plus qu'à fouiller toute la maison.»

Ce n'est qu'ensuite que je compris la folie d'une telle entreprise! Sur le moment, je ne pensais qu'à passer à l'action. Je commençai par la chambre de la tour. Mon malade n'avait besoin de rien, et Kema somnolait sur sa chaise.

En vingt minutes, j'avais fini mon inspection. J'étais passée partout, même dans l'office et ses dépendances, derrière la cuisine, les pièces de service, les chambres inoccupées, la bagagerie, l'appartement d'Adolphe Federie, partout sauf dans le grenier et dans la pièce fermée à clef au-dessus de la chambre de la tour. Conclusion? Cette vieille maison était moisie, poussiéreuse, incommode, mal aérée, misérablement éclairée, pour tout dire fort peu confortable, malgré son élégance ostentatoire et désuète. Il n'y avait même pas de cave. Bois et charbon étaient entreposés à l'extérieur, dans une sorte d'appentis non loin de la porte de derrière. Comme je n'avais pas l'intention d'être vue, je pris soin d'explorer le premier étage sur la pointe des pieds. Le policier ne tourna même pas la tête. Bien que cette indifférence réponde à mes souhaits, elle ne me fit pas changer d'opinion quant à l'efficacité de la présence d'un policier sur les lieux. Surtout un policier sourd comme un pot! Toutefois, lorsque je fis grincer la porte en sortant de la chambre de March, à moins de deux mètres de lui, il sursauta et se retourna.

– Que diable?

Il reprit son souffle, se signa, regarda de plus près, murmura dans sa barbe quelques mots peu chrétiens et s'approcha.

– Qu'est-ce que vous faites là? me demanda-t-il brutalement. J'avais eu le temps de me rappeler mon accoutrement et, portant avec gêne une main à mes cheveux, j'y trouvai les bigoudis sur lesquels j'avais enroulé une partie de ma frange. Ils étaient longs et pointaient comme des cornes au-dessus de mes tempes. Entre ces inquiétantes protubérances et les vastes plis de mon kimono noir, la réaction effrayée du policier était pardonnable. Elle n'en n'était pas moins fort peu flatteuse !

– Je cherche le meurtrier, moi ! fis-je sèchement. Et si vous perdez votre temps à rêvasser en regardant par la fenêtre, ce n'est pas vous qui l'empêcherez de nous assassiner tous dans notre lit !

Je regagnai ma chambre avec toute la dignité compatible avec mon absence de chaussures. Il bafouilla quelques mots derrière moi, plus une plainte qu'une excuse, mais je lui fermai la porte au nez.

Je me contemplai dans la glace avant de m'écrouler dans mon lit. Je n'avais guère été payée de mes peines. Côté crédit : néant. Côté débit : une paire de bas de soie presque neufs, qui avaient récolté une quantité industrielle de poussière avant de s'accrocher à la serrure d'un sac de voyage béant dans la chambre de Mittie Frisling.

En me rendormant, j'eus le temps de me dire que le grenier et la pièce fermée à clef étaient les seuls endroits ayant échappé à mes investigations. Si un fantôme voulait s'y réfugier, grand bien lui fasse ! Ce ne serait certainement pas moi qui irait l'y déranger. Mais l'air endiablé de *La Furiante* troubla mes rêves, et je me réveillai peu reposée, et oppressée par l'appréhension.

Il était presque dix-huit heures quand je redescendis, ragaillardie par un bain un peu trop frais et un uniforme impeccable dont les plis amidonnés bruissaient doucement à mes oreilles. *La Furiante* me parvint de nouveau comme j'atteignais le hall. Mais cette fois, Eustache était au piano. Je jetai un coup d'œil dans la bibliothèque pour m'en assurer. Seule concession au modernisme dans cette maison, un shaker à cocktail était posé sur le piano, à côté d'un verre vide. Isabelle était assise non loin de l'instrument, un autre verre à la main. Ses bagues étincelaient. Elle n'avait pas encore enlevé son chapeau. Deke Lonergan était debout près d'une fenêtre, renfrogné jusqu'au bout des ongles. Ses cheveux blonds interceptaient les rayons de la lampe au-dessus de lui. En réfléchissant plus calmement à mon joueur de piano fantôme, je me dis qu'Eustache avait dû quitter la cérémonie avant la fin et revenir pour une raison quelconque à la maison. Je questionnai adroitement March. J'aurais mieux fait de m'abstenir : je découvris qu'Eustache n'avait pas quitté les autres de tout l'après-midi !

Pas de changement chez mon malade. Kema avait suivi mes instructions à la lettre. Le dîner fut horrible : Mittie Frisling reniflait de temps à autre et tamponnait ses yeux gonflés. Quel étalage d'hypocrisie si ce que je commençais à penser d'elle était exact ! Isabelle, en revanche, faisait preuve d'une indécente indifférence et dévorait de bel appétit. Elihu Dimuck scrutait les plats de son regard myope et se cantonnait dans une réserve prudente, comme si le contact de ses voisins risquait de le contaminer. Deke Lonergan se taisait. Eustache fumait cigarette sur cigarette. March n'était plus qu'une pâle petite statue. Repas pénible, donc, mais il ne s'y passa rien de particulièrement marquant. Il plana sur nous un silence sinistre, lourd de pensées non formulées dont la présence inavouée nous serrait la gorge. Malgré ma désapprobation, les convives vinrent prendre le café dans la chambre de la tour. Ne pouvant alléguer que leur présence dérangeait le malade, je m'abstins de protester. Personne ne semblait capable de parler, nous étions enfouis dans un linceul de silence. Je fus soulagée de voir Isabelle quitter la pièce de bonne heure, suivie des autres. Sans qu'un mot ne soit prononcé, leurs regards furtifs allèrent de l'un à l'autre avant d'inspecter une dernière fois la vieille chambre.

March, toujours courtoise, s'attarda pour me souhaiter une bonne nuit. Je l'avais vue à plusieurs reprises regarder en direction de la cheminée.

– Vous n'auriez pas vu un petit éléphant de jade? demanda-t-elle à voix basse quand tous les autres furent sortis. Un bibelot que grand-père garde ici, sur la cheminée.

A court d'idée pour répondre, j'hésitais lorsqu'elle ajouta d'une voix lente :

– Il m'a dit qu'il serait à moi après sa mort. Il y tenait et voulait absolument que je l'aie. Il a souvent dit qu'il devait me revenir, ou plutôt que s'il mourait, il fallait que je le prenne tout de suite.

Elle me regardait pensivement et comme un peu étonnée de l'insistance de son grand-père.

– … Et ce soir, j'ai remarqué que l'éléphant n'y était plus. Il n'est pas grand, à peu près comme ça… (Elle me montrait la taille de ses jolies mains.) Vous ne l'auriez pas vu, M$^{lle}$ Keate?

– Si, il était là. Mais il a disparu. Je ne sais pas ce qu'il est devenu.

Et c'était vrai, en mon âme et conscience :

– Il a disparu! (Ses yeux bleus devinrent plus sombres et son menton trembla.) Mais pourquoi?

– Tu viens, March? demanda Eustache depuis la porte. Je vais t'éclairer dans le couloir.

Elle hésita, me jeta un coup d'œil un peu suppliant, puis passa sous le bras d'Eustache, entre les plis de velours. J'entendis le bruit de leurs voix s'éloigner.

Lance O'Leary entra peu après. Il paraissait fatigué, moins invincible, plus humain, plus jeune et soucieux que d'habitude. Il se laissa tomber sur une chaise, se passa d'un geste las les mains sur le visage puis les tendit vers le feu pour les réchauffer.

– Quelle baraque! remarqua-t-il d'un air dégoûté. Incommode au possible, bâtie comme elle l'est. A côté de la porte arrière se trouve l'appareil téléphonique le plus antique que j'aie jamais vu. Je me demande comment le service du téléphone ne s'en est pas aperçu. La cuisinière dit que M. Federie a consenti à le faire installer il y a quelques années pour qu'elle puisse passer ses commandes d'épicerie. Pas de chauffage, pas de lumière. Rien que des draperies, et en guise de meubles, d'abominables mochetés!

Il frissonna.

– Ce soir, cette masure prétentieuse me tape sur les nerfs!

– Je croyais que les détectives n'avaient pas de nerfs, commentai-je malicieusement.

– Faux! Nous vivons sur les nerfs. Surtout quand... quand nous piétinons. Je n'arrive à rien, ici, il y a quelque chose qui m'échappe. Je touche presque au but, je le sens, mais je ne parviens pas à trouver le dernier morceau du puzzle.

D'un mouvement de ses mains fines, il sembla chercher à attraper des fils invisibles.

– Et ce n'est pas tout, continua-t-il encore plus sombre. J'ai la sensation... d'un danger imminent... Comme si ce n'était pas fini.

Il s'arrêta brusquement, me regarda, mi-gêné, mi-provocateur, puis soudain il remit son masque et redevint le Lance O'Leary de toujours, yeux clairs et imperturbables, expression assurée.

Je commençai timidement :

–J'ai quelque chose à vous raconter. Cet après-midi, pendant que les autres étaient aux obsèques, j'ai entendu, enfin… J'ai cru entendre Eustache jouer du piano. Ce ne pouvait être Eustache puisqu'il était parti, mais c'était cet air qu'il joue toujours.

Lance O'Leary était appuyé au dossier de sa chaise, les yeux mi-clos mais très attentif.

– Expliquez-vous, M^lle^ Keate.

Je fis de mon mieux, mais il me fut difficile de répondre à ses questions précises.

– Vous êtes sûre de ne pas avoir rêvé tout ça? insinua-t-il. A ma réponse indignée (avec raison, non?), il fixa le feu pendant un moment sans rien ajouter.

– Il y a une possibilité… (Il semblait perdu dans ses pensées.) Mais si c'était vrai, ce serait bien surprenant!

Il se leva et resta debout, le dos au feu.

– … Le vent se lève… Je n'aime pas la façon dont il siffle autour de la maison.

–Je déteste ce vent, moi aussi. Ces vieux volets battent comme des ossements qui s'entrechoquent.

J'avais parlé sans réfléchir, et mes propres mots me surprirent. Il remarqua sans doute mon expression et son sourire fut un peu forcé.

– Votre subconscient vous trahit, M^lle^ Keate. Voulez-vous que je reste ici cette nuit?

– Vous pensez qu'il risque de se passer quelque chose?

– Non, non… Mais on ne peut être sûr de rien. On prend parfois mille précautions, et cependant…

Il laissa sa phrase en suspens mais haussa les épaules.

–Je n'ai pas peur… Les policiers sont toujours ici?

– Oui, un à chaque étage avec l'ordre de patrouiller toute la nuit dans la maison.

– Et Grondal dormira sur le canapé comme la nuit dernière ?

Il acquiesça.

– Alors, je ne vois pas pourquoi je serais plus effrayée que les autres.

– Je parierais qu'ils ont tous fermé leur porte à clef et qu'ils se sont barricadés… J'en aurais fait autant !

– C'est l'ennui, dans cette chambre. Il n'y a pas de porte et en plus, la pièce est juste en bas de l'escalier de la tour. Mais la nuit dernière a été calme, ajoutai-je allègrement, avec une indifférence contraire à ce que je ressentais. Je vous téléphonerai si quelque chose me semble suspect.

– Très bien. Et pouvez-vous avoir un œil sur les clefs traînant ici ou là ? La clef de la chambre au-dessus est toujours introuvable et la chercher dans cette maison revient à chercher une aiguille dans une botte de foin. Vous comprenez, je me demande si celui qui possède cette clef…

Je terminai à sa place :

– … n'est pas le meurtrier ?

– Ce n'est pas impossible, répondit-il sans s'engager. Est-ce que le spécialiste des empreintes digitales est passé ?

– Je ne sais pas.

Il s'approcha du violon, l'inspecta avec soin et parut satisfait.

– Les empreintes ne m'en apprendront pas beaucoup plus… (Son ton était maussade.) Mon Dieu, Mlle Keate, j'espère que ce n'est pas une prémonition ! J'ai une sorte de pressentiment qui me donne envie de vous crier de prendre garde !

Il jeta un regard noir en direction du feu. Je pris ma trousse à pharmacie et j'en sortis deux comprimés de bicarbonate.

– C'est certainement l'estomac, lui dis-je calmement. (Alors que je ressentais exactement la même chose que lui !) Avalez ça, vous vous sentirez mieux.

– Il est vrai que j'ai mangé du gâteau au dîner, admit-il.

Il regarda les comprimés avec toute la méfiance peinte sur le visage d'un homme face à une femme résolue et armée d'un médicament.

– Comment ça se prend ? Avec de l'eau ou il faut juste les avaler ?

Sans attendre l'eau, il les avala rapidement. Comme ils étaient un peu gros, je pense qu'ils lui restèrent collés dans le gosier, car il déglutit plusieurs fois avec peine. Et son « Bonsoir ! » me parut manquer de gratitude.

Grondal dut le croiser dans le couloir car il arriva aussitôt, une couverture sur le bras et Geneviève sur les talons. Le léger réconfort de sa présence était quand même gâché par l'idée malvenue qu'il pouvait tout aussi bien être le meurtrier. Je m'efforçai de me rassurer en pensant que la nuit précédente, Grondal n'avait en rien paru nourrir de mauvaises intentions. Geneviève s'enroula sur la cheminée et s'endormit comme tout bon chat chrétien.

Mais entre le lourd silence de la chambre, les gémissements des arbres, les grincements des volets battus par le vent, tous les soupirs, craquements et frottements qui résonnent la nuit dans une vieille maison ayant vu passer bien des vies et des morts, j'avais les nerfs en pelote.

Je ne pouvais m'empêcher de surveiller alternativement chaque coin de la pièce ni de m'attarder avec une répugnance fascinée sur les tournants de l'escalier. Les lambris du bas luisaient faiblement. J'entrepris d'inspecter des yeux une marche après l'autre, la rampe mince d'un côté, le mur vert fané de l'autre. Mais au deuxième tournant, les marches se perdaient dans l'ombre, et la fine rampe disparaissait.

Il n'était pas plus de vingt-deux heures trente quand je m'installai dans la grande chaise près du lit. A une heure du matin, j'étais toujours bien éveillée, écoutant tous les bruits de la nuit, les craquements du bois qui travaille, les soupirs du feu, les rafales de vent.

Puis je dus m'activer : le pouls de mon patient ralentissait, il lui fallait rapidement un tonique cardiaque. L'eau près du foyer était presque froide, et je n'avais d'autre solution que de descendre faire bouillir de l'eau à la cuisine. La corvée ne fut pas plus agréable que la veille, pire même, car les couloirs obscurs, résonnant des murmures et des soupirs du vent, les rideaux agités par les rafales semblaient vivants, parfaitement au courant de mon intrusion... et réprobateurs ! Ma petite chandelle vacillait et projetait des ombres rampantes.

Quand j'atteignis enfin la cuisine, mes genoux tremblaient et j'avais les mains glacées. J'allumai la lampe laissée par Kema sur la table, j'en remontai la mèche. L'eau du fourneau n'était pas assez chaude. Je retirai l'un des ronds du foyer de la vieille cuisinière, je tisonnai le feu et je plaçai la bouilloire directement sur les flammes. Pendant que j'attendais que l'eau chauffât, j'entendis des pas dans l'entrée, derrière la cuisine. Puis un bruit étouffé, comme celui d'un moulin à café particulièrement discret et bien élevé. Une voix basse et prudente dit quelques mots, puis il y eut un instant de silence, ensuite le murmure reprit. J'allai sur la pointe des pieds jusqu'à la porte, et je collai mon oreille contre le trou de la serrure. Juste à temps pour entendre cette petite phrase répétée pour la troisième fois : « MAIN 2-6-6-2, s'il vous plaît. »

Quelqu'un était au téléphone, et le bruit de moulin à café était celui de la manivelle du vieux téléphone appelant le standard.

– Papa? reprit la voix… Oui, oui, je suis toujours ici. Nous ne sommes pas autorisés à quitter la maison… Non, je ne l'ai pas encore.

Il y eut une longue attente, quelqu'un répondait à l'autre bout du fil.

Je savais à qui appartenait cette voix: Deke Lonergan. Toute ma curiosité envers ce jeune homme morose me revint, et je collai mon œil à la serrure. En vain, l'entrée était noire comme un four. Mon oreille était plus efficace. Deke Lonergan émit une sorte de grognement:

– Quelle malchance! Bon… D'accord, j'aurai l'argent demain matin. Je ferai tout pour l'avoir, vraiment tout!

Les derniers mots étaient presque désespérés. Il raccrocha le récepteur. Au bout d'un moment, je l'entendis se diriger vers l'escalier de service.

L'eau bouillonnant joyeusement sur le fourneau me rappela à ma tâche, et je retraversai d'un bon pas les pièces obscures. J'administrai l'adrénaline et pendant l'heure qui suivit, mes seules pensées furent pour le rythme cardiaque de mon malade. Puis, rassurée, je les laissai vagabonder vers Deke Lonergan.

« De quel argent s'agit-il? Comment pense-t-il l'avoir dans la matinée? »

Je réfléchis à ce problème pendant un bon moment, sans réussir à assembler les morceaux du puzzle. Pourtant l'explication était bien simple. Comment n'y ai-je pas pensé à ce moment-là? Je devais plus tard me sentir fort vexée de mon manque d'intuition.

Le feu s'était consumé, ne laissant plus que des cendres rougeoyantes. Les plaintes du vent dans les conifères avaient brusquement cessé pour faire place à un silence inquiétant. Les lampes brûlaient à peine. Je remarquai l'obscurité grandissante avant d'en comprendre la cause : Grondal, dans toute l'agitation de cette journée, avait oublié de remplir les lampes. Le vent étant brutalement tombé, tous les bruits de la maison se turent : le silence régna, aussi lourd et immobile que la mort.

« Remue-toi, sors de cette léthargie… Rallume le feu… Appelle Grondal, qu'il remplisse les lampes ! »

Mais j'avais beau me morigéner, l'impression d'attente me laissait clouée sur place. Même les vieux murs semblaient figés, dans l'expectative. Je restai donc assise, raide et glacée, la langue pâteuse, les mains et le front moites. La dernière flamme du feu mourut sous les cendres, les lampes baissèrent encore.

Et puis, au moment où l'une d'elles laissait échapper une volute de fumée noire nauséabonde, le parquet craqua dans la pièce au-dessus de ma tête. Nouveau craquement… et encore un. Quelqu'un marchait dans la pièce fermée à clef. Mon cœur faisait de tels bonds qu'il m'empêchait d'entendre distinctement. Je tendis l'oreille.

« Oui, c'est sûr, il y a là-haut quelqu'un qui marche tout doucement ! Qui peut bien rôder là-haut ? »

Au même moment, Geneviève se dressa légèrement, fixa l'escalier de ses yeux brillants et se mit à balancer la queue d'un mouvement mécanique. Je crois que l'intensité de ma terreur me clarifia les idées. Du moins, je réussis à me lever et à m'approcher silencieusement du canapé où dormait Grondal. Même les plis empesés de ma jupe ne firent aucun bruit. Je posai une main sur le bras de l'homme et l'autre sur sa bouche. Il se réveilla immédiatement et se dressa en se libérant de mes mains, mais il ne cria pas. La peur qu'il lut sur ma figure dut lui faire comprendre qu'il se passait quelque chose d'anormal. Je montrai du doigt le plafond.

Et, comme pour expliquer mon geste, les sons furtifs reprirent au-dessus. Grondal se leva avec précaution pour ne pas faire craquer les vieux ressorts et se tourna aussitôt vers l'escalier.

« Il ne va quand même pas monter ? – Si ! »

Je n'oublierai jamais ce qui se passa ensuite. Paralysée de terreur, je le vis monter, marche par marche, souple et silencieux comme une panthère. Il prit le premier tournant de l'escalier, puis dépassa l'endroit où Adolphe Federie était mort. Puis le deuxième virage. Je me tordais le cou pour le suivre dans son ascension. Il disparut, le visage en premier, puis les épaules et le reste du corps. La dernière chose que j'aperçus fut une grosse main jaune.

Puis, plus rien…

J'attendis.

Grondal ne revenait pas !

# De l'usage inattendu d'une corde de violon

J'attendis de longues minutes, les oreilles dressées comme une biche aux abois. Mais je ne pus discerner aucun bruit trahissant un quelconque mouvement dans la pièce du haut.

Les lampes produisaient plus de fumée que de lumière, il était impératif de faire quelque chose, de trouver d'autres lampes ou des bougies. Il n'y avait plus un souffle de vent, et toujours rien, pas un son. Même Geneviève semblait pétrifié, statue jaune et maigre dont les yeux ardents réfléchissaient la lumière des lampes mourantes. La panique en moi gagnait du terrain. Ce ne fut pas une vague soudaine, mais un progressif et terrible enlisement.

« Que s'est-il passé là-haut ? Pourquoi Grondal ne redescend-il pas ? Est-ce parce qu'il en est incapable ? »

Soudain, Geneviève sauta sur le sol, la queue hérissée, et fila vers la porte, son corps maigre au ras du sol. Il s'éclipsa sous le rideau. Mon dernier vestige de courage disparut. Lance O'Leary m'avait dit de l'appeler en cas de besoin.

Après avoir regardé une dernière fois l'escalier baigné de ténèbres, je me précipitai vers la portière et l'écartai d'une main tremblante. Dans le couloir obscur, je me mis à courir. Je trébuchai et butai contre le mur, au tournant, mais je continuai tant bien que mal.

Dans la salle à manger, la lune envoyait à travers la fente des rideaux quelques rayons glacés, semblables à des doigts morts cherchant à m'agripper. Ces pâles traînées faisaient paraître la pièce encore plus noire.

« La porte de l'office doit être quelque part par là... »

Je tâtonnai, tremblante, dans le noir, je rencontrai un battant de porte et le poussai. C'était bien l'office. La porte se referma derrière moi. Je cherchai les étagères et la table pour me guider jusqu'à la porte de la cuisine.

La salle à manger m'avait paru être dans une épaisse pénombre, mais ici c'était l'obscurité la plus totale, à part un pâle trait de lumière sous la porte de la cuisine. Comme je me dirigeais vers cette porte, un son tout proche me parvint. Ce n'était pas un bruit, plutôt une ébauche de bruit. Je me figeai, morte de peur, étreinte par une affolante conviction : je n'étais pas seule dans cette pièce noire.

Mes doigts frôlèrent soudain quelque chose qui bougea. C'était une étoffe rugueuse, qui s'écarta, et ma main rencontra pendant un bref instant des doigts et de la peau nue. Puis il y eut près de moi un mouvement brutal, la porte de la salle à manger battit, les pâles rayons de la lune me permirent juste de distinguer une masse sombre avant que la porte ne se refermât. Je restai là, dans ce vide noir, essayant de crier, mais ma gorge était trop serrée pour qu'aucun son n'en sorte. Complètement affolée, je traversai l'office d'un pas chancelant, et j'entrai dans la cuisine.

Enfin un peu de lumière !

Le feu rougeoyait dans le fourneau, et la lampe brûlait encore faiblement. Je finis par arriver au téléphone, placé dans l'entrée de service, derrière la cuisine,

« Quel est le numéro de téléphone de Lance O'Leary? Mon Dieu, je l'ai oublié ! »

– Police ! Police ! balbutiai-je en réponse à la question indifférente de la standardiste.

Mes dents claquaient au point de presque m'empêcher de répondre à la voix masculine qui, à peu près un siècle plus tard, me parvint de l'autre bout du fil. J'arrivai péniblement à expliquer qu'il fallait prévenir d'urgence O'Leary pour qu'il vienne à la maison Federie. Ce n'est qu'après avoir raccroché le récepteur que je me souvins des deux policiers encore présents quelque part dans cette vielle baraque. Mais un sixième sens me dit que j'avais agi pour le mieux.

Ma main était encore posée sur le récepteur quand, sans avertissement, une lampe électrique me fut braquée en pleine figure.

– Qu'est-ce que vous fabriquez au téléphone? demanda une voix derrière le rond de lumière... Pourquoi appelez-vous la police? Et moi alors?

C'était, bien sûr, l'un des deux policiers.

– Il se passe quelque chose.

Ma voix n'était qu'un chuchotement étranglé. Je fis une nouvelle tentative :

– Il y a un problème... dans la chambre de la tour! Où étiez-vous?

– Allons, mademoiselle, ne vous évanouissez pas!

– Je n'en ai pas la moindre intention, idiot! La chambre de la tour, je vous dis! Il y a quelqu'un dans la pièce au-dessus. Grondal y est monté... et il n'est pas redescendu!

Ma voix se brisa, puis je réussis à coasser :

– Vite, vite!

La lumière de la torche fit apparaître les différents meubles de l'office et de la salle à manger. Nous nous mîmes à courir sans parler. Dans l'étroit couloir, il me distança et comme il écartait le rideau vert, je me haussai sur la pointe des pieds pour voir par-dessus son épaule. La pièce était très faiblement éclairée par les lampes qui fumaient en remplissant l'air de l'odeur suffocante des mèches brûlées. Dans le coin, sur le divan vert, juste au pied de l'escalier, nous aperçûmes une silhouette recroquevillée.

– Il est là… (Le policier s'arrêta pour me laisser passer.) Vous avez juste pris peur !

Je fixai le corps roulé en position fœtale, là-bas sur le divan.

« C'est bien Grondal, oui… pourtant… »

Je fis un pas, puis un autre. L'homme sur le canapé ne bougea pas. Je jetai un coup d'œil au policier derrière moi. Il était devenu vert et, les yeux exorbités, respirait avec peine. J'avançai jusqu'à me trouver à moins d'un mètre de cette forme étrangement immobile, je tendis la main et je me forçai à me pencher pour mieux voir.

Une voix blanche, la mienne, commenta :

– C'est Grondal, c'est bien lui… Il est mort. Regardez ! On l'a étranglé… avec une corde de violon !

C'est alors que je me sentis très mal, j'eus une affreuse nausée, tout se mit à tourner et le sol se déroba pour m'engloutir.

Mon souvenir suivant, c'est une cacophonie de voix tremblotantes et bizarrement pâteuses, des lumières qui me firent mal aux yeux tandis que j'essayais de soulever les paupières.

Une voix suraiguë répétait comme un moulin :

– Qui a fait ça… mais qui a fait ça ?

Ces mots me rappelèrent ce qui s'était passé. Je fis un nouvel effort pour ouvrir les yeux.

On m'avait poussée dans un fauteuil, et j'étais écroulée très inconfortablement en travers, le cou tordu. Je me redressai tant bien que mal. Une abondance de lumières, bougies et lampes, éclairait violemment la chambre. Les voix excitées provenaient d'un groupe de kimonos, de peignoirs de bain, et d'uniformes bleus agglutinés sous l'escalier. Au milieu, le vieux divan de peluche verte était recouvert d'une couverture dont la protubérance parlait d'elle-même.

Eustache, Lonergan et Dimuck assaillaient le policier de questions. Isabelle s'appuyait au mur derrière Dimuck. Elle avait jeté un châle chinois sur son déshabillé et tiré ses cheveux roux derrière les oreilles. Le deuxième policier était également là. Tous deux discutaient fébrilement de la conduite à tenir. Mittie Frisling se blottissait auprès du feu, reniflant et se tordant les mains. March, agenouillée près de son grand-père, tenait entre les siennes la vieille main inerte. Elle tremblait violemment, aussi pâle que le drap.

Kema arriva avec une carafe d'eau. Sans m'accorder un regard (pourtant, moi aussi j'avais besoin qu'on s'intéresse à moi), elle s'approcha de March et la fit boire. Je me levai, j'allai à la table de chevet, je me servis un verre d'eau et je remis ma coiffe d'aplomb. Je me sentis mieux. Pendant ce temps, les policiers semblaient être parvenus à une conclusion, car après quelques mots énergiques, ils se hâtèrent de sortir.

– Pourquoi ne montent-ils pas là-haut? m'écriai-je. C'est là qu'est… l'assassin… dans la pièce au-dessus!

– Qu'est-ce que vous racontez, encore? demanda Eustache d'un air excédé.

– Je l'ai entendu, je suis sûre de l'avoir entendu!

Comme tous me regardaient, effarés, j'ajoutai :

– Et puisque c'est ça, c'est moi qui vais monter!

Je regardai les hommes :

– M. Dimuck, vous m'accompagnez?

Il eut un mouvement de recul et, s'enroulant davantage dans son peignoir de bain jaune, cligna des yeux d'un air stupide.

– Moi je vais avec vous, si vous voulez, proposa Isabelle contre toute attente.

Je secouai la tête. Non, décidément, je n'avais pas confiance en elle.

Dans le silence qui suivit, M. Dimuck sembla avoir compris ce que j'attendais de lui.

– Bien sûr, je monte avec vous. Vous croyez qu'il y a quelque chose dans cette pièce ? Quelqu'un de caché ?

– Il y avait quelqu'un, en tout cas ! Je ne pense pas qu'il nous ait attendus ! ajoutai-je avec mépris, en voyant le petit gros se recroqueviller dans son peignoir. De toute façon, je veux voir cette chambre !

– M^lle^ Keate… dit March dans un souffle.

Puis elle affermit sa voix :

– Je monte aussi.

– Non, tu n'iras pas, cria Eustache furieux. Si cette vieille fille veut risquer sa vie, grand bien lui fasse ! Mais pas toi !

Deke Lonergan, assis l'air hébété au bout du canapé, regarda la silhouette inerte, frissonna et se leva.

– Pourquoi ne… ne l'allongeons-nous pas ? On ne pourrait pas mettre au moins un drap ou quelque chose sur lui. Je… je ne supporte pas de le voir ainsi, ajouta-t-il gêné. Ça me rend malade… Je vais avec vous, M^lle^ Keate.

– Non.

Je reprenais de l'assurance.

– Vous et le chef de famille… (je désignai avec dédain Eustache) restez ici. Il n'y a pas de danger tant que nous restons groupés. Vous comprenez… (je fis des yeux le tour du groupe, m'attardant délibérément sur chaque visage), parmi nous, dans cette pièce, se trouve l'assassin de Grondal. Personne n'a pu entrer dans cette maison de l'extérieur, poursuivis-je froidement en ignorant le gargouillis étranglé de Mittie, les yeux soudain brillants d'Isabelle et la pâleur de March. Et puisque nous sommes tous ici, il est impossible qu'il y ait quelqu'un là-haut. Donc, vous voyez bien qu'il n'y a aucun danger.

March se redressa :

– Mlle Keate, vous vous rendez compte de ce que vous dites ?

Eustache s'était approché de moi, son pyjama à rayures vives était curieusement joyeux dans cette affreuse pièce. Les lumières crues brillaient partout, éclairant ces traits livides, ces rideaux dissimulateurs, cet étroit escalier et ce pitoyable cadavre recroquevillé sur le divan.

– Vous êtes folle !

Il essayait de contenir sa rage.

– Certainement pas, jeune homme ! Et ne croyez pas m'effrayer ! Que l'un d'entre vous soit le meurtrier n'est pas une hypothèse très neuve, vous savez fort bien que vous n'avez que ça en tête, depuis deux jours. Vous n'avez peut-être pas remarqué la façon dont vous vous dévisagez les uns les autres, moi si ! Et je sais ce que vous pensez : « C'est peut-être lui… C'est peut-être elle… Et si c'était son doigt qui avait appuyé sur la gâchette ? » Et maintenant vous avez une nouvelle question à ruminer : « Quel est celui qui sait si bien se servir d'une corde de violon ? »

Ma voix chevrota lorsque je me tus.

– Elle ne sait plus ce qu'elle dit, murmura Isabelle.

Ses grands doigts musclés cherchaient machinalement sur la cheminée… des cigarettes… ou bien, pourquoi pas, un projectile à me lancer ?

Elle attacha sur moi son regard flou, mais plein d'une violente colère rentrée.

Brusquement, Mittie pointa un doigt accusateur vers moi en criant :

– Elle était dans la pièce lorsque Adolphe a été tué, et elle était encore là quand ça a été le tour de Grondal ! C'est elle qui les a tués !

– Vous pouvez vous considérer comme congédiée, M$^{lle}$ Keate.

Eustache avait martelé les mots d'une voix froide.

– Congédiée, rétorquai-je sèchement, je voudrais bien voir ça ! Il faudrait quelqu'un de plus fort que vous pour…

March me coupa la parole :

– Eustache ! Pour qui te prends-tu ? Reste à ta place, je te pris !

Eustache rougit violemment comme si on l'avait cravaché.

– Ma place ? Je dois avant tout te protéger contre les stupides assertions de cette bonne femme ! protesta-t-il d'un ton boudeur, les yeux plissés par la rancune.

– Quand j'aurai besoin que tu me protèges, je te le ferai savoir.

Sous les sourcils noirs, ses pupilles bleues étaient perçantes et implacables comme des épées.

– … M$^{lle}$ Keate, vous restez parmi nous, naturellement. Si vous et M. Dimuck désirez examiner la pièce du haut, faites-le, je vous en prie… Je veillerai à ce que personne ne quitte la pièce pendant votre absence, ajouta-t-elle en dardant un œil glacé sur les autres personnes présentes.

Eustache, tel un chien battu qui montre les dents, s'effaça pour me laisser passer. Je crois que c'était la première fois que je le voyais perdre son air de débonnaire élégance.

Dimuck me suivit, à regret. Il n'avait rien dit pendant

cette scène déplaisante mais en grimpant l'escalier étroit, il grommela quelques exclamations exprimant à la fois son dégoût et sa réprobation. Je sentais les yeux des autres nous suivre dans notre ascension. Je dépassai l'endroit où Adolphe avait été tué, et j'arrivai au deuxième tournant. Les dernières marches étaient dans l'ombre, nous étions sortis du cercle de lumière projeté par les lampes placées dans la chambre, en bas.

– Est-ce que quelqu'un pourrait me passer une lampe ? demandai-je en me penchant par-dessus la rampe.

Lonergan la tendit à Dimuck. Sa lumière vacillante éclairait les dernières marches restantes. Je pris ma respiration et je continuai à monter. Je ne pouvais m'empêcher d'être certaine d'être attendue en haut de l'escalier par quelqu'un prêt à me happer au passage.

La volée de marches se terminait dans une petite pièce, une sorte de bureau inutilisé. Une bibliothèque courait le long des murs, et une rampe séparait la pièce de la cage d'escalier. Je jetai un coup d'œil par-dessus la rampe, le divan avec son affreux fardeau était encore visible, ainsi que le sommet de la tête de Lonergan.

La pièce était exiguë et nue, et je fis signe à Elihu Dimuck de me précéder dans la chambre attenante. Il s'exécuta en levant très haut la lampe. Son crâne luisait et les verres de ses lunettes scintillaient. L'expédition n'avait pas l'air de l'enchanter. Sa face ronde avait perdu ses belles couleurs, et ses joues ressemblaient à des pommes ratatinées.

La chambre à coucher dans laquelle nous pénétrâmes était une pièce tout en longueur, s'étirant jusqu'au mur est de la maison. Notre lampe était loin de suffire à en éclairer les coins d'ombre. Peu de meubles, et personne dans la pièce. Je m'en doutais, il ne pouvait y avoir personne puisque tout le monde était en bas! Cependant, j'inspectai les deux grandes armoires et j'allai voir sous le vaste lit, encore défait, comme lorsque Lonergan l'avait quitté après le coup de feu fatidique. Dimuck me jeta un coup d'œil surpris lorsque je le priai de me tenir la lampe pendant que je regardais sous le lit, mais il ne fit aucune remarque. Peut-être, pour un vrai détective, cette pièce était-elle bourrée d'indices. J'étais sûre que le meurtrier se trouvait encore là moins d'une heure avant. Mais je ne discernai aucune trace de son passage.

Je retournai vers la table à plateau de marbre qui se dressait au centre de la pièce et m'appuyant sur elle, j'examinai la porte ouvrant sur le couloir du premier étage. Ses larges panneaux de bois foncé n'apportaient rien de plus. Dimuck plaça la lampe sur la table à mes côtés et se dirigea vers la porte.

– Elle est toujours fermée à clef?

Comme il parlait, je m'éloignai un peu de la lampe dont la lumière me gênait, et en glissant la main sur la table, je rencontrai ce qui me sembla être un éclat de verre. Je retirai vivement la main pour regarder ma paume. Les yeux sur la longue estafilade, je ne remarquai pas aussitôt que cet idiot de Dimuck avait saisi à deux mains la poignée de la porte et la secouait vigoureusement.

– Oui, elle est toujours fermée.

– Arrêtez! criai-je, enlevez vos mains de là!

Il lâcha la poignée et me lança un regard consterné.

– Pourquoi? Qu'est-ce qu'il y a? Qu'est-ce que j'ai fait?

– C'est vraiment malin! Ce que vous avez fait, espèce d'idiot? Vous avez détruit les empreintes digitales sur la poignée. Voilà ce que vous avez fait!

«Du moins s'il y en avait», ajoutai-je pour moi en léchant le sang de ma main.

– Vous vous êtes blessée? me demanda-t-il, oubliant courtoisement le qualificatif dont je venais de le gratifier.

– Juste une égratignure. Vous avez laissé un magnifique échantillon de vos empreintes pour la police.

– Les miennes! Mes empreintes!

C'est mesquin, mais j'avoue que je fus assez satisfaite de son émoi. Il regardait la poignée d'un air désolé et horrifié.

– ... Mon Dieu... mon Dieu! Vous croyez qu'ils vont penser que c'est moi le coupable?

– Comment voulez-vous que je le sache?

– Ah! M^lle^ Keate! Je savais bien que je vous trouverais ici! Qu'avez-vous à la main?

O'Leary montait quatre à quatre l'escalier de la tour.

– Ce n'est rien, je me suis coupée avec quelque chose sur la table...

Elihu Dimuck se lança dans un déluge d'excuses au sujet de la poignée de la porte. O'Leary écouta juste assez pour comprendre le problème, puis il l'interrompit sèchement.

– Bon, d'accord! Pouvez-vous redescendre s'il vous plaît, M. Dimuck, et dire à O'Brien de monter? Non, restez ici, M^lle^ Keate! J'ai à vous parler... Allons, dites-moi tout maintenant, et ce n'est pas le moment de vous embarrasser de circonlocutions.

Je m'exécutai, c'est-à-dire que je lui rapportai tous les événements de la nuit, y compris la conversation de Lonergan au téléphone. J'insistai sur ma conviction d'avoir, en traversant l'office à la recherche du téléphone, perçu une présence auprès de moi. Et bien sûr, je lui décrivis la façon dont Grondal était monté dans cette pièce et je lui en expliquai les raisons.

En tout, le récit ne prit pas plus de cinq minutes. O'Leary écoutait calmement pendant que je parlais. De temps à autre, il posait une question. Ses yeux gris, presque phosphorescents, brillaient, il tapotait doucement la table.

– Bien, M$^{lle}$ Keate. Merci beaucoup. Vous feriez mieux de descendre maintenant et de mettre un peu de Mercurochrome sur cette plaie. Où vous êtes-vous coupée ? Ah ! je vois.

Je fus contente d'avoir une excuse pour m'éclipser sans plus tarder. Dans l'escalier, je croisai O'Brien qui montait. Il s'effaça pour me laisser passer, mais je fus obligée de poser le pied sur une tache sombre du tapis, à l'endroit où était tombé Adolphe Federie.

L'heure qui suivit eut un horrible arrière-goût de cauchemar. L'état du malade était inchangé. Je trouvai étrange qu'il fût là, dans cette pièce où s'étaient déroulés tous ces événements, sans rien savoir ni de la mort violente de son fils ni de celle, non moins terrible, de son vieux serviteur.

Tout le monde était dans la chambre de la tour. Je ne sais pas si c'était par peur de la solitude ou à cause de mes accusations. Des policiers allaient et venaient. O'Leary descendit l'escalier et se pencha un moment sur le corps de Grondal. Nous étions assis, muets et serrés les uns contre les autres, regardant le remue-ménage précédant l'arrivée de l'ambulance. Les bran cardiers en uniforme blanc pénétrèrent une nouvelle fois dans la pièce. Comme ils franchissaient le rideau vert en portant un brancard, je me demandai si les autres pensaient la même chose que moi : deux cadavres avaient franchi cette porte, à quand le troisième ?

Kema brisa l'épais silence qui nous écrasa lorsque,

une fois le rideau retombé en place, le bruit des pas des deux hommes s'estompa.

– Je vais faire du café, nous annonça-t-elle avec son flegme habituel, en se levant lourdement.

– Excellente idée, acquiesça March. Ah, Kema !

La vieille servante se retourna pour regarder la jeune fille. Son regard jaune était plus insondable que jamais. Les boucles d'oreilles dansaient sous ses cheveux crépus et luisants.

– Oui, mademoiselle ?

– Non, rien !

Mais elle échangea avec Kema un regard chargé de signification. Qui signifiait quoi, au fait ? Je ne compris pas, mais Kema acquiesça d'un mouvement de tête : le message était passé. Puis elle sortit.

Un quart d'heure plus tard, elle était de retour avec le café. Je me trouvais à côté de March lorsqu'elle lui tendit sa tasse. La cuisinière se pencha vers la jeune fille, et je suis sûre de l'avoir entendue dire quelque chose dans le genre de « Tout va bien… ».

Enfin, c'est ce que je crus entendre. Quoi qu'il en soit, March parut se rasséréner. Avec un soupir de soulagement, elle s'appuya au dossier de sa chaise. Elle avait un peu moins l'air d'un petit fantôme vidé de son sang.

Vers dix-huit heures, O'Leary revint dans la chambre et recommença à nous questionner. Il se montra pressant et sévère, moins soucieux de nos états d'âme. Après la mort d'Adolphe, toute cette histoire avait un goût de déjà-vu… en beaucoup plus angoissant, car l'assassinat de Grondal faisait planer sur la vieille maison la certitude d'une menace toujours présente. Si les morts d'Adolphe et de Grondal avaient servi à l'accomplissement d'un sinistre dessein, qui pouvait dire si l'un d'entre nous ne serait pas le suivant? Il y avait bien de quoi nous faire froid dans le dos!

« Impossible que l'un des membres de ce cercle apeuré soit le coupable! Pourtant, c'est l'un d'eux! »

La crainte et la méfiance ressenties par chacun vis-à-vis de son voisin étaient évidentes dans leurs regards furtifs, et dans l'expression soupçonneuse de leurs yeux lorsqu'ils se rencontraient. Nous sursautions dès qu'une bûche tombait dans l'âtre, à chaque fois qu'Isabelle secouait la cendre de sa cigarette, au moindre raclement de gorge de Dimuck et à chaque entrée ou sortie de Kema.

Normalement, un assassinat, surtout sordide comme celui-ci, reste quelque chose de lointain, presque théorique, sans grand rapport avec l'existence quotidienne. Dans notre cas (et c'est ça qui était affreux et insupportable), nous habitions tous dans la même maison, nous mangions à la même table, partagions les rites d'une vie commune. Et vous pouvez me croire, rien n'est plus susceptible de glacer le sang des plus courageux.

Qui pouvait bien être le coupable?

Le jeune Lonergan, assis à moins de deux mètres de moi, fixant le feu de son air grognon? Possible, sa conduite n'était décidément pas très claire.

Eustache, installé paresseusement sur le divan vert? Son indifférence à ce qui, si récemment encore, reposait sur ce lit, était digne d'un Borgia.

Elihu Dimuck, bien convenable mais agité de tics dans son fauteuil, croisant et décroisant les jambes, se frottant le nez, passant et repassant son mouchoir blanc sur son crâne rose?

Isabelle, blottie sur une chaise longue, les pieds nus dépassant des plis de son châle chinois? Ses cheveux dépeignés ressemblaient à un plumeau. Ses traits, d'habitude adoucis par sa coiffure, se révélaient maintenant anguleux. Les yeux dans le vague, elle avait, à son habitude, une cigarette entre ses lèvres pâles et non maquillées. Cette femme était capable de tout.

Mittie? Sa silhouette informe était mal ficelée dans un kimono de coton à fleurs qui avait dû connaître des jours meilleurs. Ses cheveux pendaient en mèches grasses. Ses yeux pâles et cernés avait un regard absent. A la voir ainsi, n'importe quel acte désespéré de sa part semblait plausible.

March se tenait debout à côté de Mittie. La jeune fille était semblable à elle-même, pâle, droite et grave. Elle n'avait rien d'une criminelle, mais sa force de caractère était indéniable et puis… *quid* de ce pompon rouge?

Et pourquoi pas Kema? Assise en tailleur sur le sol, la silhouette noire avait un caractère primitif malgré son impassibilité. Mais je n'arrivais pas à imaginer le mobile ayant pu la pousser à cette violence.

Tout le monde s'attendait au retour de O'Leary et à son interrogatoire. Personne ne bougea donc à son arrivée. Au bout de trente minutes, il sembla certain que tous, sauf moi, étaient paisiblement au lit au moment du crime. Deux faits intéressants seulement apparurent.

Le premier : la soigneuse omission faite par Deke Lonergan de sa petite promenade en direction du téléphone et de sa subséquente conversation.

Le second : le récit inattendu de Mittie, interrogée en dernier.

–Je dormais, c'est le coup de sifflet du policier qui m'a réveillée. Dès que j'ai entendu ce bruit strident, si fort qu'il résonnait dans toute la maison, j'ai compris que quelque chose d'horrible venait d'arriver. J'ai sauté du lit et je me suis précipitée dans le couloir. Eustache sortait de la bagagerie : il n'était pas couché, comme il le prétend !

Eustache sursauta en entendant ces mots, il lui lança un regard mauvais et se tourna vers O'Leary :

– C'est exact. Je ne voulais pas vous le dire parce que… enfin… je suis comme les autres, je crains pour ma peau, et ça pouvait faire porter les soupçons sur moi. Enfin, le mal est fait, n'est-ce pas Mittie ?

Il se tut un instant.

« Il met son histoire au point. »

– … Voilà ce qui s'est passé. Je me suis réveillé dix minutes peut-être avant la découverte du meurtre, c'est à dire bien avant le coup de sifflet du policier. J'ai eu l'impression d'entendre parler dans la chambre au-dessus de celle-ci. Du coup, je me suis levé et je suis allé dans le couloir, vers la porte censée être fermée à clef.

Nouvelle pause.

– Continuez ! ordonna O'Leary.

– Eh bien ! j'ai entendu des voix étouffées, très basses, juste un bourdonnement de mots confus. Je ne sais pas qui c'était, mais ils étaient deux et semblaient se quereller. Tout ce que j'ai pu saisir, c'est quelque chose comme : « Il me faut l'argent. » Je n'en suis pas absolument certain mais ça y ressemblait. J'ai eu l'impression que la discussion tournait à l'altercation, j'ai entendu un bruit de lutte, et ensuite une chute lourde et des halètements.

Mittie poussa un cri.

– Et vous n'avez rien fait pour intervenir ? demanda sèchement O'Leary

– Bien sûr que si ! J'ai écouté un instant pour être certain. Vous n'allez pas me croire, et pourtant c'est vrai ! Puis j'ai appuyé sur la poignée de la porte… elle n'était pas fermée. J'allais entrer dans la pièce quand une sorte d'instinct m'a fait jeter un coup d'œil derrière moi dans le couloir. J'ai vu... (il toussota et sembla mal à l'aise), je sais, c'est difficile à croire... j'ai nettement vu une ombre vers le haut de l'escalier. Une ombre qui courait et qui a disparu dans la bagagerie avant que j'aie eu le temps de réagir. Il y avait quelque chose de bizarre dans son allure et... Bref, j'ai quitté la porte et j'ai suivi l'ombre dans la bagagerie. Il faisait noir comme dans un four, là-dedans, et je n'ai rien entendu. J'ai attendu en espérant percevoir un mouvement ou autre chose. Mais après un moment qui m'a paru assez long, j'ai entendu le policier siffler et je suis ressorti.

Il jeta un regard venimeux vers Mittie.

– Qui avez-vous trouvé dans le couloir en sortant de la bagagerie ? demanda sèchement O'Leary.

– Mittie Frisling... Nous nous sommes dirigés vers l'escalier, puis Dimuck et Deke sont arrivés sur nos talons, et ensuite Isabelle et March. Nous avons tous dévalé l'escalier quatre à quatre jusqu'ici.

– Donc, si quelqu'un est entré avant vous dans la bagagerie, il est possible que vous ne l'ayez pas vu ressortir pour se joindre aux autres dans le couloir.

– Exact, dit Eustache à contrecœur. Mais l'un des autres l'a sûrement vu.

Non, apparemment personne.

Impossible de deviner d'après l'attitude de O'Leary ce qu'il pensait de ce récit haut en couleur.

– Combien de temps avez-vous passé dans cette pièce ?

– Dix minutes, peut-être... je n'en suis pas certain. Je n'étais pas tellement à mon aise, vous savez, je n'avais aucune idée de qui j'avais suivi ni de quoi il était capable.

– Il ?

– Vous voulez savoir si c'était un homme ou une femme ? (Eustache ouvrit les mains en un geste d'impuissance.) Je n'en sais vraiment rien. Ce n'était qu'une ombre qui s'enfuyait. Le couloir là-haut est totalement noir. Il n'y a qu'une ou deux bougies pour l'éclairer. Le vieux… je veux dire grand-père… (il regarda sans beaucoup de respect vers le lit) n'a jamais voulu moderniser cette maison. Il se méfiait de toutes ces nouveautés. Vous avez sans doute remarqué que nous n'avons même pas l'électricité !

– Oui, en effet… Vous êtes sûr que vous avez passé dix minutes dans la bagagerie ?

– Je ne suis sûr de rien. Peut-être ne s'est-il pas écoulé plus de trois ou quatre minutes. J'étais… j'étais effrayé.

– Vous n'avez pas reconnu les voix dans la chambre ?

– Non, absolument pas.

– Vous en êtes vraiment certain ? demanda O'Leary doucement. Essayez de vous souvenir, était-ce deux hommes, deux femmes ou bien l'un et l'autre ?

Eustache hésita.

« Il cherche à rendre son mensonge plus plausible ! »

– Je crois plutôt que c'était deux voix d'hommes. Mais l'une d'elles pouvait être celle d'une femme énervée ou effrayée. C'est cette voix qui a dit « Il me faut l'argent. » Je suppose que l'autre était celle de Grondal.

Un étrange silence tomba. Je regardai à la ronde… Si Eustache disait vrai, l'une de ces physionomies tendues cachait un horrible secret. Laquelle ? Mes yeux allaient de l'un à l'autre, je scrutais leurs traits avec une impatience à la fois avide et pleine d'appréhension. Mais tous les visages étaient également hébétés, pâles, angoissés… et également impénétrables.

– Vous n'avez pas réveillé M. Lonergan quand vous vous êtes levé ?

– Non, Deke dormait dans la chambre de l'autre côté du couloir. Il y avait une chambre de libre, et il a décidé de s'y installer l'autre nuit pour ne plus partager la mienne.

– Eustache ronfle, commenta Deke, sans même lever les yeux du tapis.

J'ai honte de dire que l'air embarrassé d'Eustache me fit plaisir. Isabelle se permit un mince sourire.

– Et vous êtes sûr que la pièce au-dessus de celle-ci n'était pas fermée à clef?

– Certain.

Eustache avait retrouvé tout son aplomb.

– Serait-il possible que, pendant que vous étiez à la poursuite de cette ombre dans la bagagerie, quelqu'un soit monté de la chambre de la tour, soit sorti dans le couloir en fermant la porte à clef derrière lui et se soit enfui sans que vous le voyiez ?

– Tout à fait possible.

– M^lle^ Keate, pendant combien de temps avez-vous été absente de cette pièce ?

– Voyons… c'est difficile à dire… Peut-être dix minutes.

– Suffisamment de temps pour qu'aient lieu cette empoignade dont M. Federie nous a parlé, le meurtre de Grondal et la fuite de l'assassin par la chambre de l'étage ?

– Il me semble, oui…

– Vous n'avez rien entendu, aucun bruit de lutte, avant d'aller téléphoner ?

– Non, rien.

– Donc tout semble s'être passé entre le moment où vous avez quitté la pièce et celui où vous êtes revenue.

L'assassin, quel qu'il soit, a eu vraiment de la chance… pour cette fois !

O'Leary, avec un regard étrangement lucide, comme s'il pouvait voir ce qui allait se passer dans l'avenir, fit une pause, puis il répéta : « Pour cette fois ! » Sa voix calme, presque douce, avait une intonation sous-jacente aussi glacée qu'implacable.

Le silence régna longuement dans la pièce. Enfin, O'Leary se leva, regarda sa montre et déclara d'un ton prosaïque :

– Restons-en là pour le moment, vous avez certainement besoin de vous reposer et de déjeuner. Il y aura une enquête devant jury à huit heures. Cela vous laisse deux heures. Je vous prie de ne pas quitter les lieux sans ma permission.

Nous pouvions disposer. Son congé était clair et net, mais justifiait-il la hâte avec laquelle tous se précipitèrent, comme un seul homme, vers la porte ? Une vraie sortie de prison ! Certes, la chambre de la tour n'avait rien de particulièrement gai, mais j'eus l'impression que c'était surtout O'Leary qu'ils fuyaient. D'un geste impératif, March arrêta le troupeau.

– J'ai deux mots à vous dire. J'ai décidé de ne pas remplacer Grondal jusqu'à ce que cette affaire soit résolue. Je pense qu'un ou deux étrangers dans la maison ne feraient que compliquer la situation.

Elle regarda O'Leary, qui approuva du chef.

– Mais c'est insensé, March ! s'écria Eustache. Je vais appeler immédiatement une agence de placement. Nous avons besoin d'un majordome et d'une servante. Je m'en occupe…

– J'ai dit que j'avais pris une décision… (Le ton de March était sans réplique.) Pour l'instant, nous nous répartirons le travail de Grondal... Je veux dire que c'est vous qui vous partagerez ses tâches.

Il y eut un moment de stupeur.

– Et toi March, que feras-tu ? demanda Isabelle d'une voix mielleuse.

– Je vérifierai que tout marche bien, rétorqua March.

Elle réprima la petite mutinerie qui s'ensuivit avec la froideur insolente d'un capitaine de flibustiers.

Je ne pus m'empêcher de sourire en les voyant sortir tout abasourdis. Les timides protestations de Mittie Frisling continuèrent au loin.

Mais mon sourire se figea lorsque je me retournai vers la pièce sombre, mesquinement éclairée par les premières lueurs du jour. Deux des lampes, celles qui fumaient tant, s'étaient éteintes. L'odeur écœurante des mèches en train de charbonner continuait à se répandre.

Grondal n'était plus là pour nettoyer les lampes et ouvrir les volets.

Dans ma tête, je voyais et, me semblait-il, je continuerais toujours à voir cette forme à jamais silencieuse, recroquevillée sur le divan.

Et en effet, cette image devait me poursuivre longtemps.

Lance O'Leary, près du divan, contemplait d'un œil pensif la peluche fanée.

Je l'attaquai sans préambule :

– M. O'Leary, je veux une torche électrique, une grosse, et deux policiers dans cette pièce la nuit prochaine. Sinon, je prends mon malade, et nous partons tous les deux à l'hôpital. Cette petite plaisanterie n'a que trop duré !

– Tout ce que vous voulez, M^lle^ Keate ! Même un revolver !

Je reculai devant l'antipathique joujou qu'il avait tiré de sa poche et qu'il me tendait.

– Ah non, pas ça, merci bien ! J'ai plus peur d'un revolver que, enfin… Je préférerais un bon gros tisonnier. Et je reste, bien sûr. D'ailleurs, ce n'est pas mon genre d'abandonner ma tâche avant qu'elle ne soit terminée.

Il sourit sans rien dire. Je le regardais contempler l'arme reposant à plat dans sa paume, et je me décidai enfin à lui poser la question qui me brûlait les lèvres.

– Vous avez trouvé quelque chose ? Vous soupçonnez quelqu'un ?

Il prit son temps pour répondre :

– Eh bien… Disons que j'ai un peu avancé.

Il me parlait sur ce ton cordial, amical même, qui me donnait le sentiment que nous étions de vieux amis. Ce qui était d'ailleurs le cas.

– … Un peu seulement. Vous savez, c'est une affaire peu banale, M^lle^ Keate. Je suis maintenant persuadé que

M. Federie et Grondal ont trouvé la mort pour la même raison et de la même main. De plus, Grondal a été assassiné deux fois.

– Quoi ? Assassiné deux fois ? Qu'est-ce que ça veut dire ?

– Eh bien, il a d'abord reçu un coup violent au cœur qui, selon le médecin légiste, était suffisant pour provoquer une mort presque immédiate. Et ensuite, apparemment dans les dix minutes qui ont suivi, il a été étranglé avec une corde de violon. Alors, soit deux personnes ont voulu le tuer, soit celui qui a frappé le premier coup a suivi Grondal qui descendait l'escalier en chancelant, pour s'effondrer sur le divan, mourant. Et ne pouvant être certain de sa mort, il aura achevé le majordome en l'étranglant avec une corde de violon.

– Vous dites bien « celui qui a frappé » ?

– Oui, mais il est possible que ce ne soit pas un homme. Eustache semble penser que ce pourrait être une femme. Mais le coup a été très violent, porté à l'aide d'un objet lourd… (il regarda autour de lui) une grosse paire de pincettes, par exemple, ou mieux, un fer à repasser. Grondal a aussi très bien pu simplement tomber, ou avoir été poussé avec force contre un coin de meuble ou un coin de cheminée, si c'était moins haut. Sans doute pendant la lutte qu'Eustache a entendue. De toute façon, nous n'avons que les premières conclusions de notre médecin légiste. Les suivantes nous éclaireront peut-être davantage. A propos, qui joue du violon dans cette maison ?

– Eustache, du moins il n'y a que lui que j'ai entendu jouer.

O'Leary s'approcha du violon sur la table et regarda le vieil instrument.

– Il manque une corde.

Je repensai rapidement à la nuit où Eustache avait accordé l'instrument.

– Il avait quatre cordes quand Eustache en a joué. C'était le soir où nous avons entendu les bruits de pas pendant le repas. Je me souviens très bien d'Eustache en train de l'accorder. Je pensais qu'il n'y arriverait jamais, et j'entends encore les quatre notes.

– La corde provient donc de cet instrument ! Une arme choisie sous l'inspiration du moment. Si seulement vous pouviez me dire qui a pris cette corde ! Mais il est évident que vous ne pouvez pas le savoir.

– Vous n'avez vraiment aucune piste ?

– Si, heureusement j'ai une piste… (Il eut un sourire las.) C'est même vous qui me l'avez fournie. Mais à qui va-t-elle me mener, je n'en ai encore qu'une petite idée. Trouvez-moi celui qui a la clef de la pièce du haut, mademoiselle, et trouvez-moi…

Il s'arrêta d'un seul coup comme traversé soudain par une idée, et il enchaîna plus calmement :

– C'est vraiment une sale affaire ! Il faut que je l'attaque sous un autre angle. Il y a toujours un mobile derrière un homicide, une force motivante… (Il se tut de nouveau, le front soucieux.) Vous vous souvenez, bien sûr, que Mittie Frisling a entendu Grondal nous dire l'avoir rencontrée dans l'escalier la nuit du crime. Mais j'ai du mal à penser que ça puisse être une raison suffisante pour l'étrangler avec une corde de violon.

Je protestai :

– Le majordome était pourtant inquiet d'avoir été entendu. Et Eustache pense qu'il n'est pas impossible que la personne là-haut, avec Grondal, ait été une femme.

– Mais Eustache prétend aussi que cette personne a dit : « Il me faut cet argent. » Ça ne vous rappelle pas Lonergan, au téléphone ?

– Oh… Oui, bien sûr !

Maintenant que O'Leary me le faisait remarquer, c'était clair, trop clair. J'avais plutôt de la sympathie pour ce jeune homme, malgré son air maussade.

– C'est du moins un détail à prendre en considération. Ne vous en faites pas pour l'enquête devant jury. Vu les circonstances, elle ne peut être qu'une simple formalité.

Nous nous séparâmes sur un signe de tête. Son allure me parut moins alerte que de coutume. Sa vivacité avait fait place à un pas plus réfléchi, plein de détermination, d'obstination même. Il était difficile d'imaginer ce feu-follet, toujours si rapide, devenant soudain déterminé et obstiné. C'est pourtant ainsi qu'il se montra, tandis qu'au fur et à mesure que le temps passait, sa tâche devenait plus rude et plus ingrate.

La matinée s'écoula rapidement. Les voitures allaient et venaient. La police, des journalistes, pas mal de curieux bravant les flaques de la route boueuse pour ralentir devant la grille et essayer, avec une fascination morbide, de voir au-delà du grand portail de fer. Huit ou dix galopins restèrent perchés comme une bande de petits moineaux mouillés (ou plutôt comme un vol de petits vampires) sur le grand mur d'enceinte, regardant avec délices à travers le brouillard, jusqu'à ce qu'un policier les chassât.

Eustache s'en prit à quelques journalistes qui s'étaient arrangés pour pénétrer dans la propriété. Outre la colère du jeune homme, ils durent affronter Konrad que son maître alla détacher, et malgré l'intrépidité caractérisant leur corporation, ils se replièrent en hâte. Pour s'attarder dans le voisinage d'un tel chien, il aurait fallu être idiot ou inconscient, ce qui n'était pas leur cas. March protesta énergiquement contre l'initiative de son cousin, et Isabelle, qui arrivait dans l'entrée, mit son grain de sel. Mittie vint au galop de la bibliothèque accabler Isabelle d'insultes hystériques. Avant que je ne sois arrivée à l'étage (j'étais descendue chercher des draps propres), Dimuck, Kema et Lonergan s'en étaient mêlés, et tous étaient engagés dans une de ces discussions orageuses dont cette étrange maisonnée paraissait coutumière.

Comme l'avait prévu O'Leary, l'enquête devant jury fut une simple formalité. Cela ne l'empêcha d'ailleurs pas d'être particulièrement désagréable. C'est avec soulagement que j'en vis la fin. La conclusion fut que Jem Grondal était mort, tué par une ou plusieurs personnes inconnues.

« C'est un peu simplet, tout ça ! » pensai-je.

Quand je revins dans la chambre de la tour, j'y trouvai le docteur, qui m'attendait. Il était au courant de l'affaire, d'ailleurs tout le monde dans B… ne parlait que des deux meurtres, et il me pressa de questions. Il constata aussi une indéniable amélioration dans l'état du vieux M. Federie. J'eus nettement l'impression que seule sa vive curiosité le retenait de m'envoyer avec mon malade en sécurité à hôpital. Il s'attarda un peu, mais on le demanda au téléphone. On avait besoin de lui à l'hôpital Sainte-Anne, et, à regret, il se décida à partir.

Le reste de la journée qui suivit la mort de Grondal ne m'est resté en mémoire que grâce à quelques épisodes. Le principal reste la malencontreuse idée que j'eus de visiter le grenier, et ce qu'il en advint…

Après le départ du docteur, je restai un moment dans la chambre à m'occuper de mon patient et à remettre un peu d'ordre dans la pièce. Cela faisait un drôle d'effet de ne plus voir Grondal aller et venir avec son vieux balai mécanique et son chiffon à poussière. Eustache entra avec une brassée de bois, Lonergan le suivait en ramassant les morceaux qui tombaient. Il était muni d'une balayette avec laquelle il nettoya (très mal) le devant du foyer. Je dus admettre que Grondal me manquait, malgré son air de bandit et sa cicatrice. Il était l'un des piliers de cette maison, on ne pouvait se passer de lui. Je commençais à me sentir coupable de l'avoir injustement suspecté.

De plus, sa mort avait raccourci la liste des suspects. C'est en y réfléchissant qu'une idée stupéfiante me vint à l'esprit. Il était encore plus stupéfiant que personne n'y ait pensé plus tôt !

Était-il absolument impossible que quelqu'un d'autre se cache dans cette vieille maison ? Quelqu'un qui se serait arrangé pour qu'aucun d'entre nous, pas plus que la police, ne soupçonnât sa présence… Cette hypothèse inquiétante était-elle une simple réponse à mon besoin d'expliquer logiquement l'aspect angoissant de ce mystère, ou bien avait-elle grandi dans mon subconscient depuis l'épisode des bruits de pas ? Je ne sais. Quoi qu'il en soit, cette possibilité existait. J'y réfléchis longuement et, je l'espérais, soigneusement.

D'abord ces mystérieux bruits de pas inexpliqués… Je n'avais pas un instant cru Kema lorsqu'elle avait déclaré à O'Leary s'être trouvée à l'étage à ce moment-là. Ne m'avait-elle pas affirmé le contraire ? Et je suis sûre qu'alors elle ne mentait pas.

Et puis, il y avait cette diabolique petite musique dans la bibliothèque, alors que tous, sauf le malade, Kema et moi-même, étaient aux obsèques d'Adolphe. J'étais certaine de ne pas avoir touché au piano, le malade en était incapable, et Kema n'avait certainement pas un tel talent. Ce ne pouvait pas non plus être les policiers. D'ailleurs, l'un d'eux était sous mes yeux à ce moment-là. Alors qui? Un cambrioleur professionnel? Rien n'avait disparu. Un ennemi personnel d'Adolphe Federie? Peu probable quand même que cet intrus, quel qu'il fût, ait choisi par hasard l'air favori d'Eustache et l'ait, de plus, joué avec les mêmes inflexions déplaisantes qu'y apportait le cousin de March. Mais j'écartai l'objection.

Et puis, il y avait aussi la disparition de l'éléphant de jade. Ma théorie expliquait qu'il ait été retiré de l'étui à violon pendant que tout le monde était dans la même pièce que moi.

Si un mystérieux visiteur allait et venait dans cette bâtisse, où les cachettes ne manquaient pas, il devait quand même bénéficier de la complicité d'un habitant. Alors, qui pouvait-il être? Le mystère de son identité restait entier, et je n'essayai pas de le résoudre. Mais si ce personnage existait, quelqu'un, à l'intérieur, l'avait aidé, car la maison était bien fermée et gardée.

Du coup, d'autres souvenirs me revinrent : les aboiements du chien pendant le premier dîner, et l'agitation de March. Konrad avait également aboyé le lendemain soir, toujours pendant le repas. Il est vrai que c'était le moment le plus propice pour entrer dans la maison sans être vu.

« Et lorsque March est sortie en catimini, dans la tempête, la nuit du meurtre d'Adolphe, n'était-ce pas pour accompagner quelqu'un sans prendre de risques avec le chien? L'accompagner où? Sans doute dans quelque cachette extérieure à la maison, puisque celle-ci devait être fouillée... Et Kema? De toute évidence, la servante est au courant. N'a-t-elle pas menti sans scrupule à la police pour dissimuler l'escapade de March ? Le soir des bruits de pas, elle a nié se trouver au premier étage ; puis, sans doute priée par March de revenir sur sa déclaration, elle a raconté à O'Leary que c'était bien elle qui marchait là-haut, au-dessus de nos têtes. Alors que la servante se déplace absolument sans bruit, comme un chat sauvage ! »

Bien sûr, si l'on tenait compte du fait que depuis quarante-huit heures la maison était surveillée nuit et jour, et avait en principe été fouillée de fond en comble, mon hypothèse ne tenait pas debout. Mais chacun sait que la vérité se trouve souvent où on l'attend le moins.

Quand, à quatorze heures, March arriva et me proposa de garder son grand-père pour que je puisse disposer de mes heures de liberté, je bouillais d'impatience à la perspective de pouvoir chercher des preuves pour appuyer ou infirmer mon extravagante hypothèse.

– Cela ne me gêne pas de rester ici, me dit March, comme je protestais pour la forme. Je n'ai pas peur d'être seule. De toute façon, j'ai depuis ce matin un solide policier sur les talons. Il est certainement à portée de voix.

Elle parlait avec une désinvolture forcée, sans doute pour cacher sa détresse. Pourtant, ses yeux cernés et sa nervosité, qui la faisait sursauter au moindre bruit, la trahissaient. Lorsque je pris la torche laissée par O'Leary sur la table, elle me saisit soudain le bras.

– Je ne peux pas m'empêcher de les voir encore ! Grondal, tout recroquevillé sur ce divan et… et oncle Adolphe, sur l'escalier. Surtout les yeux de mon oncle, je les vois tout le temps !

Elle se retourna pour regarder avec un frisson en direction du divan et de l'escalier, et se mit les mains sur les yeux en les pressant convulsivement, comme pour en chasser le souvenir affreux qui la hantait. Elle resta ainsi, tremblante, la respiration haletante.

– Allons, allons… (Je retirai ses petites mains de son visage et les gardai dans les miennes.) Vous êtes la seule ici à pouvoir faire marcher la maison. Sans vous, tout irait à vau-l'eau. Il faut vous ressaisir.

Mes paroles auraient été plus convaincantes, si la voix ironique d'Eustache n'avait pas encore retenti à mes oreilles : « Une Federie a la main faite pour tenir une crosse de revolver » et « Effrayée, toi, une Federie ! Allons donc ! »

Mais la jeune fille s'arrêta de trembler et redressa la tête. Les lèvres pincées et l'anxiété dans les yeux bleus si jeunes serraient le cœur.

– Vous avez raison. (Il y avait une nuance de fierté dans la voix froide et sans joie.) Chacun doit prendre ses responsabilités. C'est moi le chef de famille pendant la maladie de grand-père.

Cette allusion à une hiérarchie féodale complètement dépassée me parut absurde. Cette enfant vêtue de sa petite robe soignée, les jambes fines gainées de soie, avec des cheveux courts et bouclés, si doux que vous aviez envie de les caresser comme ceux d'un bébé, cette petite fille m'annonçait gravement que chacun devait assumer ses responsabilités. Quelle sorte de gens étaient donc ces Federie ?

– Allez-y maintenant, M^lle^ Keate, continua-t-elle, maîtrisant sa voix. Ça ira. C'est seulement parce que voir une telle horreur arriver à quelqu'un de la famille, ici, dans la maison où j'ai toujours vécu…

Elle fut incapable de continuer. Ses yeux se posèrent à nouveau sur l'escalier. Puis elle se reprit, se détourna, et s'installa près de son grand-père.

Quant à moi, j'étais en train de penser que tant de

mal rôdait dans cette sinistre demeure qu'on pouvait encore s'attendre au pire ! Je m'abstins évidemment de le dire, et après avoir donné quelques instructions à March, je saisis fermement la torche et sortis.

En écartant la portière, je butai violemment contre un policier qui devait se tenir juste derrière. Debout sur un pied comme un héron, il se frictionna les orteils de l'autre pied en me demandant vertement pourquoi je ne faisais pas plus attention. Au bruit de la collision et de l'aimable dialogue qui s'ensuivit, March vint jusqu'à la porte, et le policier fut si gêné qu'il me suivit, tandis que je traversai le premier salon. En atteignant le second, je jetai un coup d'œil par-dessus mon épaule, juste à temps pour voir sa grosse masse repartir sur la pointe des pieds dans le petit couloir.

Dans l'entrée, je découvris Mittie Frisling à genoux, coudes au sol et tête au ras du plancher, plissant les yeux pour voir sous le grand coffre en noyer appuyé contre le mur. Ses mules éculées avaient glissé, laissant voir des bas ayant grand besoin de reprises aux talons. Elle ne me vit qu'au dernier moment, et la rencontre ne lui fit guère plaisir. Regardant autour d'elle, effarée, elle éternua plusieurs fois avant de balbutier :

– Je… Je… Je cherche quelque chose.

De deux mains fort poussiéreuses, elle repoussa ses cheveux derrière les oreilles.

Je la considérai froidement et passai mon chemin. En montant l'escalier, je regardai par-dessus la rampe et sursautai en voyant le rideau d'une des portes onduler légèrement. Le visage d'Isabelle apparut, tel un masque. Elle épiait férocement Mittie et ne me vit pas.

A partir de ce moment-là, je m'aperçus que chacun dans cette maison semblait « chercher quelque chose » ! C'était une débauche d'allées et venues, d'explorations discrètes, d'inspections clandestines, de secrètes expéditions dans les chambres inoccupées. J'en reparlerai...

Je ne pris pas le temps de réfléchir au fait que si mon hypothèse se révélait correcte, je me lançais dans une mission dangereuse. J'envisageai un instant d'attendre l'avis de Lance O'Leary, puis j'y renonçai. Je suis bien forcée d'admettre, maintenant, que j'ai agi à la légère. Mais on ne se refait pas, n'est-ce pas?

Sans hésiter, je me dirigeai vers la bagagerie. J'avais deux raisons de commencer par cette pièce. Tout d'abord, elle conduisait au grenier, seul endroit où je n'étais pas entrée quand j'avais exploré le reste de la maison, le jour des funérailles d'Adolphe. S'il y avait eu un sous-sol, j'aurais commencé par là. Mais il n'y en avait pas.

Ensuite, Eustache avait vu quelqu'un y entrer la nuit précédente. Bien que je ne fusse pas sûre de son récit à cent pour cent, il ne sonnait pas entièrement faux. Je rassemblai tout mon courage et regardai ma montre. Il était exactement quatorze heures et dix minutes. Je ne devais ressortir de la bagagerie qu'à dix-huit heures. J'ai encore des frissons en pensant à ces quatre heures-là.

Je pris bien soin de ne pas être vue alors que j'y entrais, ce que, par la suite, je devais amèrement regretter. J'ouvris la porte sans bruit, me glissai dans l'entrebâillement et refermai tout aussi silencieusement. J'allumai la torche et en dirigeai le faisceau tout autour de moi. La pièce était vaste, haute de plafond, obscure bien sûr, avec des murs grossièrement blanchis. Le nom de bagagerie était tout à fait inadéquat car, pour autant que je pus en juger, il n'y avait pas un seul bagage, pas une malle, pas une valise dans toute la pièce. En revanche, elle était encombrée d'objets hétéroclites mis au rebut, tels qu'il peut s'en accumuler dans une vieille maison. Pas difficile de se cacher dans tous ces coins et recoins. Mon courage avait commencé à faiblir dès l'instant où mon nez avait capté les effluves de vieilleries moisies.

« Dépêche-toi d'explorer le grenier avant que ce qui te reste de bravoure ne t'abandonne complètement ! »

L'escalier montant au grenier n'était pas engageant. Il tenait plus de l'échelle, en fait, mais avec des barreaux plats. Pas de rampe pour se tenir, il fallait s'accrocher aux montants. Très peu enthousiasmant… et il en était de même pour l'entrée obscure du grenier.

Je balayai une dernière fois la pièce avec le faisceau lumineux, et je m'approchai bravement du fort peu attirant but de mon expédition. M'accrochant d'une main à un montant de l'échelle et tenant de l'autre la lourde torche, il me sembla que je mettais un temps infini pour atteindre l'ouverture. J'y arrivai cependant et je m'accordai une pause, les yeux au niveau du plancher du grenier, les pieds encore sur l'échelle. Heureusement, ou plutôt malheureusement, comme on va le voir, la trappe était relevée sur ses gonds et maintenue par une corde passée dans un crochet, puis dans un anneau.

La lumière de ma torche ne me révéla rien de très prometteur, et je me glissai, avec quelque difficulté, par l'ouverture. C'est alors que je me rendis réellement compte de ma situation. La maison était certes déplaisante, mais le grenier… pire ! Cent fois pire !

Immense, il s'étendait dans trois directions vers de profondes ténèbres. Il n'y avait de parquet que par endroits, et de longues planches posées à même le sol menaient à de gros conduits de cheminée et à de minuscules petites fenêtres grisâtres, tout au bout de la soupente. Des toiles d'araignées géantes, chargées de poussière accumulée depuis des décennies, s'accrochaient aux poutres et donnaient à l'ensemble une ambiance de roman fantastique. Et puis cette odeur d'humidité et de moisi, de décomposition, presque…

Je restai quelques instants immobile, dirigeant le faisceau de ma lampe vers d'immenses puits sombres, cherchant à percer l'obscurité.

Soudain, une espèce d'oiseau noir sortit d'un coin et commença à voleter en cercles autour de ma tête. Son ombre, traversant comme une flèche les minces rayons de lumière de ma lampe, acheva de m'effrayer. Mon courage ne s'était pas amenuisé. Non, il avait purement et simplement disparu. J'étais absolument affolée, les genoux tremblants, les mains moites, le cœur battant la chamade. Il résonnait, me semblait-il, comme un tambour, dans cet espace silencieux.

Autour de moi, des formes sortaient de l'ombre, un fouillis de tables bancales, de chaises défoncées, de vieilles lampes festonnées de toiles d'araignées, et tout ce qui s'entasse dans un vieux grenier. J'avisai, près de moi, un tabouret de piano recouvert de velours rouge fané. C'était le genre de siège à vis que les pianistes, trente ans plus tôt, avaient l'habitude de faire tourner rapidement, avec ostentation, avant de s'y installer. Comme il était proche, je m'assis. Mes jambes ne me portaient plus. La chauve-souris, si la bestiole qui tournoyait autour de moi en était bien une, m'inquiétait, et je baissai la tête chaque fois qu'elle s'approchait.

« Et si elle s'accroche dans mes cheveux et s'y emmêle ? On dit que c'est une des pratiques favorites de ces sales bêtes. »

J'essayai de m'exhorter à me calmer, à respirer lentement, mais mon cœur refusait de reprendre un rythme normal.

«Et si le meurtrier se cache derrière l'une de ces grandes cheminées, qu'est-ce qui l'empêche d'en sortir soudain et de me sauter dessus? Et s'il est en train de ramper silencieusement vers moi, prêt à bondir? Et si...»

Quelque chose courait sur mon poignet! Une énorme araignée velue!

J'étouffai un cri, je bondis sur mes pieds et je repoussai brutalement l'insecte avec ma torche. Du coup, je cassai mon verre de montre et j'éteignis sans le vouloir la torche qui tomba, me laissant dans le noir le plus complet. Je trébuchai, je me rattrapai au tabouret de piano... Et je trouvai l'éléphant de jade!

Parfaitement!

Il était caché dans le coussin de velours, et je le reconnus dès que mes mains touchèrent sa surface froide et suivirent les contours des oreilles et de la trompe. Pas étonnant que le tabouret m'ait paru si dur lorsque je m'étais assise! J'étais tellement troublée que je n'avais même pas pensé à me demander pourquoi. En m'accrochant au coussin, j'avais passé la main dans une déchirure du velours, et il était dessous.

Je compris au même instant l'intérêt de ma découverte et le danger de ma situation. Plus question de rallumer la torche et de révéler ainsi ma position. Je n'eus plus qu'une idée en tête : m'enfuir!

L'ouverture du grenier n'était pas loin, je l'atteignis facilement. J'ai toujours eu peur de descendre une échelle, surtout les premiers degrés. Troublée par l'appréhension et l'obscurité, persuadée qu'un inconnu caché dans la bagagerie allait me tirer par la cheville ou surgir du grenier pour m'étrangler, je cherchai du pied le premier barreau. Puis, l'éléphant dans une main, la torche dans l'autre, j'essayai de garder mon équilibre sur les étroites planches.

Et c'est comme ça que tout arriva ! Même maintenant, je ne comprends pas très bien comment.

Quoi qu'il en soit, la trappe se referma sans prévenir. Et si j'eus la chance de ne pas être assommée, c'est parce qu'à cet instant, je baissais la tête pour scruter désespérément le noir, au-dessous de moi. La trappe retomba avec un bruit sourd, et le nuage de poussière qui s'éleva faillit m'étouffer. Mais le pire était qu'en se refermant, elle avait coincé un pan de ma jupe et le retenait fermement.

« Me voilà fraîche ! »

Je tins l'éléphant entre mes dents pour pouvoir pousser et tirer des deux mains. Rien à faire, impossible de soulever la trappe ni de dégager mon uniforme. Inutile également d'essayer de déchirer le tissu. Il était à toute épreuve. Je l'avais choisi exprès pour ce nouvel uniforme parce que le tailleur m'en avait garanti la solidité.

Je me mis à énumérer une série de « si ».

« Si je perds l'équilibre, je risque de rester suspendue par cette jupe monstrueusement indestructible... Et si quelqu'un est caché dans le noir, en dessous ? Et si personne ne me cherche et que je reste suspendue, prisonnière pendant des heures entre cette bagagerie étouffante et ce grenier encore pire ! »

Mille suppositions, toutes aussi joyeuses, me traversèrent l'esprit avant que, soudain, je cesse de tirer sur ma robe pour me libérer et que je m'immobilise, glacée, tendant l'oreille, comme si ma vie était en jeu. De quelque part au-dessous de moi me parvenait un bruit de mouvement feutré et furtif. Je comprends maintenant le sens précis de l'expression « sentir son sang se figer dans ses veines ». C'est exactement ce que je ressentis, sans doute parce que mon cœur parut vouloir s'arrêter de battre.

« Pas d'erreur, ça recommence… Comme un froissement dans le coin, juste au-dessous de moi. »

Prise de terreur, je saisis fermement la torche et la lançai dans la direction d'où venait le bruit. J'avais agi instinctivement, mais à la minute où la lampe quitta ma main, je compris que j'avais fait une bêtise. En effet, après un bruit sourd, plus rien. Il y avait donc bien quelqu'un, là ? Qui était-ce ? Attendait-il que je sois assez rassurée pour descendre de l'échelle ? S'était-il rendu compte que j'étais coincée ? Était-ce un membre de la famille ? Ou bien le mystérieux intrus que je cherchais ? Pourquoi ne faisait-il plus de bruit ? L'aurais-je par hasard atteint avec ma torche ? Je me savais adroite pour écraser les moustiques, mais je ne me croyais pas capable de faire mouche, dans le noir, au lancer de torche. Et surtout, que faire, maintenant ?

Au bout d'une éternité, pendant laquelle plus aucun son ne me parvint du coin au-dessous de moi, je pris, après mûre réflexion, la décision de quitter mon uniforme. Il n'y avait pas d'autre solution. Heureusement qu'il se déboutonnait du haut en bas. Libérée de la trappe, j'hésitai. Devais-je ou non me ruer vers la porte du couloir ? Si « il », quel qu'il soit, s'était trouvé dans le coin le plus éloigné, je m'y serais risquée. Mais de là où il était, il avait toutes les chances d'arriver au bas de l'échelle avant moi, du moins si ma torche ne l'avait pas complètement assommé. Après un moment sans doute plus court qu'il ne me parut, je me retournai et je m'assis avec précaution sur un des barreaux. Si on peut appeler ça « s'asseoir » ! Croyez-moi si vous voulez, je restai dans cette position inconfortable pendant trois heures qui me parurent mortelles tellement j'étais transie, pleine de crampes et finalement engourdie. J'avais aussi peur de monter que de descendre. J'étais aussi effrayée de découvrir que j'avais tué cette chose en bas que de m'apercevoir que je l'avais manquée.

Imaginez l'épreuve : trois heures assise sur une échelle ! Il fallait ma robuste constitution pour le supporter. Toute autre aurait dégringolé au bout d'une heure. Il est toujours surprenant de découvrir jusqu'où l'absolue nécessité fait reculer les limites de l'endurance.

Durant la dernière heure, je me dis que même si le meurtrier d'Adolphe et de Grondal m'attendait en bas, mieux valait risquer une fin brutale mais rapide que mourir d'inanition en restant plus longtemps perchée sur ma branche. J'imaginais la scène touchante qui se déroulerait si on me trouvait inanimée, l'éléphant serré dans ma main glacée. Preuve que j'avais fait mon devoir jusqu'au bout. J'étais bien contente d'avoir mis ma plus jolie combinaison en crêpe de Chine !

C'est peu de temps après cette réflexion profonde que la porte s'ouvrit et qu'une silhouette trapue se dessina en ombre chinoise sur la pénombre du couloir.

– Kema, Kema !

Je reconnus à peine le son de ma voix rauque.

Elle eut un mouvement de recul, comme si elle allait refermer la porte. J'appelai de nouveau, en priant pour que le monstre en bas n'ait pas de revolver.

– Kema, attendez ! Ouvrez la porte ! Appelez la police !

Elle poussa une exclamation que, trop occupée à descendre de l'échelle avec mes pieds engourdis, je ne compris pas. J'arrivai d'un pas chancelant au couloir. Sortant d'une chambre à la porte entrebâillée, quelqu'un s'approcha. Elihu Dimuck, qui hâta le pas en me voyant.

– Appelez la police, répétai-je. Vite ! il y a quelqu'un dans cette pièce, appelez la police !

– Qu'y a-t-il ? Que vous est-il arrivé ? cria Elihu Dimuck.

Isabelle se montra en haut de l'escalier et marqua un temps d'arrêt pour m'observer avec un amusement non dissimulé. Kema sortit un bras noir de dessous la dentelle de sa robe et ferma la porte de la bagagerie.

– Mais, que vous arrive-t-il, M$^{lle}$ Keate ? Vraiment... Vous avez oublié d'enfiler votre uniforme ? me demanda Isabelle.

– Prévenez la police ! insistai-je malgré mon embarras de me promener en combinaison.

Silence de mort. Elihu Dimuck, Kema et Isabelle fixaient tous trois l'éléphant dans ma main.

Il fallut au moins dix minutes avant que les deux policiers, auxquels se joignit Dimuck, se décident à fouiller la bagagerie, et sans doute le grenier. Évidemment, ils revinrent bredouilles. Ils ne m'avaient sans doute pas crue et avaient dû chercher sans grande conviction, me jugeant un peu dérangée. Dérangée, moi ?

Je me retirai dignement dans ma chambre, suivie de leurs regards interloqués.

Une fois chez moi, je cherchai à tâtons les allumettes, j'allumai ma lampe et j'examinai le petit éléphant que je n'avais pas lâché. Je le retournai dans tous les sens. Son aspect simple et banal me déroutait. J'avais l'impression de secouer une poupée pour lui faire révéler un secret. La seule chose dont j'étais certaine, c'était que ce bibelot avait une importance capitale.

Si seulement je l'avais examiné d'un peu plus près ! Mais je disposais de peu de temps. Il fallait que je me dépêche de m'habiller pour descendre et trouver O'Leary. En m'apercevant dans le miroir, j'éclatai de rire ! Des mèches pendaient de chaque côté de mes joues noirâtres, ma coiffe avait de la gîte, j'étais barbouillée de poussière et de transpiration, des toiles d'araignées ornaient mes cheveux, et ma jolie combinaison était grise de crasse. Pas étonnant que les policiers ne m'aient crue qu'à moitié, j'avais l'air d'une candidate à la camisole de force. J'éclatai de nouveau d'un rire nerveux.

Tout compte fait, je n'aurais pas fait un cadavre aussi décoratif que je le croyais !

# Tout ça appartient maintenant à l'histoire

J'enveloppai soigneusement l'éléphant de jade dans l'écharpe que j'étais en train de tricoter. Comme un soldat s'en-va-t-en-guerre, je descendis pour dîner, mon ouvrage bien serré sous le bras, et je le gardai sur les genoux pendant tout le repas. Je ne saurais dire si ce dîner fut aussi désagréable que les autres. J'étais si affamée et fatiguée que la nourriture fut la seule chose à laquelle je prêtai attention. Isabelle était chargée du service. Sans doute pour provoquer March, elle jetait les plats sur la table avec une nonchalance insolente, avant de se rasseoir tranquillement à sa place. Il fallut la prier à chaque service de changer les assiettes. Elle rendit carrément son tablier au dessert.

– Ensuite, il y a encore des pruneaux, pour changer ! annonça-t-elle de sa voix traînante.

Elle se leva et, avant de sortir majestueusement de la pièce, marmonna par-dessus son épaule :

– Si quelqu'un en veut, il n'a qu'à aller se les chercher !

Mittie en voulait et les apporta. Elle fournit un petit intermède en s'étranglant avec un noyau. Je me dévouai pour lui taper dans le dos. Comme elle ne m'était pas très sympathique, il se peut que j'aie tapé un peu fort. Le noyau fut éjecté avec un petit « pop ! » et, après une magnifique trajectoire parabolique, atterrit dans l'assiette d'Eustache. Celui-ci, rouge de colère, jeta sa serviette et repoussa sa chaise avec tant de force qu'elle se renversa. Après avoir lancé quelques mots que je ne répéterai pas, il quitta la pièce sans même s'excuser auprès de la maîtresse de maison.

Les yeux de March lancèrent des éclairs. Elihu Dimuck eut un geste de désapprobation de ses mains potelées, et Deke Lonergan se mit à rire. Ce rire était si franc et spontané qu'il m'étonna. Jusqu'alors, je n'avais jamais vu le jeune homme se départir de son air morose. March se tourna vers lui avec curiosité et lentement, délibérément, abaissa ses paupières frangées de longs cils. Deke se pencha alors vers elle, ses cheveux blonds reflétant la lumière des grands candélabres et, avec un regard brûlant, murmura quelques mots que je ne compris pas.

Peu portée sur les pruneaux, je quittai la salle à manger en reprenant le chemin habituel. J'avançais sans me presser, mon tricot sous le bras, en pensant au mauvais caractère d'Eustache. Je n'avais absolument pas conscience de l'imminence du danger. Je passai la portière séparant le couloir du salon et m'apprêtai à tourner en direction de la chambre de la tour quand le rideau s'abattit soudain sur ma tête et mes épaules. Je me retrouvai enroulée dans le tissu. J'eus beau me débattre, mon tricot me fut arraché tandis qu'empêtrée dans le lourd velours, j'essayais de crier. En vain, les plis du tissu étouffaient le son de ma voix. Tout s'était déroulé en quelques secondes. Je me dégageai rapidement. Personne ne semblait avoir entendu ni la lutte ni mes cris. Le salon et le couloir étaient baignés d'obscurité. Je me précipitai dans la chambre de la tour, saisis une lampe et revins en courant au salon. Le temps d'arriver et d'éclairer la pièce, il n'y avait plus personne. En revanche, au milieu, sur le sol, mon tricot orange égayait le tapis aux couleurs fanées. Je le ramassai. Les aiguilles pendaient, des mailles avaient sauté et un long fil de laine faisait l'aller et retour jusqu'à l'autre porte.

Et l'éléphant s'était envolé. Une fois de plus ! Cela faisait deux fois que je l'avais en main, et deux fois qu'on me le reprenait ! La première fois, ne connaissant pas l'importance du bibelot, j'avais, c'est vrai, péché par négligence. Mais ce soir, personne ne pouvait me reprocher de ne pas m'être méfiée !

Inutile de donner l'alarme, tous dans cette maison étaient susceptibles d'avoir pris l'éléphant. Désorientée et secouée, je retournai dans la chambre. Mon autosatisfaction et mon amour-propre avaient volé en éclats. Je me calmai en remaillant mon tricot et en ruminant de noires pensées. Une demi-heure plus tard, O'Leary vint me trouver. Il me regarda, s'assit, croisa les bras, étendit les jambes vers le feu et commença sévèrement :

– Que vient de me dire le policier ? Allons, Sarah Keate, quelle bêtise avez-vous encore faite ?

Je lui fis, sans me faire prier, le récit de mon aventure. Quand j'eus fini, il était tout droit sur sa chaise et me considérait avec un air de respect mêlé d'inquiétude.

– On ne vous a jamais dit que vous étiez dangereuse ? Vous êtes un danger ambulant. Je peux vous toucher, ça me portera chance ! Comme un pompon de marin !

Il tendit la main et effleura la mienne.

– Vous appelez ça de la chance ? Quand je pense que j'ai eu deux fois ce stupide bibelot entre les mains et que non seulement je n'ai pas réussi à voir ce qu'il avait d'intéressant, mais qu'en plus j'ai trouvé le moyen de me le faire voler !

– Vous trouvez que ce n'est pas de la chance, vous, de vous en tirer vivante et indemne ? protesta-t-il d'un ton convaincu.

– Vous pensez que l'homme dans la bagagerie pourrait être le meurtrier?

Mon cœur s'affola.

– En tout cas, il y avait là quelqu'un qui prenait grand soin de ne pas être vu! Il a sans doute eu aussi peur que vous. C'est quelqu'un de l'extérieur, à votre idée? Ça ne peut pas être un membre de cette maisonnée?

J'hésitai :

– Enfin... Je suis partie de l'hypothèse qu'il y a un intrus dans la maison. Peut-être pas un voleur, puisque rien, à part l'éléphant, n'a été dérobé, mais quelqu'un qui n'est pas censé être là. Quand je suis tombée sur l'éléphant vert dans le grenier et que j'ai perçu une présence dans la pièce en dessous, j'en ai déduit que ma théorie était juste. En fait, je ne suis certaine que d'une chose : ce ne pouvait être ni Kema, ni Isabelle, ni Dimuck. En plus, celui qui était là a pris bien soin d'échapper aux policiers. Remarquez, ils ne se sont pas donné trop de mal pour le chercher, ils ne croyaient guère à mon histoire. C'est vrai qu'elle n'est pas très plausible.

– Ils y croiraient s'ils vous connaissaient comme je vous connais... Donc Kema, Isabelle et Dimuck savaient tous les trois que vous aviez retrouvé l'éléphant de jade? (Il se leva et se dirigea vers la porte.) Je reviens tout de suite!

Moins d'un quart d'heure plus tard, il était de retour dans la chambre de la tour, arborant une expression énigmatique.

– Pour une fois, ils disposent tous d'un alibi en béton! Ils se plaisent tellement dans cette pièce qu'ils y ont tous pris le thé ensemble entre seize et dix-sept heures. C'est Kema qui les a servis, pendant que vous vous morfondiez sur votre échelle! Et ce soir, quand on vous a repris l'éléphant… entre parenthèses, vous avez eu de la chance qu'on ne vous étrangle pas par la même occasion… Ce soir, donc, tout le monde, sauf Isabelle et Eustache, était dans la salle à manger. Donc l'un de ces deux-là, ou bien le mystérieux intrus de la bagagerie, a pu prendre l'éléphant. Ce n'est pas une critique, mais enfin vous transportiez l'objet bien en évidence. Pour quelqu'un qui savait que vous l'aviez en votre possession, bien sûr !

– N'empêche que je l'avais retrouvé ! protestai-je, vexée.

– Exact, M^lle Keate.

O'Leary sourit malicieusement.

– Alors vous pensez, comme moi, qu'il y a un intrus dans cette maison ? Que diable veut-il ?

– C'est du domaine du possible. Si je connaissais le mobile de ces crimes, le criminel serait déjà arrêté. Si quelqu'un se cache ici, ce ne peut être qu'avec la complicité de March Federie. C'est pourquoi je la fais surveiller de si près. Bien sûr, j'aurais pu demander des renforts, mais il doit y avoir tellement de cachettes dans cette maison qu'il faudrait un escadron pour arriver à mettre la main sur cet individu. Il y a une règle bien connue : l'astuce est plus efficace que la force.

– Peut-être… J'avoue que je préférerais qu'on le recherche et qu'on le boucle au plus vite !

– Pour quel motif ? Et puis, qui nous prouve l'existence de ce mystérieux personnage ? Êtes-vous absolument certaine de sa présence sous l'échelle de la bagagerie pendant tout ce temps, alors que vous n'avez rien entendu ?

– Bien sûr que j'en suis certaine ! aboyai-je. Je l'aurais vu s'il avait cherché à ouvrir la porte du couloir, j'aurais entendu le moindre de ses mouvements.

– N'avez-vous pas fermé un instant les yeux, de fatigue, par exemple ? Il faisait très noir, avez-vous dit. Il n'y avait pas non plus de lumière dans le couloir, alors n'aurait-il pu atteindre la porte et sortir sans se faire remarquer ?

– Non, absolument pas ! Et ce n'est pas parce qu'il faisait noir que j'étais devenue sourde, j'aurais entendu une épingle tomber.

O'Leary s'assit, sortit de sa poche son moignon de crayon et se mit à le faire pivoter entre ses doigts fins et soignés.

– Il y a quelque chose qui m'échappe, dans cette affaire. Hier soir, donc juste avant l'assassinat de Grondal, j'avais conscience d'un danger qui planait. Rien de précis. Mais la foudre frappe rarement deux fois au même endroit, et je me voyais mal annonçant à mon supérieur : « Il me faut un détachement cette nuit chez les Federie, mon intuition me dit qu'il va s'y produire quelque chose ! » Vous comprenez, M^lle^ Keate, c'est une affaire qui sort de l'ordinaire. D'habitude, dans les enquêtes d'homicide volontaire, nous nous trouvons en face de crimes dans les milieux du crime, ou à leur périphérie. Les indices viennent tout seuls, nous tombons toujours sur quelqu'un qui a envie de bavarder. En général, on sait à qui le crime profite. Mais ici, c'est complètement différent. Il semble que tout se passe au sein de la famille. Je n'arrive pas à découvrir de mobile. Enfin, peut-être un petit quelque chose cet après-midi…

Il se passa d'un geste las les mains sur les joues.

– … Vous croyez, mademoiselle, qu'il arrive qu'une fois dans la vie, un homme puisse, lorsque sa tâche est finie, regarder en arrière et se dire qu'il n'a pas commis la moindre erreur ?

– Vous ne travaillez là-dessus que depuis un jour ou deux, qu'espérez-vous ? Il y a des affaires qui traînent pendant des mois… Qu'avez-vous découvert cet après-midi ?

– Tout d'abord, que tous les fournisseurs de M. Federie, épicier, boucher, etc., étaient toujours payés en espèces. Jamais par chèque. Grondal, d'après ce qu'on m'a dit, faisait chaque mois la tournée des créanciers avec une sacoche pleine de billets et de pièces, et payait tout contre reçus. C'est quand même une étrange façon de procéder, alors j'ai continué à chercher. Pas une banque de la région n'a eu les Federie comme clients. De plus, le seul document officiel portant le nom de Federie est un acte notarié, rédigé en 1880 au nom de Deborah Federie qui était l'épouse du vieux M. Federie. Au moment de son décès, la propriété a été mise au nom de March Federie. Celle-ci avait alors six ans. L'histoire de cette famille n'est pas claire. Cette vieille maison, la façon dont elle est meublée et organisée laisse à penser qu'elle fut à une époque une demeure cossue, appartenant à des notables. Mais je n'ai pas réussi à découvrir quoi que ce soit d'intéressant sur eux, ici à B…, même en posant des questions aux habitants les plus âgés. Jusqu'à ce que je rende visite à la vieille M^me^ Van Guilder. Comme tout le monde à B…, je la connaissais de réputation. C'est une vieille dame excentrique, jouissant encore d'une excellente mémoire et se passionnant pour tout ce qui touche à l'origine et au passé de la ville. Son père en avait été l'un des premiers juges. Elle n'en sait pas plus que nous sur les Federie. Mais elle m'a sorti quelques vieux journaux dans lesquels j'ai trouvé une curieuse référence à la demeure des Federie. Je n'ai pas osé découper l'article, car elle me surveillait de près, alors je l'ai recopié. Il est rondement rédigé, dans le style enjoué qu'on appréciait autrefois dans la presse locale. Écoutez-moi ça :

> *La splendide demeure des Federie est presque achevée et le bruit court que cagoules et pistolets devront être laissés au vestiaire. Décidément, l'argent n'a pas d'odeur. Nous recommandons toutefois aux voyageurs d'éviter la route d'Aufengartner.*

C'est daté du 9 février 1880.

– Qu'est-ce que ça veut dire ? Montrez !

Je vis de mes propres yeux cet incroyable article, recopié de la belle écriture de O'Leary.

– Alors... les Federie auraient été... des voleurs ?

O'Leary opina du chef, une lueur amusée dans ses yeux gris.

– Eh oui ! Des bandits de grand chemin, des détrousseurs de voyageurs, appelons cela comme vous voulez. En ces temps rêvés, les journalistes étaient libres d'écrire ce qu'ils voulaient, et j'ai tendance à croire que ce monsieur disait la vérité. Simple coïncidence si, d'après une notice nécrologique légèrement postérieure, il est mort brutalement quelques mois plus tard...

Son regard s'attarda sur le visage du vieux Federie. Il était toujours congestionné, mais le rictus de sa bouche s'était atténué, et les traits étaient beaux et vigoureux sur la blancheur de l'oreiller.

– Vous le voyez sortant la nuit, masqué et armé, et ordonnant aux voyageurs attardés : « La bourse ou la vie ! » ?

Certes, je l'imaginais assez bien, il n'y avait qu'à voir la ligne autoritaire de ses sourcils, le menton carré et le nez volontaire. J'avais soigné des patients de toutes sortes, mais encore jamais un ancien bandit. Ne me jugez pas mal si je dis qu'à partir de ce moment, je le considérai avec un intérêt accru.

– Soit, reprit-il. Admettons la suggestion de ce journaliste défunt : les Federie étaient des bandits. En outre, ils paient toutes leurs dépenses en espèces, ce qui signifie qu'il y a une grosse somme d'argent quelque part dans cette maison. Bon… A quoi cela nous mène-t-il ? A rien. Il est possible que quelqu'un veuille s'emparer du magot et soit, de ce fait, amené à assassiner deux personnes. Mais le choix des victimes est absurde. Adolphe Federie n'avait pas d'argent. Grondal encore moins. Cet idiot d'éléphant de jade n'apporte rien non plus. J'ai appris plus sur les objets d'art, en quelques jours, que durant toute ma vie, et je n'ai rien trouvé qui puisse laisser supposer que ce bibelot ait une quelconque valeur intrinsèque. J'ai lu, j'ai interrogé des bijoutiers, le conservateur du musée et tous les collectionneurs de la ville. Je suis arrivé à une conclusion : même si cette bestiole est en jade, elle peut avoir une certaine valeur en tant qu'objet d'art, mais en aucun cas telle qu'il vaille la peine de commettre un meurtre pour s'en emparer. Non, il y a autre chose.

– March m'a dit que l'éléphant doit lui revenir au décès de son grand-père. Elle m'a demandé si je l'avais vu. Et j'ai trouvé Mittie Frisling à quatre pattes dans le vestibule, en train d'explorer le parquet sous le gros coffre en noyer. Toutefois, il se peut qu'elle ait cherché autre chose. Et… M. O'Leary, qu'allez-vous faire en ce qui concerne cet homme caché dans la maison ? Vous n'essayez pas de l'arrêter ? Il me semble que nous sommes tous en danger tant qu'il se promène en liberté.

– En supposant qu'il existe réellement... Allons, mademoiselle, calmez-vous, ne vous fâchez pas ! Faites-moi seulement confiance pendant encore un jour ou deux. J'ai besoin d'un peu de temps pour vérifier certaines choses. Mais je vous le répète, c'est vous qui m'avez fourni mes seuls vrais indices.

Il se refusa à rien ajouter, et j'eus beau fouiller ma mémoire, je n'arrivai pas à me souvenir d'aucun renseignement assez important pour mériter le nom d'indice.

– ... Je pense ne pas me tromper en affirmant que ces deux meurtres ont été commis par la même personne, avec le même mobile. Je suis persuadé que la solution se trouve ici même. Eh non ! je ne fais pas allusion à un passage secret ou à une porte cachée ! (Mon regard brûlant de curiosité le fit sourire.) Non, je veux parler des membres de cette bizarre maisonnée. Je ne dis pas famille, car cela exclurait Dimuck, M^lle^ Frisling, Kema et le jeune Lonergan. Je les ai questionnés plusieurs fois, ces derniers jours, ensemble ou séparément, et j'ai la certitude que chacun d'entre eux m'a menti à un moment ou à un autre. Oui, même votre chère petite March ! Oh, inutile de me dissimuler votre préférence ! Votre chère petite March me cache quelque chose. Elle ne ment pas ouvertement, mais son adresse à noyer le poisson fait honneur à son ascendance de hors-la-loi. Remarquez, les mensonges se sont révélés presque aussi instructifs que la vérité. Mais maintenant je tiens à la vérité. Et Mittie Frisling va être la première à passer à confesse, conclut-il avec désinvolture. Si ça ne vous dérange pas, je vais la faire venir ici pour l'interroger.

Je dus acquiescer avec un peu trop d'enthousiasme, car il quitta la pièce avec un sourire malicieux. En les attendant, je m'occupai de mon malade. J'ai souvent pensé que, vu tous ces événements, c'était une chance que l'état de mon patient exigeât si peu de soins. S'il avait souffert, par exemple, d'une pneumonie, de suites opératoires, d'un problème cardiaque ou de toute autre affection, j'aurais eu du mal à quitter son chevet. Mais nous devions savoir plus tard que, s'il avait été conscient, il ne serait pas arrivé ce qui était arrivé.

Son état s'améliorait, je me souviens d'avoir regardé sa main en lui prenant le pouls. Une belle main, ridée par les ans, avec des veines et des tendons saillants, mais d'une forme harmonieuse. La main d'un homme qui sait ce qu'il veut. Combien de fois avait-elle braqué un revolver sur un voyageur ou l'avait-elle soulagé de son argent? «Tu sais bien qu'une Federie a la main faite pour tenir une crosse de revolver.» Eustache avait parlé en connaissance de cause.

Tout s'enclenchait plutôt bien. Si les Federie avaient, à un moment ou à un autre, décidé de réintégrer le giron de la légalité, le reste coulait de source : splendide maison, rites sociaux distingués, livres, tableaux, bibelots, tout ce qui, à cette époque éprise d'artifices, passait pour du raffinement. La sévérité avec laquelle le vieil homme avait élevé ses fils, son refus de cautionner leurs erreurs, la hiérarchie presque féodale n'avaient rien d'étrange chez un ex-chef de hors-la-loi. Normal également ce goût du cérémonial qui allait de pair avec leur conception d'une vie respectable. «Mécanisme d'autodéfense aussi» pensai-je dans ma grande sagesse.

Si l'on en croit les vieux récits, une certaine anarchie régnait encore à cette époque, dans notre région. Quelles expéditions nocturnes avait organisé cet homme dont je tenais le poignet? J'imaginais assez bien le piétinement des chevaux, les coups de feu dans la nuit, les cris stridents et les jurons s'échappant des diligences renversées, et l'or, l'argent et les bijoux brillant sous les étoiles.

*Cagoules et pistolets devront être laissés au vestiaire* avait écrit le journaliste disparu. Puis continuant dans la même veine d'humour grinçant : *Nous recommandons aux voyageurs d'éviter la route d'Aufengartner.*

Ma distraction était telle que je dus prendre trois fois de suite le pouls de mon patient. J'étais en train de changer la poche de glace quand O'Leary fit entrer Mittie dans la pièce. Elle me fusilla de ses yeux pâles, mais elle accepta sans murmurer la chaise que lui offrit le détective.

– Maintenant, M^lle^ Frisling, je veux la vérité, s'il vous plaît, commença-t-il d'une voix dure. Regardez-moi, je vous prie. Vous étiez derrière le rideau de la porte la nuit où Adolphe Federie a été tué. Vous l'avez vu tomber. Vous avez fait demi-tour, vous avez traversé la maison en courant et vous êtes remontée par l'escalier de service. De là, vous vous êtes précipitée dans le couloir de l'aile arrière, vous avez tourné dans le couloir principal et vous vous êtes glissée dans la chambre vide, évitant ainsi les autres dans le couloir. Vous les auriez inévitablement rencontrés si vous étiez remontée droit dans votre chambre. Vous avez laissé un revolver dans cette chambre inoccupée. C'est vous qui avez assassiné Adolphe Federie !

Dès les premiers mots, Mittie avait changé de couleur. Comme la voix continuait, inexorable, elle commença à se tordre les mains, ses yeux décolorés écarquillés par la peur.

– Mais non, je n'ai pas fait ça ! protesta-t-elle d'une voix rauque. Je vous assure que non !

– Si, vous l'avez fait ! Vous étiez derrière le rideau. Vous avez vu Adolphe dans l'escalier, vous avez levé le revolver et…

– Non, non ce n'est pas moi ! C'est Grondal qui vous a dit ça, je l'ai entendu.

Elle était dressée, à moitié hors de sa chaise, le cou tendu, les yeux brillants. Puis elle se recroquevilla et retomba en arrière.

– … Oui, c'est vrai, j'étais derrière le rideau, mais ce n'est pas moi qui l'ai tué. C'est quelqu'un d'autre, qui se tenait au-dessus de lui, dans l'escalier. J'ai vu Adolphe tomber. Il a chancelé en battant des bras. L'éléphant a roulé dans l'escalier. Et puis il est tombé, il a glissé d'une marche ou deux. Il battait des bras…

Elle frissonnait et haletait maintenant. Lance O'Leary la regarda attentivement avec une expression bizarre. Il attendit qu'elle se calme un peu :

– Pour quelle raison étiez-vous à l'affût derrière ce rideau ?

– Parce que… je voulais être sûre que M. Federie était bien malade et incapable de parler. Il m'avait promis… quelque chose. Et puis ils ont dit qu'il était malade, alors je surveillais l'infirmière. J'avais l'intention d'attendre qu'elle soit endormie pour me glisser près de M. Federie et lui parler. Ensuite, j'ai vu Adolphe descendre l'escalier, il avançait avec beaucoup de précautions, une marche après l'autre. L'infirmière n'a rien entendu. Son visage était dans l'ombre, je ne pouvais pas la voir. Adolphe s'est approché de la cheminée, il a cherché dessus et il a fini par prendre un petit éléphant vert. Il l'a examiné à la lumière de la lampe pendant quelques instants, et ensuite il a fait quelque chose, je ne sais pas exactement quoi, un mouvement tournant, comme s'il dévissait. Il s'est approché de la lampe et s'est penché pour lire un petit morceau de papier blanc.

– Où se trouvait-il, exactement ?

– Là, à côté de la table.

– Il était donc bien visible du haut de l'escalier, murmura O'Leary pour lui-même… Continuez, s'il vous plaît.

Inutile de dire que mon intérêt s'était accru, si c'était possible, lorsqu'elle avait mentionné l'éléphant de jade. Je jetai un coup d'œil vers O'Leary. Les yeux brillants, il était suspendu aux lèvres pâles de Mittie, guettant les mots qui en sortaient en petites phrases hachées.

– Et alors, d'un seul coup, il a eu comme un sursaut, et il a regardé vers le palier en haut de l'escalier. Je crois qu'il a remis le papier dans l'éléphant et qu'il a revissé. Il tournait le dos à la lampe, si bien que je ne distinguais pas trop ce qu'il faisait. Ensuite, il est retourné vers l'escalier et a commencé à remonter, si doucement que je n'ai pas entendu un son. Et c'est au moment où il atteignait le tournant que… Je ne peux pas le dire ni le décrire… Je ne peux pas… Je le revois dans ma tête, je n'arrête pas de le revoir ! Mais c'était Isabelle, je sais que c'était elle.

O'Leary attendit, une fois de plus, que Mittie cessât de se tordre les mains. Elle avait sorti de son décolleté un mouchoir douteux et se tamponnait les yeux.

– Depuis combien de temps connaissez-vous Isabelle ?

– Depuis son mariage avec Adolphe. Il était trop bien pour elle.

– Et les Federie ?

Elle cessa un instant de s'essuyer les yeux pour lui jeter un regard furtif, comme si elle s'attendait à une attaque d'un nouveau genre.

– Depuis très longtemps.

– Dites-moi la vérité, je vous prie, M$^{lle}$ Frisling.

– Depuis… depuis mon enfance.

– Quelles étaient les relations de votre père avec M. Federie, pour que vous pensiez qu'il vous doive quelque chose ?

– Me devoir quelque chose ? C'était juste un ami !

– Quel âge avait votre père lorsqu'il est mort ?

– Presque quatre-vingts ans.

– L'avez-vous entendu raconter des histoires de sa jeunesse dans cette région ? Vous a-t-il dit qu'il faisait partie de…

Mittie sursauta. Elle avait deviné la suite.

– Mais M. Federie aussi ! protesta-t-elle d'une voix affolée. Les Federie ont pris tout l'argent quand… quand la bande s'est séparée. Et il est toujours entre leurs mains. Oui, mon père faisait partie de cette bande. Mais vous n'avez rien à me reprocher. Je n'ai rien ! Quand M. Federie a dissous le groupe, il a gardé presque tout l'argent. Il a dit qu'il était le chef et que ça lui revenait de droit. Mais il ne nous a laissés manquer de rien, mon père et moi.

– Et à la mort de votre père, vous avez trouvé normal de venir voir M. Federie pour… exercer un petit chantage.

– Non, je voulais juste qu'il me donne ce qui me revient !

– Il ne vous est jamais venu à l'idée que vos menaces risquaient d'être vaines ? Comment, cinquante ans plus tard, réunir des témoins et trouver des preuves susceptibles de convaincre un tribunal ?

– Je voulais juste ce qui me revient de droit.

Puis elle ajouta, d'une voix chargée de rancune :

– … Les Federie se sont toujours crus au-dessus de tous, ils n'étaient pourtant pas meilleurs que nous ! Tous des bandits ! Cette March, avec ses grands airs, elle n'est que la petite-fille d'un voleur.

– Dites plutôt d'un chef de bande, mademoiselle. Après tout, c'était il y a un demi-siècle. Au fait, certains membres de ce gang sont-ils encore vivants ?

– Depuis la mort de Grondal, il ne reste plus que M. Federie.

– Est-ce que les jeunes connaissent l'histoire de leur famille ?

– Vous voulez dire Eustache et March ? Je pense qu'Adolphe a dû y faire allusion devant Eustache. Mais je crois que March ne sait rien... pas encore, du moins !

Il y avait une satisfaction mauvaise dans ce dernier mot.

– Vous connaissiez bien Adolphe Federie ?

Ses yeux clairs perdirent leur éclat méchant. Sa voix se fit plus douce.

– Oui, je le connaissais, je le connaissais bien.

Elle se rassit et réarrangea les plis de sa robe.

– A quelle époque ?

– Oh, il y a des années ! Il venait souvent nous rendre visite, à mon père et... à moi. Et puis soudain, il a épousé Isabelle. Nous n'avons même pas été invités à la noce !

Sa voix était sans timbre, engourdie, comme si elle avait bu cette coupe amère depuis longtemps. Mais sa haine pour Isabelle était toujours restée aussi vivace.

– ... Nous n'avons jamais été invités, autant que je peux m'en souvenir, ce qui fait...

Elle évita de poursuivre, pour ne pas mentionner son âge, et enchaîna :

– ... Je n'avais jamais vu March Federie jusqu'à son retour, il y a quelques jours. Je suis venue ici après la mort de Papa. Adolphe et Isabelle sont arrivés, eux aussi. Adolphe ne se souvenait même plus de moi !

Elle se tut, laissant la phrase en suspens.

Toute sa vie insipide, inepte, tous ses rêves déçus étaient résumés dans ces mots prononcés lentement et sans émotion : « Adolphe ne se souvenait même plus de moi. »

Adolphe était mort sous ses yeux. Elle l'avait vu battre des bras avant de s'écrouler.

Et l'une de ses mains raidies serrait le pompon rouge !

– Et bien sûr, Grondal connaissait toute l'histoire ? demanda O'Leary.

– Oui, marmonna-t-elle sans quitter le feu des yeux.

– Que cherchiez-vous sous le coffre du vestibule, l'autre matin ? demandai-je.

Elle refusa de me regarder.

– L'éléphant de jade. Adolphe l'avait dans la main lorsqu'il a été tué. Je crois… (elle s'arrêta, fronça les sourcils) je crois que tout le monde le cherche. Mais je n'ai pas réussi à le trouver, nulle part.

– Qu'est-ce qui vous fait penser que tout le monde le cherche ?

Elle haussa les épaules avec lassitude.

– En tout cas, ils cherchent quelque chose !

– Vous n'avez vu personne dans l'escalier au-dessus d'Adolphe Federie ? Réfléchissez, M^lle^ Frisling, une main… le revolver… l'ombre d'une jupe ?

– Non, je n'ai vu qu'Adolphe. Il se peut qu'Isabelle ait été au-dessus, en dehors de mon champ de vision. Tout a été si rapide, si inattendu ! Adolphe était là, montant l'escalier et l'instant d'après…

Elle frissonna et se couvrit le visage de ses deux mains.

Le rideau vert ondula avant de livrer passage à Eustache. Il jeta un coup d'œil circulaire dans la pièce avant d'entrer.

– Bonsoir O'Leary. Ah, M^lle^ Keate… Comment va grand-père ?

– J'ai l'impression qu'il est un peu mieux.

Son regard sombre se posa sur moi, pensif.

– Y a-t-il une chance pour qu'il puisse parler bientôt ?

– Oui, je pense, mais il est impossible de dire quand. Et ce n'est pas une certitude.

– N'oubliez pas… je vous ai demandé de me prévenir dès qu'il y aura un mieux. Au fait, mademoiselle, il y avait un petit éléphant vert sur la cheminée quand vous êtes arrivée. Je ne le vois plus depuis un jour ou deux. Ce n'est pas qu'il ait beaucoup de valeur, mais mon grand-père y est très attaché. J'aimerais le retrouver rapidement, il pourrait le demander quand il reprendra conscience. C'est un petit bibelot de jade… Vous ne l'auriez pas vu, par hasard ?

– Ah non, pas du tout, répondis-je d'une voix indifférente, en évitant soigneusement les yeux du détective. Je ne sais pas où il est.

Tout à fait exact : à cet instant précis, j'ignorais où se trouvait l'éléphant de jade. D'ailleurs, qui me disait que ce n'était pas Eustache qui me l'avait arraché ? Il était assez tordu pour poser ce genre de question.

– Si par hasard vous le trouvez, soyez assez aimable pour me le remettre immédiatement, ajouta-t-il, du ton poli mais distant avec lequel on s'adresse à une servante.

Puis il traversa la pièce, s'assit calmement auprès du détective et, croisant les jambes avec désinvolture, s'enquit du déroulement de l'enquête.

Quelques instants après, Isabelle se glissa dans la pièce avec Elihu Dimuck. Puis ce fut le tour de March qui vint s'asseoir à côté de moi. Mittie se leva, quitta la chambre et revint quelques instants plus tard avec la boîte en fer dans laquelle elle rangeait ses perles. Désœuvrée, je regardai ses doigts enfiler les minuscules perles noires sur les quatre petites aiguilles où se réfléchissaient parfois des rayons de lumière. Peu à peu, ses mains cessèrent de trembler. Deke Lonergan vint également nous rejoindre et chercha une chaise près de March. Il semblait préoccupé par ses propres problèmes et ne prononça pas une parole. Geneviève fit ensuite son entrée, de sa démarche dégingandée. Sans doute en quête d'affection, le chat, malavisé, sauta sur les genoux de Lonergan. Celui-ci, surpris, poussa une exclamation excédée et le jeta brutalement sur le sol.

Un policier apparut sur le pas de la porte, interrompant la conversation décousue qui s'était instaurée entre Eustache et Dimuck. Le policier fit signe à O'Leary. Il tenait à la main quelque chose de blanc.

– Toujours rien, monsieur. Rien, à part cet objet.

Du bout des doigts, il tendit prudemment l'objet en question en me gratifiant d'un regard soupçonneux et chargé de reproches.

« Mon uniforme ! »

– … Et aussi ceci, monsieur ! (Il lui tendit la lampe torche.) J'ai trouvé tout ça dans ce débarras, là-haut.

O'Leary me fit un clin d'œil malicieux en traversant la pièce.

– Je viens, O'Brien.

Le murmure de leurs voix décrut, tandis qu'ils s'éloignaient dans le couloir.

La soirée traîna en longueur. Il n'y eut guère de conversation. La tension était presque palpable, même pendant les silences. J'avais l'impression qu'un mot aurait suffi pour qu'explosent d'un seul coup toutes ces émotions contenues et que se déchaîne l'Apocalypse.

Je tricotai avec diligence, le petit cliquetis de mes aiguilles rivalisant avec le tintement des perles de Mittie.

Il devait être dix heures lorsque, à court de laine, je montai à ma chambre chercher un autre écheveau. Je pris soin de me munir d'une bougie, et je traversai les pièces obscures d'un pas prudent et l'oreille aux aguets. En ouvrant ma porte, je restai un instant abasourdie devant l'incroyable spectacle qui s'offrait à moi, un indescriptible désordre :

« Mes affaires? Moi qui avais si soigneusement rangé avant de descendre dîner! »

La pièce avait été littéralement mise à sac, et tout ce qu'elle contenait avait été bouleversé, retourné, jeté à terre. Mes uniformes propres s'entassaient sur le sol. Une bouteille de lavande était renversée sur le bureau, et son contenu serpentait gaiement comme un ruisseau en miniature. J'étais dans un tel état que je ne pris même pas la peine de la redresser. Et le lendemain, je constatai que j'avais une belle marque rouge à l'endroit où la cire brûlante de la bougie avait coulé sur ma main, sans que je m'en aperçoive.

Je fis demi-tour et je redescendis rapidement, en oubliant complètement l'écheveau que j'étais venue chercher. Je m'en souvins en rentrant dans la pièce où personne ne semblait avoir bougé un cil depuis mon départ. O'Leary n'étant pas là, je ne dis rien de ma découverte. Il était clair, en effet, que quelqu'un était venu chercher l'éléphant de jade avant qu'on ne me l'arrache. Sinon, il n'aurait pas eu besoin de fouiller ma chambre. Une fois de plus, mes pensées passèrent en revue les membres de ce groupe assis près du feu à guetter le moment où mon patient parlerait. Mais la vérité devait dépasser mes plus folles suppositions!

A onze heures, ils se levèrent comme un seul homme et sortirent. O'Leary les croisa à la porte.

– Mesdames et messieurs, je pense que je n'ai pas besoin de vous conseiller de fermer vos portes à clef cette nuit? dit-il du ton léger avec lequel il leur aurait souhaité de faire de beaux rêves.

Il y eut un instant de silence, puis Isabelle s'exclama :

– Oh mon Dieu, non !

O'Leary s'effaça pour laisser passer cette singulière procession et m'annonça :

– Je vais rester dans la chambre, cette nuit !

Je me retins de lui sauter au cou ! J'appréhendais tellement les longues heures de cette nuit qui commençait ! Il me contempla pensivement pendant un moment, avant d'ajouter négligemment

– Il vaut mieux vous prévenir. Je pense que vous courez un grave danger.

– Qui ça, moi ?

– Oui, vous !

– Mais... Je n'ai rien à voir dans cette affaire !

– Vous aviez l'éléphant en votre possession.

– Oui... Mais je ne l'ai plus... Et peu de temps après mon départ, entre six et sept heures, ma chambre a été fouillée de fond en comble.

J'attendais sa réaction avec anxiété. Personne n'aime s'entendre avertir d'un danger imminent. Surtout quand la mise en garde a toutes les chances d'être justifiée.

– Je ne m'y attendais pas si tôt. Seuls Kema, Dimuck et Isabelle vous ont vue avec l'éléphant... Ah oui ! n'oublions pas le... comment l'appeler... le mystérieux intrus de la bagagerie. Et puis Eustache, également, se doute que vous savez quelque chose à propos de ce bibelot. Bon, cela prouve qu'en fin de compte, il y a au moins deux personnes qui veulent retrouver l'éléphant de jade.

– Mais pourquoi ? Je ne comprends pas... Je pensais qu'on avait fouillé ma chambre avant de me reprendre l'éléphant, pas après...

Visiblement, il me trouvait l'esprit lent.

– Réfléchissez, voyons. Vous êtes descendue dîner presque directement. Vous avez quitté votre chambre vers sept heures moins le quart. Entre six heures et demie et l'heure où le repas a été servi, March Federie, Isabelle, Eustache, Dimuck et Deke Lonergan étaient dans la bibliothèque. Kema préparait le dîner à la cuisine. Vous étiez tous à table pour le dîner. Or l'éléphant vous a été arraché juste après. Personne de la maisonnée n'a eu matériellement le temps de fouiller votre chambre avant qu'on ne vous reprenne l'éléphant de jade. Mais c'est un fait, votre chambre a bel et bien été fouillée.

Je ne trouvai rien d'autre à ajouter qu'un «oh!» assez bête.

O'Leary s'assit, songeur.

– Allons, ne vous affolez pas, mademoiselle. Ayez l'œil, c'est tout. Je vous l'ai promis, je vais passer la nuit dans la maison et je serai dans cette chambre. Voilà donc le secret de l'éléphant de jade : le papier qu'il contient est si important qu'on a tué Adolphe Federie pour l'empêcher de le garder. Il avait dû deviner, sans doute l'attachement de M. Federie à ce bibelot avait-il attiré son attention.

– Pensez-vous qu'Isabelle soit capable de l'avoir tué?

Ma voix trahissait mon trouble. J'étais parcourue de frissons nerveux. Si Adolphe Federie avait été tué parce qu'il avait touché à l'éléphant, pourquoi pas moi? Certes, à la différence de la victime, je n'avais pas percé le secret de l'éléphant. Mais cela, le meurtrier ne pouvait pas le savoir.

O'Leary haussa les épaules, fataliste.

– Qui vivra verra, il faut laisser faire le temps... Le temps et une bonne dose de travail ingrat! Comme j'aimerais que mon travail soit aussi simple et rapide qu'on l'imagine! Vous voyez, mademoiselle, découvrir le coupable et réunir contre lui des preuves irréfutables sont deux démarches totalement différentes. Ce que je veux, ce sont des faits conduisant à la condamnation du coupable, et non à un acquittement faute de preuves. Vous voulez que je vous dise? (Il baissa tellement la voix que je dus tendre l'oreille pour l'entendre.) Je pourrais procéder à une arrestation dès maintenant, mais elle serait fondée en grande partie sur des suppositions. Or il me faut une preuve irréfutable.

Je mourais d'envie de lui demander qui il pourrait arrêter grâce à ses suppositions, mais s'il avait voulu m'en faire part, il l'aurait fait.

– Mais pourquoi l'assassin d'Adolphe Federie n'a-t-il pas pris l'éléphant aussitôt?

– Peut-être est-ce Isabelle, après tout, et peut-être l'éléphant de jade n'a-t-il aucun rapport avec le crime. D'un autre côté, supposez, M^lle^ Keate, qu'Adolphe Federie ait été tué parce qu'il a lu le papier dissimulé à l'intérieur du bibelot… Mittie a dit que l'éléphant lui avait échappé et avait roulé en bas des escaliers. Le meurtrier n'a peut-être pas osé prendre le risque de descendre le ramasser. Il vous savait dans la chambre et se doutait que le coup de feu vous avait réveillée. Le bibelot était resté sur la cheminée plusieurs jours, sans doute depuis le début de la maladie de M. Federie. Le meurtrier a probablement jugé qu'il y avait peu de chances pour que quiconque connaisse son secret. Il serait facile de se glisser dans la pièce un peu plus tard pour le prendre.

– Si seulement M. Federie pouvait parler! Lui, il connaît le secret que contient l'éléphant.

O'Leary acquiesça.

– Certainement, mais même sa révélation ne constituerait pas une preuve de la culpabilité de l'assassin.

– Et dire qu'il ne m'est même pas venu à l'idée que cet objet pouvait être creux! Rien ne le laisse supposer, il n'y a pas la moindre trace d'ouverture, à moins qu'elle ne soit dissimulée par les plis de la peau, autour du cou, sous les grandes oreilles?

– Nous le verrons bien quand nous remettrons la main dessus. Retrouvez-moi donc cet éléphant, M$^{lle}$ Keate, et aussi le diamant d'Adolphe Federie, et, pendant que vous y êtes, la clef de la chambre du haut.

Ce fut pure coïncidence si, juste comme il disait ces mots, la lampe se mit à fumer. Je me levai en hâte pour remonter la mèche, et mon brusque mouvement fit basculer la boîte de perles oubliée par Mittie au bord de la table. Des centaines de minuscules perles brillantes se répandirent sur le sol, et la boîte se retourna. Je me baissai pour la ramasser, et comme je la soulevais, là, sur le lit de perles, je trouvai... une clef!

– Eh bien, la voilà!

Je fus la première surprise de ma désinvolture. Et le plus incroyable, c'est que cette clef était bien celle qui fermait la chambre au-dessus de nos têtes.

O'Leary ne fit qu'un bond en haut de l'escalier, l'essaya dans la serrure et revint triomphant avant même que j'aie ramassé toutes les perles que Geneviève reniflait avec méfiance.

– Qu'est-ce que j'ai dit de vous il y a quelque temps? me demanda O'Leary, avec un air de jubilation intense.

– Que j'étais une femme dangereuse, un danger ambulant, répliquai-je sèchement.

– Je retire tout ça, je me suis trompé de A à Z. Vous êtes une femme merveilleuse! Vous avez vraiment un sens extraordinaire pour...

– Je n'ai pas laissé ma boîte de perles ici?

La voix interrogative de Mittie nous interrompit. La grosse femme entra dans la pièce en traînant les pieds. Ses cheveux étaient hérissés de papillotes, et elle était vêtue d'un kimono de crêpe fané. Je dois dire que le souvenir des tenues d'intérieur aussi variées qu'inattendues arborées par les hôtes de la maison Federie figure en bonne place dans ma mémoire. Pourquoi diable prenaient-ils la peine de se déshabiller ? Il n'y eut en tout et pour tout qu'une nuit sans incident !

Le détective profita de l'instant pendant lequel je répondais à Mittie pour dissimuler adroitement la clef au creux de sa main.

– Elle est là, je l'ai renversée sans faire exprès. J'ai remis les perles dedans, j'espère ne pas en avoir perdu.

Elle examina anxieusement la boîte et remua le contenu du bout du doigt.

– Mlle Frisling, intervint O'Leary d'une voix glacée, cette boîte renfermait la clef de la chambre du haut. Comment se fait-il qu'elle s'y soit trouvée ? Depuis combien de temps l'aviez-vous ? Est-ce vous qui avez fermé cette porte ?

Heureusement que je tenais encore la boîte, sinon j'aurais eu une seconde fois la corvée de ramasser les perles ! Mittie laissa retomber ses mains le long de son corps en regardant fixement la clef qu'il lui avait mise sous le nez. Elle se passa la langue sur les lèvres, et ses yeux pâles prirent une expression affolée.

– Dans… dans ma boîte ?

– Oui !

– Vous l'avez trouvée là ?

– Parfaitement. J'aimerais bien entendre votre explication, Mlle Frisling.

Elle secoua la tête avec lassitude.

– Je ne savais pas qu'elle y était. Je ne sais pas non

plus depuis combien de temps elle y est. J'ai laissé traîner cette boîte un peu partout, sur la table de la bibliothèque, ici… enfin là où je travaille à mon ouvrage. Je ne vois vraiment pas comment la clef a pu arriver là. Je vous l'assure, M. O'Leary !

Il eut beau la presser de questions, sa réponse fut toujours la même. Il la laissa finalement partir, mais je ne sais pas dans quelle mesure il fut convaincu de la véracité de ses propos.

– En tout cas, nous tenons cette clef ! dit-il lorsque le rideau retomba derrière la silhouette dodue. Il se peut que Mittie l'ait depuis longtemps, il se peut aussi que la main qui a étranglé Grondal avec la corde de violon ait caché la clef dans cette boîte. Et dans le même but, pour brouiller les pistes. Enfin, nous l'avons retrouvée, c'est un début !

Mes pensées me ramenèrent à l'horreur de la nuit précédente.

– Pauvre Grondal ! A-t-on trouvé la cause exacte de sa mort ?

– Oui, le coup à la poitrine. Une chance pour son adversaire. Grondal, en dépit de son âge, était un homme solide. Le médecin légiste pense qu'il a réussi à descendre l'escalier pour venir mourir sur le divan. L'assassin l'a suivi et voyant qu'il ne pouvait plus se défendre, il l'a étranglé avec la corde de violon. A la fois pour l'achever et pour nous égarer. Le meurtrier devait être absolument obligé de faire taire Grondal pour toujours, sinon il n'aurait pas pris un tel risque : vous pouviez revenir dans la pièce à tout instant.

– Et tout ça pendant que j'allais à la cuisine pour téléphoner. Il a été rapide !

– Oui, le tout, y compris leur empoignade, n'a duré que quelques minutes.

– Si j'étais restée dans la chambre, j'aurais pu sauver Grondal, j'aurais pu lui porter secours !

– Non, mademoiselle, vous avez fait exactement ce qu'il fallait. Rien n'aurait pu le sauver... Approchez-vous du feu, voyons, vous frissonnez. Vous devriez essayer de vous reposer cette nuit, il se peut que demain, j'aie besoin de votre aide.

– Besoin de mon aide ? En quoi ?

Malgré mon impatience manifeste, il ne voulut rien me dire de plus.

Nous continuâmes à discuter un peu des différents aspects de cette affaire. Peut-être voyait-il, lui, clairement comment s'y prendre, moi j'étais complètement perdue. Certes, il y avait des pistes, mais elles partaient dans toutes les directions. Peu probable, quand même, que toute la maisonnée se fût liguée pour en finir avec Adolphe Federie, aussi impopulaire était-il, et avec ce pauvre Grondal !

Rassurée par la présence de Lance O'Leary, et maintenant presque habituée au regard vert de Geneviève installé sur la cheminée, je finis par somnoler. Je me réveillai seulement pour m'occuper de mon malade, dont l'état semblait effectivement s'améliorer. A un moment, j'aperçus O'Leary à l'autre bout de la pièce, penché, l'air profondément absorbé, sur une feuille de papier. Plus tard, je le vis descendre sans bruit l'escalier, puis s'arrêter pour regarder le divan par-dessus la rampe. A cette vue, je fus prise de violents frissons. J'entassai du bois dans le feu, et je l'attisai jusqu'à ce qu'il flambe. Je manquai roussir à force de vouloir me réchauffer.

– Au fait...

O'Leary interrompit mes sombres pensées.

– ... Votre uniforme est là-haut, dans votre chambre, et voici la torche. Je dois vous prévenir que O'Brien vous regarde de travers. Il est facile de comprendre ce qu'il pense des femmes qui abandonnent leur robe accrochée au plafond!

Il eut un rire amusé et tendit ses fines mains vers les flammes.

C'est alors que, à l'instant où nous nous y attendions le moins, un hurlement s'éleva, provenant d'un coin reculé de cette vieille maison. Un glapissement épouvantable, aigu, qui n'en finissait pas, traversant les vieux murs et que les rideaux n'arrivaient pas à étouffer, un crescendo qui dénotait la terreur la plus intense. Le cri s'éleva, s'assourdit, reprit de nouveau.

O'Leary ne fit qu'un bond dans l'escalier de la tour, et je le suivis. Nous traversâmes la petite pièce en haut, puis la chambre déserte. Le détective ouvrit rapidement la porte fermée à clef, et nous nous retrouvâmes dans le couloir. Une ou deux bougies éclairaient faiblement les murs vert sapin. Des portes s'ouvrirent, on gratta des allumettes, des voix s'élevèrent. Au milieu du couloir, tout près de l'escalier principal, une silhouette corpulente... Nous nous précipitâmes vers elle. C'était Mittie Frisling dont les papillotes projetaient sur le mur des ombres grotesques. Elle se tordait les mains et hurlait de plus belle. Isabelle nous rattrapa à l'intersection du couloir venant, je suppose, de l'aile arrière. Elle était à côté de moi lorsque nous arrivâmes auprès de Mittie. Tout le monde nous rejoignit : deux policiers qui montèrent l'escalier quatre à quatre, Eustache, Lonergan, March et Dimuck. Les cris de Mittie dominaient le tumulte des voix excitées. Elle fermait étroitement les paupières, mais ne semblait pas blessée. March trouva la solution pour la faire taire : elle approcha un verre d'eau de ses lèvres. Mittie se mit à boire, s'étrangla, but de nouveau. Elle proféra enfin des mots intelligibles. Ils furent pour le moins inattendus!

–J'ai vu Adolphe Federie ! réussit-elle à articuler en ouvrant les yeux.

Elle semblait absolument convaincue. Mes cheveux se dressèrent sur ma tête, je jetai un regard effaré dans le long couloir sombre. Nous nous serrâmes involontairement les uns contre les autres, parcourus d'une sorte de frisson collectif.

– Mais non… C'est impossible ! protestai-je d'une voix blanche.

– Si, si il était juste là… (Elle montra du doigt Elihu Dimuck qui se poussa en hâte.) Il était là. Je l'ai vu comme je vous vois !

– Allons, M^lle^ Frisling, intervint O'Leary d'une voix calme mais un peu forcée, vous êtes surmenée, à bout de nerfs.

–Je vous dis que je l'ai vu ! J'ai vu Adolphe. Je sortais de ma chambre, je voulais aller boire un peu d'eau à la salle de bains. D'ailleurs, regardez : voilà mon verre ! (Elle montra un verre cassé sur le sol.) J'étais ici quand il est apparu, il s'est juste matérialisé en haut de l'escalier. Alors j'ai fermé les yeux et j'ai crié. Mais je vous assure que c'était lui !

La conviction dans sa voix ne faisait aucun doute. Un lourd silence s'installa. O'Brien me faisait face dans le cercle autour de Mittie. J'eus un petit frémissement de satisfaction en voyant sa mâchoire tomber et son regard devenir fixe. Au même instant, Konrad aboya longuement, un cri rauque et grave qui nous parvint distinctement à travers les murs.

Le son de cette grosse voix insistante eut un effet spectaculaire. O'Leary cria un ou deux ordres brefs aux policiers qui partirent en courant pesamment dans le couloir. March devint d'une pâleur mortelle, fit un mouvement pour suivre les policiers, hésita une fraction de seconde, et, sans un mot, s'écroula sur le sol. Deke fut près d'elle avec trois longueurs d'avance sur Eustache. Il la serra contre lui, la releva à demi et resta ainsi, aussi blanc qu'elle, répétant son nom, fou d'anxiété. Eustache s'arrêta, les bras ballants, les sourcils froncés et le regard mauvais. Je posai les yeux sur les pieds nus de March, petits et roses comme ceux d'un enfant, inertes sous les plis de son déshabillé de soie noire. Il me vint l'idée absurde qu'elle allait attraper la mort à courir ainsi, sans pantoufles, dans cette maison glaciale.

Je me ressaisis et, comme je m'approchais d'eux pour dire à Deke de la porter dans sa chambre, March battit des cils et ouvrit les yeux. C'est alors que Deke, oubliant complètement notre présence, se pencha sur elle, posa ses lèvres sur les siennes et resta ainsi.

« Un baiser… un vrai baiser ! »

Je me sentis, à les voir, toute ragaillardie. Mittie, pour ne rien perdre du spectacle, tendit le cou par-dessus mon épaule. Isabelle recula, les traits tirés et sembla vieillir d'un seul coup. Elihu Dimuck gloussa comme une vieille poule, et ce caquètement parut sortir Eustache de la colère froide qui l'avait saisi. Il fit un pas en avant :

– Ça suffit, non, Lonergan ?

Sa voix était dure et coupante. Il continua :

– Tu peux marcher, March ? Je te ramène à ta chambre.

Lonergan leva sa tête blonde. Il était transformé : gai, triomphant, les yeux brillants. Il resserra son étreinte.

– C'est moi qui la ramène, déclara-t-il calmement, quoique la respiration encore haletante.

Mais March n'accepta personne. En un éclair, elle avait retrouvé son air altier. Deke la remit sur pieds avec d'aussi tendres ménagements que si elle eût été un bébé. Elle nous toisa sans émotion ni gêne, de son impérieux regard bleu. Mais ses lèvres, très rouges et douces, ressemblaient à des pétales de rose froissés.

Je soupirai un peu tristement en l'entendant intimer à Mittie l'ordre de retourner se coucher et suggérer que nous ferions aussi bien d'en faire autant. J'aurais bien voulu contempler à nouveau cette jolie scène de tendresse.

O'Leary avait disparu. Eustache, le regard toujours brûlant d'une colère venimeuse, partit sur les talons de March qui se dirigeait vers sa chambre. Je me souvins brusquement de l'existence de mon malade. Il était grand temps d'y penser ! Cela faisait un bon moment qu'il était seul dans sa chambre.

Je levai les yeux vers Deke Lonergan en passant devant lui. Bien que calmé, il paraissait toujours aussi radieux et soutint hardiment mon regard.

– Elle m'a rendu mon baiser ! murmura-t-il, ébloui, sans s'apercevoir qu'il parlait tout haut. Je n'arrive pas à y croire… Elle m'a embrassé !

Puis il s'aperçut de ma présence, parut un peu gêné et tourna les talons.

Je repris le chemin de la chambre de la tour. Tout allait bien. Je m'assis pour réfléchir à la situation. Une histoire d'amour et un fantôme ! Bien sûr, rien ne prouvait qu'il s'agisse d'un fantôme. Mittie avait sans doute fait un cauchemar. Cependant, cette voix si sûre d'elle, cette terreur dans ses cris…

Lorsque O'Leary revint, un peu plus tard, j'étais complètement glacée et aussi raide qu'un piquet, les yeux fixés une fois de plus sur les ténèbres de l'escalier. A l'intérieur, je n'étais plus qu'une masse de gelée tremblotante. O'Leary se montra très réservé et ne répondit à mes questions que par quelques mots. Il s'assit et contempla le feu avec une expression grave, anormalement intense.

La fin de la nuit fut sans histoire. L'aube trouva mon malade décidément en meilleur état, O'Leary aussi calme et serein que la mer en été. Quant à moi, il me manquait une bonne nuit de repos. A mon âge, la paix de l'esprit et une certaine dose de tranquillité sont nécessaires, non seulement à mon apparence, mais aussi à mon intellect, et même, avouons-le, au bon déroulement de ma digestion.

Comme je viens de le dire, O'Leary, tout frais, avait l'air de sortir d'une boîte. Il montrait une sorte d'entrain qui me laissa penser que ses cogitations nocturnes avaient porté leurs fruits. Je me souviens qu'avant de sortir, il me questionna à nouveau en long et en large sur la mort d'Adolphe Federie, revenant encore et encore sur chaque aspect de l'horrible événement. Il me fit répéter tous les détails, dans quelle position gisait la victime, où j'avais exactement trouvé l'éléphant, les exclamations effrayées de chacun en découvrant le corps. Il termina en me tendant un revolver.

– Prenez ça, M^lle^ Keate. J'ai un service à vous demander. Vous savez vous en servir ?

– J'y arriverai ! (Je pris avec précaution la petite arme glacée.) C'est ici qu'il faut appuyer ?

– Oui. Mais attention ! cria-t-il en faisant un bond de côté.

Il me saisit la main et tourna l'objet, le bout, enfin le nez si vous voyez ce que je veux dire, vers le bas. Son regard me parut un peu dubitatif, quoique empreint d'un certain respect.

– Je me demande si c'est une bonne idée de lui confier ça? monologua-t-il. Surtout, M^lle^ Keate, promettez-moi de ne tirer sous aucun prétexte avant que je ne vous le dise. Et quand vous devrez le faire, visez bien le plancher, n'est-ce pas?

– Très bien.

Je promis d'autant plus facilement que je n'avais aucun désir de m'amuser avec un engin pareil.

Il me considéra encore avec un certain doute. Je ne sais pourquoi, il paraissait légèrement en état de choc et gardait la main à son abdomen, comme pour s'assurer qu'il était toujours là.

– M. O'Leary! Monsieur... appela O'Brien de la porte.

Sur un signe de tête de O'Leary, il entra.

– Oui, O'Brien?

– Shafer et moi, nous ne sommes pas d'accord sur vos ordres, monsieur. Vous avez demandé de laisser la porte de derrière ouverte et de ne pas la surveiller pendant la journée. Vous nous avez, par contre, recommandé de veiller sur le reste de la maison comme si notre vie en dépendait. Mais nous ne devons arrêter personne. C'est bien ça, n'est-ce pas?

– Exact.

– Bien monsieur, très bien. C'est ce que je lui ai dit plusieurs fois, mais Shafer répond que c'est absurde. Il pense que vous avez voulu dire...

Ses yeux tombèrent sur moi, il sursauta et à mon grand étonnement, leva lentement les bras au ciel.

– Mon Dieu! Regardez, monsieur!

O'Leary se retourna. Peut-être étais-je en train de braquer le revolver dans une mauvaise direction? Il se précipita sur moi :

– Je vous ai déjà dit de diriger le canon vers le sol, ordonna-t-il d'un ton véhément. Ça va, O'Brien, c'est moi qui le lui ai donné.

O'Brien baissa lentement les bras en me dévisageant d'un air vexé.

– Très bien, monsieur.

Il se retira à grands pas pressés. Une fois dans le couloir, il passa la tête dans l'ouverture du rideau :

– En tout cas, monsieur, remarqua-t-il, comme s'il ne pouvait plus se taire sans risquer d'étouffer, vous risquez votre peau !

Il me regarda d'un œil noir avant de disparaître.

– A quelle heure est le petit déjeuner ?

– En général, vers huit heures.

Le détective regarda sa montre.

– Bon ! Faites bien attention à ce que je vais vous dire. A huit heures sept minutes exactement, vous allez viser le plancher avec ce revolver et appuyer une fois sur la gâchette.

– Très bien. Laissez-moi régler ma montre sur la vôtre. J'ai cassé le verre hier en tapant sur une araignée qui grimpait sur mon bras, là-haut dans le grenier. Alors il se peut qu'elle ne donne plus l'heure exacte.

Il murmura comme pour lui-même :

– Et en plus elle a cassé son verre de montre en se battant avec une araignée ! Et vous avez gagné, bien sûr ! Dites-moi, vous avez déjà joué au poker ?

– Oui, repondis-je distraitement en réglant ma montre. Une fois, pour amuser un malade. Mais il en a eu vite assez, il a dit qu'il ne possédait pas de puits de pétrole... Vous avez dit huit heures sept ?

Il ne me répondit pas immédiatement, il me regardait d'un drôle d'air. Je fus obligée de reposer ma question.

– Oui, c'est ça, huit heures sept. Et vous l'avez dépouillé de combien, ce patient ?

Quelqu'un arriva en courant dans le couloir, repoussa le rideau brutalement et fit irruption dans la pièce. C'était Deke Lonergan, son manteau sur le bras et son chapeau à la main.

– Dites-moi, O'Leary, j'ai l'intention de sortir, je veux quitter cet endroit. Il est hors de question que je reste ici plus longtemps.

– Et pourquoi ça?

Le détective avait repris son air sévère.

– Je veux partir, c'est tout! répéta le jeune Lonergan, hors de lui. Je n'en peux plus de rester ici. Dites à ce policier de me laisser sortir!

– Pourquoi?

– Ça ne vous regarde pas! lâcha Lonergan, rouge de colère.

– Ah, voilà mon jeune ami!

O'Brien arriva pesamment à côté du jeune homme et lui saisit le bras.

– ... Ce garçon était tranquillement en train de franchir la porte d'entrée, sans se gêner. Qu'est-ce que j'en fais?

– Laissez-moi partir!

Deke s'était brutalement dégagé. Il s'ensuivit une mêlée de bras, de jambes et de manteaux assez indescriptible, qui se termina aussi vite qu'elle avait commencé. O'Leary, toujours imperturbable, se tenait entre les combattants. O'Brien tâtait précautionneusement une bosse rouge sur sa joue. Lonergan ajustait sa cravate, l'un de ses yeux larmoyait pendant que l'autre virait rapidement au violet et commençait à enfler.

– Si vous ne pouvez pas me dire pour quelle raison vous voulez partir, vous restez ici, lui dit le détective.

– Allez au diable! J'en ai assez! Je veux partir et vous ne m'en empêcherez pas!

– Ah, c'est comme ça, hein? reprit O'Brien d'une voix menaçante.

– Eh oui, c'est comme ça !

O'Leary les interrompit brusquement :

– Ça suffit, O'Brien. Quant à vous, M. Lonergan, vous restez ici, point final. Personne ne doit quitter cette maison. Vous avez peut-être une raison grave de vouloir partir, mais rien n'est plus grave qu'un meurtre !

Avec un grognement inintelligible, Blondinet ramassa manteau et chapeau, considéra avec amertume son couvre-chef quelque peu écrasé et sortit en claquant la porte. O'Brien le suivit avec empressement.

– A huit heures sept, M$^{lle}$ Keate, me répéta O'Leary. Surtout, faites bien attention de viser le sol ! Quelques traces de balles de plus ou de moins ne feront pas grand mal à cette vieille bicoque.

Restée seule, je me trouvai mille occupations, et je décidai d'attendre pour aller manger d'avoir rempli la mission confiée par O'Leary. Malheureusement, à huit heures cinq exactement, March m'apporta elle-même mon petit déjeuner sur un plateau. Elle avait pensé, m'expliqua-t-elle, que j'avais trop à faire pour venir déjeuner, et mon café risquait de refroidir.

Malheureusement, elle s'attarda. Je fus obligée de prendre le revolver, de mettre le doigt sur la gâchette en visant avec précaution un point sur le sol où je pensais que les dégâts se verraient peu. J'étais parfaitement consciente de la nervosité grandissante de March qui essaya par deux fois de parler et s'arrêta d'elle-même en me voyant les yeux fixés sur ma montre.

A huit heures sept, exactement, j'appuyai sur la détente. Je fus si surprise par l'épouvantable vacarme que j'en oubliai de retirer mon doigt et tirai cinq autres coups avant de m'arrêter.

« Ouf ! Mission accomplie ! »

Plutôt hébétée, je posai l'arme sur la table. March,

ahurie, retira les mains de ses oreilles et me regarda d'un drôle d'air. Les autres firent irruption dans la chambre, provoquant un véritable tohu-bohu.

– J'ai tiré sans faire exprès, répondis-je sèchement à la question d'Eustache.

Je n'osai quitter le pistolet des yeux, de peur qu'il ne se remette à tirer tout seul.

– Sans faire exprès ! s'exclama March qui n'osa pas continuer.

O'Leary entra, regarda l'engin de malheur d'un air à peine satisfait, le prit et remarqua presque gaiement :

– Un accident peut arriver. Il n'y a pas de mal. Vous feriez mieux de retourner déjeuner… Merci, Mlle Keate, ajouta cet homme insupportable quand tous furent sortis.

Puis il s'éclipsa de nouveau.

Comme j'avais pratiquement les oreilles dressées en points d'interrogation, tellement je débordais de curiosité, c'était presque excusable.

# Charles Federie

Cinq minutes plus tard, O'Leary passa la tête entre les pans de la portière pour me dire, d'un ton dégagé :

– Dites, M^lle Keate, puisque votre malade va mieux, il n'y aurait aucune objection à donner à la famille l'espoir que tout va s'arranger… (Bref silence.) Vous pourriez par exemple leur dire qu'il risque de retrouver l'usage de la parole au cours des prochaines vingt-quatre heures.

Il insista lourdement sur l'expression « les prochaines vingt-quatre heures ». Je ne compris pas les raisons de cette petite manœuvre, mais je ne doutai pas un seul instant de leur excellence.

Lorsque Eustache et Isabelle passèrent, quelques minutes plus tard, demander des nouvelles du malade, je leur affirmai sans sourciller qu'il parlerait sans doute bientôt.

– Sans doute cette nuit, ajoutai-je en me prenant au jeu.

Elihu Dimuck hanta les lieux presque toute la journée et me fit perdre un temps précieux à ressasser son anxiété de ne pouvoir retourner à son travail. Je lui fis la même réponse qu'à Eustache et plus tard, à Kema.

Celle-ci arriva avec de l'eau chaude et un journal. Elle écouta ma déclaration optimiste avec son impassibilité coutumière et m'informa que M. O'Leary l'avait priée de m'apporter ce journal. Puis elle trottina silencieusement vers la porte.

J'ouvris le journal. Pour la première fois de la semaine, l'affaire Federie ne faisait pas la une. Un gros titre dominait la première page : *Une entreprise de construction en faillite*, et dessous, en plus petits caractères : *Dekesmith et Lonergan dans le rouge !*

C'était sûrement la compagnie dont le père de Deke Lonergan était actionnaire majoritaire. Je lus avidement l'article, mais il ne m'apprit guère plus que la grande nouvelle de la faillite. Voici donc l'explication de la hâte de Deke Lonergan à quitter la maison, et aussi de sa conversation téléphonique nocturne avec son père. Mais par quel moyen espérait-il se procurer l'argent dont son père avait évidemment le plus grand besoin ? Espérait-il l'obtenir de mon malade ? Ou bien avait-il de bonnes raisons de penser que la famille Federie lui devait quelque chose ?

« De toute façon, O'Leary a dû en tirer ses propres conclusions. Il ne m'a pas envoyé ce journal sans l'avoir lu au préalable ! »

Je le repliais lorsque le docteur arriva, en avance sur son horaire habituel. Il trouva, lui aussi, que l'état du malade s'améliorait, modifia l'ordonnance et me posa maintes questions ineptes sur les progrès de l'enquête. Il s'en alla après m'avoir fait remarquer aigrement que s'il est louable qu'une infirmière reste discrète sur les problèmes de son patient, il n'était peut-être pas nécessaire de faire tant de cachotteries à propos d'une affaire criminelle appartenant au domaine public.

Je surveillai ce jour-là mon malade plus étroitement que je ne l'avais jamais fait. Je me fis apporter mon déjeuner, et je renonçai à mes heures de liberté. Elihu Dimuck, assis près du feu sur une chaise qui grinçait à chaque mouvement, partagea ma garde presque toute la journée. Il était énervé, agité, ne cessait de répéter à qui voulait l'entendre qu'il lui fallait retourner à ses affaires et observait mon malade avec anxiété.

Les autres semblaient tout aussi préoccupés. March, Eustache et Isabelle vinrent à plusieurs reprises me poser quelques questions sur l'état de M. Federie et le contemplèrent longuement. Dans un coin, Mittie se faisait toute petite au-dessus de son ouvrage. Même O'Leary ne semblait pouvoir s'arracher à la chambre de la tour. Heureusement pour moi, je ne compris pas la raison pour laquelle il entourait la chambre du malade d'une telle sollicitude !

Tout le monde se dispersa en fin d'après-midi. Les ombres commençaient à s'épaissir et je me sentis non pas inquiète, vous comprenez, ni effrayée, mais mal à l'aise. Lorsque mes mains furent trop tremblantes pour me permettre de tricoter et que je me surpris à scruter les ombres de l'étroit escalier, je décidai que le silence et cette atmosphère d'expectative angoissée n'étaient pas bons pour les nerfs et qu'il me fallait trouver quelque chose à lire. Je sonnai donc Kema, la priai de s'asseoir près du lit et lui demandai de m'appeler si mon patient s'agitait. Je me dirigeai ensuite vers la bibliothèque. Tout semblait désert. Cependant, j'aperçus en traversant le couloir une silhouette qui se faufila hors de ma vue vers le salon. Sans en être sûre, il me sembla que c'était Isabelle. Que pouvait-elle bien faire, que faisaient-ils tous pour que la maison entière soit aussi silencieuse, ouatée, et pourtant étrangement habitée et même lourde d'une attente et d'un suspense indéniables ?

Personne dans la bibliothèque.

Je jetai un coup d'œil aux rangées de livres qui garnissaient les murs. Il y en avait de toutes sortes, la plupart en mauvais état. Je me promenai lentement le long des rayonnages à la recherche d'un ouvrage susceptible de me calmer les nerfs. Quelques étagères présentaient des espaces vides, comme si on avait voulu chercher au fond. Les livres retirés étaient entassés en piles branlantes dans l'alcôve de la tour nord-ouest. J'étais en train d'examiner ce désordre quand j'entendis quelqu'un entrer dans la bibliothèque.

L'alcôve était peu éclairée, les volets étaient fermés et j'étais dissimulée par les plis du vieux rideau vert qui la séparait du reste de la pièce. Je glissai un œil dans l'intervalle entre le mur et le rideau.

March et le jeune Lonergan étaient debout au milieu de la pièce. Ils se dirigèrent lentement vers un divan et s'assirent le dos à l'alcôve. Dès leurs premiers mots, je... Eh bien, je restai là ! et je n'en ai nulle honte.

– Je vous aime, March... (La voix de Deke était un peu rauque.) Je suis fou de vous... Mais je ne possède pas un centime. Notre entreprise a fait faillite. Et c'est de ma faute !

Il était tourné vers la jeune fille, et je ne pouvais voir qu'un œil, du plus joli violet, et tellement enflé qu'il était presque fermé. Deke, ce soir, n'avait rien d'un jeune premier.

– Deke, Eustache vous a-t-il emprunté de l'argent? demanda March, comme si cela la concernait et passait avant toute déclaration d'amour.

– Euh, oui !

– Combien ?

La voix de la jeune fille était aussi coupante que si elle présidait une réunion d'affaires. Mais je sais qu'il lui tenait les mains et la regardait tendrement de son unique œil valide.

– Une assez grosse somme, répondit-il évasivement.

– Pourquoi, grand Dieu, la lui avez-vous prêtée ? lui demanda-t-elle avec une sorte d'exaspération désespérée.

Deke haussa les épaules :

– On dirait que vous ne connaissez pas Eustache quand il veut quelque chose ! Oui, j'ai été fou. J'ai compris la leçon… Mais c'est trop tard.

– Il n'est jamais trop tard… (La voix de March s'était radoucie.) Qu'en a-t-il fait ?

– Il l'a joué en Bourse, et il a tout perdu. Vos yeux sont si beaux, March… surtout quand vous me regardez comme ça !

La jeune fille ferma sans doute les yeux, car il se pencha et lui embrassa les paupières, puis les lèvres. Le baiser se prolongea. Sa chaleur avait dû émouvoir le calme de March, car elle pivota et s'assit face au jeune homme. Je distinguai son délicat profil pâle.

– Oh, Deke ! Deke ! fit-elle avec un sanglot. J'ai fait quelque chose de terrible. Je n'en avais pas l'intention. Je ne savais pas où ça allait me mener.

– Que voulez-vous dire, ma chérie ? Allons, mon amour, racontez-moi tout.

– Je veux parler de… de ces meurtres ! reprit-elle avec une tremblante détermination. Ils sont de ma faute !

– March, voyons… Vous ne savez plus ce que vous dites. Chut, mon aimée !

Sa voix était horrifié, comme de juste. Il posa les mains sur ses épaules et la secoua doucement.

– Si seulement je pouvais vous raconter… Mais je ne peux pas, j'ai promis.

– March, je… (Il déglutit difficilement.) Je vous ai vue, je vous ai vue traverser la chambre au-dessus, celle que je partageais avec Eustache. Je ne dormais pas et je vous ai vue. Vous aviez une petite lampe à la main et vous avez descendu l'escalier de la tour… Je vous ai vue, March !

Elle acquiesça de la tête.

– Je vous croyais endormi.

– March, ma chérie, pourquoi êtes-vous restée absente si longtemps ?

– Voyons, Deke, je n'ai pas été partie plus de trois minutes, je... (Elle hésita un instant, continua.) J'avais peur de quelque chose. Aussi, je me suis glissée dans votre chambre et j'ai descendu quelques marches de l'escalier pour regarder dans la pièce du bas. Mais je suis restée très peu de temps, et je suis revenue aussi doucement que j'ai pu.

Il secoua la tête.

– Dites-moi la vérité, March, je vous aime.

– Mais je vous dis la vérité ! Seulement vous ne vous êtes pas aperçu que je retraversais la chambre parce que j'avais éteint la lampe. Je ne voulais pas que l'infirmière me voit et ne commence à se poser des questions. Je suis passée à tâtons. Vous ne m'avez pas entendue, Deke, c'est tout. Et je ne voulais pas être entendue.

– Mais, March adorée... (La voix de Lonergan était triste mais décidée.) Je vous ai parfaitement entendue revenir... une heure ou deux plus tard ! Je m'étais assoupi, croyant que vous étiez descendue par l'escalier de la tour et remontée par l'escalier principal. Et puis le coup de feu m'a réveillé, et je vous ai entendue retraverser ma chambre. Seulement, c'était après le coup de feu, et non avant !

– Atchoum !

Je venais malencontreusement d'éternuer. Sentant ce qui allait se passer, j'avais essayé d'étouffer le bruit dans le rideau. En vain. Les deux jeunes gens bondirent sur leurs pieds et tournèrent leur visage effaré vers l'alcôve.

Avec toute la désinvolture dont j'étais capable, je pris le premier livre venu, je sortis nonchalamment de l'alcôve et je me dirigeai vers la porte, sans même un regard vers eux. Ils devaient être aussi gênés que moi, ce qui me réconforta.

Le couloir était sombre et désert, mais dans le premier salon, Isabelle se tenait devant une vitrine de bibelots. La porte vitrée était grande ouverte, et elle examinait des coquillages, des sculptures chinoises et des presse-papiers en pierre semi-précieuse. A mon entrée, elle se retourna avec un cri de surprise. Mais dès qu'elle me reconnut, elle me rejoignit et me prit par le bras. Je sentais à travers le tissu de mon uniforme la force de ses doigts solides. Ses ongles longs, comme des griffes, luisaient sur ma manche.

– Dites-moi, mademoiselle, est-ce que ce vieillard va se remettre ?

– Je l'espère, en tout cas, répondis-je assez brusquement en essayant de me dégager.

Mais elle resserra son étreinte.

– Bientôt ?

Ses pommettes saillantes et son nez busqué accrochaient le peu de lumière de la pièce.

– ... Il va bien être obligé de prendre des dispositions pour le cas où il mourrait, n'est-ce pas mademoiselle ?

– Probablement.

Je me dégageai, soudain écœurée par son parfum capiteux mêlé à l'odeur de tabac refroidi, son fard à joues, son rouge à lèvres, ses poudres pâles, ses flots de dentelle... Qui était la véritable Isabelle cachée sous tous ces artifices ?

En me voyant entrer dans la chambre de la tour, Kema se leva. Étrangement, en dépit de son exotisme inquiétant et de son allure sauvage, je discernais en elle un réalisme plein de bon sens qui me plaisait.

– Il va parler avant demain.

Ce n'était pas une question, mais une simple constatation. J'acquiesçai. Elle alluma une ou deux lampes, ferma les volets, puis partit silencieusement.

L'atmosphère sinistre de la pièce m'écrasa de nouveau. Mieux valait oublier la demi-confession de March jusqu'à ce que j'aie vu O'Leary. Je tisonnai le feu et j'ouvris mon livre. La première phrase me fit dresser les cheveux sur la tête. La chair de poule me gagna. Je regardai le titre : *La Mort rouge*. Sans hésiter, je glissai le volume sous les bûches du coffre à bois. Il y est sans doute toujours. Seul mon respect pour le bien d'autrui le sauva des flammes.

La situation ne s'en améliora pas pour autant. Eustache entra de son pas souple et silencieux, Geneviève sur les talons. Je ne l'entendis que lorsqu'il fut près de moi. J'étais en train de surveiller l'escalier, et sa présence me fit sursauter.

– Comment va mon grand-père ?

– Vous ne pourriez pas avertir que vous êtes là ? protestai-je aigrement.

J'assurai ma coiffe sur ma tête et je m'enfonçai dans mon fauteuil.

– ... Il va mieux.

Le jeune homme s'approcha du lit et contempla longuement les traits sévères du vieillard.

– Pourra-t-il bientôt parler ?

– Sans doute avant demain matin.

Il se pencha pour arranger avec une curieuse sollicitude le couvre-lit. Ses mains s'attardèrent un instant sur le tissu. Étaient-ce elles qui avaient noué puis tiré la corde de violon ?

– Cette nuit... reprit-il pensivement. Vous n'auriez pas retrouvé cet éléphant, par hasard ? Vous savez, le petit bibelot de jade dont je vous ai parlé...

Je secouai la tête.

– Vous comprenez, il devait me revenir au décès de mon grand-père. Appelez-moi s'il reprend conscience, n'est-ce pas ?

Je le suivis du regard, assaillie de doutes. Il n'y avait à ma connaissance pas l'ombre d'une preuve contre lui, mais n'avait-il pas été le moteur de toute cette tragédie ? Je l'avais entendu de mes propres oreilles pousser sa cousine à une action qui semblait fort lui répugner.

« Peut-être ai-je fait une erreur en m'abstenant de parler de cet épisode à O'Leary ? Oui, j'aurais dû le lui raconter. »

Comme en réponse à cette pensée, la portière verte bougea et j'aperçus l'alerte jeune homme. Il tint le rideau écarté pour laisser entrer March, puis la suivit dans la pièce.

– M^lle^ Keate est au courant, expliqua-t-il comme s'il continuait une conversation déjà commencée. Ici, nous ne serons pas interrompus. Asseyez-vous, mademoiselle.

Il approcha une chaise. March s'assit, et j'observai à l'avare lumière de la lampe le pâle petit visage fatigué et anxieux. Le rose que les baisers de Deke lui avait fait monter aux joues avait disparu.

– Maintenant, mademoiselle, je veux la vérité. Qui est l'homme que vous cachez dans cette maison ?

Elle ne devait pas s'attendre à une question si directe car elle sursauta. Réaction qui, bien sûr, ne pouvait que confirmer les soupçons du détective. Elle leva des sourcils étonnés. Les yeux si bleus aux cils si longs affrontèrent ceux de O'Leary.

– Je ne comprends pas ce que vous voulez dire, déclara-t-elle d'une voix qu'elle s'efforçait de garder calme.

– Dans le caveau des Federie, au cimetière, il y a votre père, le père d'Eustache et votre oncle Adolphe, énuméra pensivement O'Leary, mais pas votre oncle Charles… Ce cher Charles Federie a-t-il réapparu après avoir prétendument été inhumé il y a une quinzaine d'années hors du caveau familial parce que c'était un joueur?

La jeune fille avait frémi en entendant le nom, mais elle ne dit rien.

– ... Autant me dire la vérité, je suis certain que c'est lui. Grondal nous a laissé croire qu'il était mort, mais je n'ai rien trouvé pour confirmer sa déclaration. Charles Federie ressemblait beaucoup à son frère Adolphe, n'est-ce pas?

Comme March, livide et les traits tirés, se taisait toujours, se contentant de fixer O'Leary, il répéta durement.

– Ressemble-t-il à Adolphe, oui ou non?

– Ou... Oui.

Les lèvres blanches de March bougèrent à peine.

– Depuis la nuit dernière, j'en étais sûr. Il est normal, de se ressembler, pour deux frères, continua le détective de ce ton de conversation paisible qui avait déjà produit tant de résultats spectaculaires. Mittie Frisling a aperçu Charles Federie la nuit dernière, et non le fantôme d'Adolphe. Où Charles se cache-t-il?

– Dans le grenier et la bagagerie. Il y a des édredons dans un vieux coffre, et Kema s'arrange pour lui monter ses repas.

– Comment a-t-il fait pour échapper aux policiers?

– Il s'est dissimulé dans les écuries, dans la réserve à fourrage, au-dessus. Il connaît la maison dans tous ses coins et recoins, bien sûr. Il a dit que c'était très facile... (Un semblant de sourire effleura ses lèvres et disparut, remplacé par une expression d'effroi.) Mais comment savez-vous tout cela? Vous l'avez attrapé?

O'Leary ne sembla pas avoir entendu sa question

– Maintenant, dites-moi tout, M^lle^ Federie. Depuis combien de temps est-il ici?

– Depuis la veille du meurtre d'oncle Adolphe, le jour où l'infirmière est arrivée. Je l'ai fait entrer dans la maison ce soir-là. Je lui ai promis de ne pas dire qu'il était là. Il voulait absolument voir grand-père et lui parler. Bien sûr, j'ai été obligée de mettre Kema dans le secret. J'ai pensé que je n'avais pas le droit de lui refuser l'entrée de la maison de son père.

– Et quand Adolphe Federie a été tué, vous avez immédiatement prévenu Charles ?

– Oui, il fallait bien le faire sortir de la maison. Il ne voulait absolument pas qu'on sache qu'il était ici, du moins jusqu'à ce qu'il se soit réconcilié avec grand-père.

– Et vous aviez peur qu'il ne soit l'assassin de son frère ?

Elle se cacha le visage dans les mains.

– Je… Je ne sais pas, murmura-t-elle d'une voix rauque. Comment savoir ? Mon oncle Charles a été absent si longtemps… Mais c'est un Federie, et c'est moi qui remplace grand-père.

– Et vous vouliez le soustraire à la justice ? demanda sévèrement O'Leary.

– Je ne sais plus exactement ce que je voulais, répondit-elle d'une voix lasse. Je ne voulais même pas le laisser entrer ici sans la permission de grand-père, mais il a insisté. Il a dit qu'il fallait absolument qu'il soit sur place, pour le cas où grand-père reprendrait conscience avant de mourir… Oh, je les déteste tous ! Tout ce qu'ils veulent c'est l'argent de grand-père. Ils feraient n'importe quoi pour ça. Ils essaient même de m'empêcher d'avoir le petit éléphant vert.

– Pour quelle raison ?

Elle haussa les épaules.

– Parce que grand-père me l'a légué, je pense, ou parce qu'il doit me revenir si… s'il nous quitte. Ils pensent qu'il a une importance quelconque. Je ne sais pas pourquoi.

– Savez-vous quel est le papier qui se trouve à l'intérieur ? demanda O'Leary.

– Quel papier ? (Elle le regarda sans comprendre.) Je ne savais pas qu'il y avait un papier dedans... Ce sont peut-être les dernières volontés de grand-père.

Il y eut un court silence.

– La présence de Charles ici vous tourmente-t-elle ? demanda O'Leary en faisant rouler entre ses doigts son ridicule moignon de crayon.

Elle fit un geste d'exaspération et prit sa respiration.

– Vous voulez dire que depuis son arrivée, je n'ai pas eu une seconde de tranquillité. Même la première nuit, avant l'assassinat d'oncle Adolphe, je ne pouvais pas dormir. Je me suis promenée dans toute la maison pour empêcher Charles de déranger grand-père. J'avais peur... de ce qu'il pouvait faire, chuchota-t-elle d'une voix effrayée.

Nouveau silence.

La tête me tournait, tellement les pensées se bousculaient dans ma cervelle. La présence clandestine d'un homme dans cette vieille maison et le fait qu'il s'agisse de Charles Federie changeaient tout. Toutes les pièces du puzzle devaient maintenant être réarrangées. O'Leary était sans doute en train de penser à la même chose que moi, car il dit pensivement :

– Le chien ne connaissait pas Charles, bien sûr, c'est pourquoi il a aboyé à chaque fois qu'il l'a vu. Et la nuit du meurtre, M^lle^ Federie, c'est vous qui avez tenu le chien pour que Charles puisse sortir.

– Oui.

– Votre grand-père garde une grosse somme en espèces quelque part dans la maison, n'est-ce pas ?

– Oui, je pense. C'est une de ses manies.

– Vous ne savez pas où il range cet argent?

– Non.

– Et vous ne savez pas non plus pourquoi il préfère le garder ici, au lieu de le confier à une banque?

– Non, il n'a jamais aimé que je me mêle de ses affaires.

– Merci, M^lle^ Federie, ce sera tout pour le moment.

Elle se leva et se tourna vers moi :

– Grand-père va-t-il vraiment mieux, M^lle^ Keate?

– Oui.

– Vous pensez qu'il va bientôt parler, d'ici à quelques heures?

– C'est probable.

Elle regarda avec affection le vieux visage sur l'oreiller puis sortit sans bruit de la chambre, la tête haute et les épaules droites.

« Cette petite est soulagée d'avoir pu partager en partie le poids de son anxiété. »

O'Leary ne semblait pas aussi satisfait que je m'y attendais.

– Bien… Mais l'affaire est loin d'être close.

– Donc, le mystérieux intrus était Charles Federie !

– Bien sûr ! Qui d'autre pouvait-ce être ?

Comme si c'était une évidence !

A ce moment, je me souvins de ma décision de faire part à O'Leary de la conversation surprise entre Eustache et March avant même de pénétrer entre les murs lugubres de la maison Federie.

Je m'éclaircis la voix, mal à l'aise, et je me lançai. Un silence complet accueillit ma confession, et je résolus de vider mon sac. J'enchaînai donc en racontant la conversation entre Lonergan et March entendue moins d'une heure avant. Les mots avaient de plus en plus de mal à sortir, car j'avais l'impression que chacun d'eux resserrait plus étroitement le filet autour de March. Je n'arrivais pas à la croire coupable.

– Bien sûr, Lonergan veut récupérer l'argent, dit finalement O'Leary. Je me demande comment il pense y arriver…

– M. O'Leary est là ? interrompit Mittie.

Elle clignait des yeux pour essayer de voir au-delà du cercle de lumière projeté par la lampe en face de O'Leary. Elle avança dans la pièce, regarda par-dessus son épaule avec un air de conspiratrice. Elle ne s'arrêta pas avant d'être arrivée à côté du détective. Il se leva, et elle approcha très près de lui son gros visage jaune.

– J'ai trouvé le diamant d'Adolphe ! cria-t-elle, toute vibrante d'excitation.

Elle tendit sa main grasse et l'ouvrit. Avec une méchante jubilation, elle regardait alternativement O'Leary et sa paume.

Je m'approchai. C'était bien la bague d'Adolphe, le gros diamant à l'éclat douteux que j'avais vu à son doigt.

– C'est le sien, hein ? répétait-elle aigrement, je l'ai reconnu toute de suite. Et devinez où je l'ai trouvé ?

Elle s'approcha si près du détective qu'il eut un involontaire mouvement de recul.

– Isabelle…

Elle était tellement surexcitée qu'elle pouvait à peine respirer.

– … C'est elle qui l'avait depuis le début. Je l'ai trouvé dans son poudrier. Regardez, il y a encore de la poudre dessus.

Elle frotta le bijou contre sa robe et le regarda de nouveau.

– … C'est Isabelle, l'assassin d'Adolphe !

# Le piège est amorcé

– Vous ne vous découragez donc jamais, Mittie ! dit une voix traînante à la porte.

Isabelle, une main sur la hanche, nous surveillait avec une insolence amusée. Elle s'avança lentement en ondulant comme un mannequin sur le podium et s'adressa à O'Leary.

– … Qu'y a-t-il encore ?

Je pense que Lance n'aimait pas Isabelle, à moins que… après tout… il n'aimait pas se trouver trop près d'elle. Pour être détective, on n'en est pas moins homme !

– Ce diamant, M$^{me}$ Federie… (sa voix était parfaitement neutre), ce n'est pas celui de votre mari ?

Ses yeux se troublèrent une fraction de seconde, mais elle répondit sans hésitation.

– Si, c'est lui. Où l'avez-vous trouvé, Mittie ?

– Là où vous l'aviez caché, ma chère, dans votre poudrier !

Mittie s'était retournée pour faire face à Isabelle. Triomphante, elle parut se gonfler et se hérisser comme un dindon.

– Et que faisiez-vous dans mon appartement ? s'écria Isabelle d'une voix stridente, en foudroyant Mittie du regard. Si jamais je vous y prends une autre fois, espèce de grosse dinde, je vous tords le cou, comme ça !

Le geste de ses fortes mains fut très clair, et Mittie devint verte de peur.

– Un instant, mesdames, s'interposa O'Leary pour prévenir un règlement de comptes imminent. Donc, c'est la bague d'Adolphe Federie. Elle n'était plus à son doigt lorsqu'on a trouvé le corps. Pouvez-vous m'expliquer comment elle est en votre possession, madame ?

– Il n'y a rien d'étonnant à ce qu'une épouse... une veuve plutôt, se corrigea-t-elle froidement, ait la bague de son mari !

O'Leary ne fit aucun commentaire. Fut-elle gênée par son regard glacé ? Quoi qu'il en soit, elle rompit elle-même le silence :

– Il l'a laissée dans ma chambre, cette nuit-là, une heure environ avant d'être tué. Il... Enfin, j'avais un peu d'argent, une petite somme, qui ne valait guère une querelle, que je désirais garder. Il avait un besoin urgent d'argent pour régler une dette de jeu. Son père garde de l'argent, quelque part dans la maison, mais Adolphe ne savait pas où. Comme le vieillard ne peut pas parler, Adolphe a voulu se servir de mon argent. J'ai finalement été obligée d'accepter de le lui donner le lendemain, je l'avais à la banque. Il a prétendu que ce n'était qu'un prêt, et il m'a remis sa bague en garantie.

Elle saisit prestement la bague dans la main de O'Leary, en souriant de sa bouche trop fardée.

– ... Malheureusement, le diamant est comme Adolphe, brillant, mais sans valeur.

Avec un geste de dédain assez horrible, elle ouvrit les doigts, laissa tomber la bague et tourna les talons.

O'Leary ne chercha pas à l'arrêter. Mittie se précipita à quatre pattes sur le tapis, ramassa la bague et partit derrière Isabelle. Je me suis souvent demandé ce qu'elle en avait fait. Son seul souvenir d'Adolphe Federie, et c'était du toc !

Eustache et M. Dimuck l'avaient sans doute croisée dans le couloir, car ils arrivèrent juste après son départ.

– Dites-moi, O'Leary, commença Eustache de son

éternel ton arrogant, je pense, et Dimuck est d'accord avec moi, que vous avez eu tout votre temps pour conclure cette affaire ! Vous en êtes où, au juste ?

– Vous pourriez peut-être vous asseoir pour en discuter ? suggéra O'Leary, apparemment peu affecté par l'impertinence du jeune homme.

Je remarquai avec intérêt que ses yeux brillaient de cette lueur pâle qui me donnait toujours l'impression qu'ils voyaient tout, jusqu'à mes os, comme des rayons X.

– … Vous pourriez peut-être me donner quelques petites informations. Cela nous ferait avancer un peu.

Un éclair de méfiance apparut dans les yeux d'Eustache, mais il s'assit.

– Certainement, si c'est en mon pouvoir…

– Pourquoi teniez-vous à ce que votre cousine March soit en train de descendre l'escalier principal quand vous avez fait irruption dans le couloir du bas, après le coup de feu ? En réalité elle aussi était en bas, dans l'entrée principale.

Eustache eut un petit geste cynique.

– Elle n'aurait pas dû s'y trouver, répondit-il d'un ton léger. Mais « Noblesse oblige ! », n'est-ce pas ? March est une Federie. Je n'avais pas envie que l'on sache qu'elle se promenait dans la maison à ce moment-là. Elle pouvait l'avoir tué, tout comme chacun d'entre nous !

– Est-ce là ce que vous l'avez poussée à faire, l'après-midi qui a précédé l'assassinat ? Vous étiez dehors, avec elle, près du petit pont au sud de la maison.

Eustache fronça les sourcils en dévisageant O'Leary.

– Je ne vois vraiment pas de quoi vous voulez parler. Je ne l'ai poussée à rien du tout !

– Souvenez-vous, elle ne voulait pas… (O'Leary utilisait sans scrupule mes révélations.) Mais elle a finalement consenti à cause de votre insistance.

– Je ne comprends pas du tout. Qui vous a raconté ça ?

O'Leary haussa les épaules.

– Il serait plus sage de m'expliquer.

Eustache commençait à se fâcher.

– Mais je n'ai rien à expliquer. C'est complètement faux ! Elle a vraiment parlé avec quelqu'un là-bas, dehors ? Et elle a promis quoi ? Qui était cette personne avec elle ?

– Alors, dites-moi… Que faisiez-vous si tard dans la bibliothèque, la nuit de l'assassinat d'Adolphe Federie ? Le livre posé sur l'accoudoir du fauteuil, que vous avez prétendu avoir lu avec tant de passion, était *Ouvrages de dames en perles*. Vous n'êtes pas resté là jusqu'à trois heures du matin à cause de votre intérêt pour les ouvrages de dames en petites perles ?

Eustache hésita. Il sortit de sa poche un étui à cigarettes, en offrit à O'Leary et à Dimuck, en prit une et l'alluma très lentement. Il tira une ou deux bouffées avant de se décider à répondre.

– Bon… Autant tout vous dire puisque vous le savez déjà, probablement. En fait, grand-père a toujours eu de l'aversion pour les banques et garde chez lui de grosses sommes d'argent. Il était riche, et… inutile d'entrer dans les détails de sa méfiance vis-à-vis des banques. Je ne suis pas censé savoir, mais oncle Adolphe m'a tout raconté, un soir. Grand-père ne parlait jamais de sa fortune, et je n'ai aucune idée de l'endroit où se trouve l'argent. Personne ne le sait, pas même March. Quand grand-père est tombé malade, nous avons tout de suite pensé qu'il était possible qu'il disparaisse avant de nous avoir dit où était l'argent. Ce qui nous laisserait dans de beaux draps ! Donc ce soir-là, j'ai fouillé les rayonnages de la bibliothèque en me disant que certains d'entre eux avaient peut-être une sorte de double fond. Oh, il n'y a pas de passages secrets ou quoi que ce soit dans le genre, ici ! Je connais cette maison comme ma poche, mais j'ignore où se trouve l'argent. Ce doit être une jolie somme. Tout est en espèces, je pense, ce qui est bien dangereux !

– Vous aviez besoin d'argent pour vous-même ? demanda O'Leary en baissant la voix.

Eustache rougit violemment.

– Même si c'était le cas, cela ne vous regarde pas !

– Comment avez-vous l'intention de rembourser l'argent prêté par M. Lonergan ?

– Ah, il a bavardé ? J'aurais dû m'y attendre ! Je suppose qu'il n'a pas été avare de détails. Bon, je suis désolé pour la faillite de son père, mais je n'y suis pour rien. J'ai essayé de trouver de l'argent pour lui, mais vous savez bien comment c'est... Si grand-père meurt... (regard sans tendresse vers le lit), j'hériterai bien de quelque chose je suppose, bien que la plus grande partie doive revenir à March. Enfin, du moins si grand-père reprend conscience et a les idées assez claires pour nous dire où est l'argent.

– Votre grand-père est donc si riche ?

Eustache lança le bout de sa cigarette à moitié fumée dans le feu. Il se leva et se tint debout, le dos au feu, face à O'Leary.

– Vu la façon dont vous furetez partout, monsieur le détective, je pense que vous connaissez déjà la réponse. Grand-père faisait partie d'une bande de bandits de grand chemin, il y a environ cinquante ans. Ils étaient connus, à l'époque. C'étaient des hors-la-loi qui ont fait fortune d'une façon qu'il est préférable de ne pas approfondir. Mon arrière-grand-père était leur chef. Il est mort brusquement d'une pneumonie... dans son lit

– ce qui a dû bien l'étonner ! Grand-père, qui devait avoir à peu près mon âge à ce moment-là, s'est réservé la part du lion. Il a dispersé la bande, s'est fait construire cette maison, a épousé une jeune fille de bonne famille, acheté des livres et des tableaux... (Eustache eut un regard en direction des affreuses croûtes ornant la pièce.) Il a décidé de mener une vie respectable. Seulement sa famille ne fréquentait pas beaucoup le voisinage... Non, c'est plutôt le contraire, le voisinage ne l'a sans doute pas accueilli avec beaucoup d'enthousiasme. Les années ont passé, B... est devenue une ville, le passé des Federie a été plus ou moins oublié. Toutefois, notre famille n'a jamais été très sociable. Mon grand-père n'était pas homme à parler de ses affaires. Mais d'après ce que m'en a dit oncle Adolphe, et vu sa libéralité à l'égard de March et d'Adolphe, je crois qu'il y a un joli petit magot quelque part dans la maison. Vous n'êtes pas d'accord, Dimuck ?

Celui-ci toussota nerveusement et déclara :

– Cela n'est pas une révélation pour moi, M. O'Leary. Mais je ne sais ni où ni comment M. Federie gardait son argent. Il semblait effectivement en avoir beaucoup.

– Que faites-vous, au juste, pour lui, M. Dimuck ? Vous en parlez comme de votre client, qu'entendez-vous par là ?

Dimuck toussa de nouveau.

– J'étais son conseiller, comme je vous l'ai dit, M. O'Leary, un simple conseiller financier. De temps en temps, M. Federie prenait plaisir à risquer quelque argent à la Bourse. Je le renseignais, car je surveille les marchés, moi. Mais je n'investis jamais. M. Federie était un acheteur très prudent. Je le connais depuis un certain temps, c'est un homme que je respecte, certainement... Je peux même dire que j'ai beaucoup d'estime pour lui.

– Vous n'avez toujours pas la moindre idée de l'affaire qu'il avait en tête lorsqu'il vous a demandé de venir ?

– Je ne voyais pas, à ce moment-là, M. O'Leary. Mais depuis que ces faits… euh, déplorables, hautement déplorables même… se sont produits, j'ai réfléchi. Peut-être Adolphe Federie avait-il besoin d'une plus grosse somme que de coutume, que M. Federie ne pouvait pas lui donner ? M. Federie a pu avoir des charges trop lourdes par rapport à ses ressources… Quelque chose d'exceptionnellement urgent et important, peut-être ?

O'Leary, qui n'avait pas cessé de tourner et de retourner entre ses doigts son odieux moignon de crayon, sortit de sa poche une feuille de papier, y griffonna quelques mots et la passa à Dimuck.

Eustache regardait, mal à l'aise, et Dimuck lui-même parut assez surpris. Mais il prit le papier et l'approcha de ses yeux. Il sembla ne pas bien comprendre ce que voulait O'Leary. Il rendit le papier.

– Vous avez tout à fait raison, remarqua-t-il d'un ton contraint.

Eustache n'appréciait pas.

– De quoi s'agit-il ?

– Oh, rien de bien important… De toute façon, l'état de M. Federie s'est bien amélioré, et le docteur comme son infirmière ont promis que nous entendrions d'ici quelques heures, de sa propre bouche, les réponses à nos questions. N'avez-vous pas dit avant le matin, M$^{lle}$ Keate ?

Avec un sursaut, je repris mes esprits.

– Euh, oui… Nous pensons qu'il pourra parler avant demain matin, dis-je précipitamment.

– Excellent !

Elihu Dimuck se dressa et frotta ses mains roses l'une contre l'autre.

– … Bien, quelle bonne nouvelle, mademoiselle !

Il rayonnait d'approbation. Ses verres épais scintillaient allègrement.

– Ce sera tout pour le moment. Merci, messieurs.

Le ton de O'Leary était si péremptoire qu'Eustache et Dimuck oublièrent que c'étaient eux qui étaient venus poser des questions et furent sans doute surpris de se retrouver hors de la chambre.

O'Leary attendit jusqu'à ce qu'ait cessé le bruit étouffé de leurs pas, puis traversa la chambre, écarta le rideau et inspecta le couloir. Constatant qu'il était vide, il revint vers moi.

Je n'avais, pendant cet entretien, rien remarqué qui puisse avoir une signification particulière, mais O'Leary avait ses yeux brillants et son expression de vigilance exacerbée des grands jours.

– Avant demain matin, sans aucun doute ! Avant, j'en suis sûr ! Avez-vous remarqué qu'Eustache n'a pas mentionné l'éléphant de jade ?

Il parcourut la pièce des yeux.

– Tout est en place ! Alors, si vous acceptez de m'aider… Ce que je vais vous demander comprend des risques. (Il me considéra gravement.) Cependant, si je n'étais pas sûr de pouvoir vous protéger, je ne vous le demanderais pas. Pouvez-vous… Euh, avez-vous suffisamment confiance en moi ?

– Qu'attendez-vous de moi, au juste ? demandai-je franchement, avant de trop m'avancer.

– Voici de quoi il s'agit… (Sa voix lente vibrait d'une excitation sous-jacente.) D'abord, je vous serais reconnaissant de déclarer pendant le dîner que vous êtes vraiment très fatiguée. Ce ne sera pas difficile, car vous n'avez pas pris beaucoup de repos aujourd'hui. Donnez l'impression qu'à minuit, vous dormirez certainement comme une souche.

– Pas de problème… Quoi d'autre ?

– Quand vous reviendrez ici, vous serait-il possible de vous asseoir sur cette chaise à côté du lit, le dos au mur ? De façon à voir à la fois l'escalier en colimaçon et la porte, et à…

Je l'interrompis :

– Dites-moi, vous ne croyez quand même pas que quelqu'un va descendre par cet escalier ? Parce que dans ce cas, je n'ai pas la moindre envie de…

– Mais je serai à côté, prêt à intervenir en cas de besoin, protesta-t-il en hâte.

Il aurait été plus rassurant s'il n'avait pas lancé un regard anxieux en direction de l'escalier et baissé la voix pour chuchoter :

– Vous vous assiérez là, me dit-il à voix basse, et vous y resterez jusqu'à minuit et demi. N'est-ce pas l'heure à laquelle vous allez d'habitude chercher de l'eau chaude pour la piqûre ou pour la bouillotte ou pour je ne sais quoi ? Rien ne se passera, je pense, avant bien plus tard. En revenant, vous soufflerez la lampe de chevet, et vous baisserez la mèche de celle qui est sur la table, au milieu de la pièce. Vous-même, placez-vous là, de l'autre côté du lit. Il y a assez de place pour vous dissimuler dans l'ombre de la courtine. Prenez ce sifflet de policier, gardez-le dans la main, et… Pouvez-vous vous arranger pour être cachée par les courtines et voir en même temps dans la chambre ?

Il fut en une fraction de seconde de l'autre côté du lit, repoussant et arrangeant le rideau étouffant qui pendait au baldaquin à la mode d'autrefois.

« Que ces draperies sont insalubres ! Au premier

coup d'œil, j'ai eu envie de mettre tout ça dehors. »

– Mais, est-ce que quelqu'un… croyez-vous que l'assassin va… va…

Je me tus.

– Oui, je crois, répondit-il avec une nonchalance à vous glacer le sang. Et quand il arrivera, ne bougez surtout pas ! Attendez jusqu'à ce qu'il se penche sur le lit et sifflez.

– Quoi !

– Maintenant que votre malade est sur le point de s'en sortir, M^lle^ Keate, il est plus en danger que jamais.

– Mais, monsieur, si c'est vrai, pourquoi ne pas le surveiller vous-même ? Vous allez prendre des risques, avec moi !

– Si je n'étais pas absolument sûr de pouvoir vous protéger ainsi que votre patient, croyez-vous que j'utiliserais une telle tactique ? demanda-t-il fermement.

Bien sûr, je lui faisais confiance, mais enfin, en même temps, la pensée de ce qu'il me demandait, jointe à mon sentiment de responsabilité vis-à-vis de mon malade, me donnait d'affreuses sueurs froides.

– Vous ne pensez quand même pas que Charles Federie… assassinerait son propre père ? chuchotai-je d'une voix blanche.

– Je ne sais pas. Un homme acculé fait n'importe quoi pour se protéger, et pour mener à bien les projets qu'il a commencé à exécuter. Ce que nous savons de Charles Federie n'est pas à son avantage.

– Alors pourquoi ne l'arrêtez-vous pas tout de suite ?

L'idée de cet homme se promenant tranquillement dans cette maison ne me plaisait pas du tout.

Lance O'Leary haussa les épaules :

– Encore une fois, mademoiselle, réfléchissez : pouvez-vous me dire quelles preuves – je parle en termes de preuves, non de présomptions – nous avons contre

Charles Federie?

– Mais son comportement n'est pas celui d'un innocent!

– Vrai! Mais pouvez-vous me citer une seule personne de cette maison dont le comportement vous semble entièrement innocent?

«Juste... Je soupçonne tout le monde ici, sauf March, et si j'étais logique, je me méfierais encore plus d'elle que des autres. Voilà l'effet de quelques jours dans cette sinistre demeure! Moi qui ne me méfiais jamais de personne! Évidemment, n'ayant jamais rien eu à cacher, je n'ai pas l'habitude de soupçonner les autres de dissimulation.»

– Je suis persuadé qu'il n'arrivera rien, ni à vous ni à votre malade, conclut O'Leary. Vous comprenez, le secret de l'éléphant de jade, que ce soit la cachette de la fortune des Federie ou une autre information, n'est connu que du seul M. Federie. March sait seulement que son grand-père tient à ce bibelot, Mittie Frisling l'a vu dans la main d'Adolphe Federie quand il a été assassiné et n'ignore pas que l'objet a disparu. Adolphe avait percé le secret de l'éléphant et a trouvé la mort quelques instants après. Grondal aussi était au courant, il a dû le dire, signant ainsi son propre arrêt de mort. L'assassin des deux hommes sait bien que si M. Federie parle, il prononce sa sentence de mort.

– Supposons que l'éléphant contienne seulement les dernières volontés de M. Federie et que March ne soit pas la bénéficiaire. Penseriez-vous alors que c'est elle la coupable?

O'Leary eut un demi-sourire.

– Il y a certainement autre chose, M$^{lle}$ Keate. Un simple testament n'aurait pas fait autant de vagues. Bien sûr, je ne peux pas être certain de ce que j'avance, mais je suis prêt à courir le risque. En outre… bon, nous verrons bien.

Il inspecta rapidement la chambre.

– … Allons, mademoiselle, je vous assure que je resterai tout près. Ne vous en faites pas !

Là-dessus il partit, me laissant dans cette chambre mal éclairée, entre l'escalier de la tour baigné d'ombre et un vieillard dont la vie était plus que jamais en danger, avec, pour toute protection, un petit sifflet !

« Ne vous en faites pas… Facile à dire ! Qu'est-ce que je fais, moi, pour ne pas m'en faire ? »

Mes genoux tremblaient, et mon estomac était aussi contracté que s'il essayait de digérer une brique. Et la nuit n'avait même pas commencé !

Je n'avais vraiment pas faim, mais quand un policier – O'Brien, encore lui – apparut à la porte pour me dire que M. O'Leary l'avait envoyé pour veiller sur le malade pendant que j'irais manger, je me souvins de la petite comédie que j'étais censée jouer, et je me dirigeai vers la salle à manger.

Le dîner fut une répétition, en plus sinistre, de mon premier repas chez les Federie. Était-ce pure coïncidence ? March portait sa robe de velours et les mêmes ornements en argent dans ses jolis cheveux bruns, Isabelle arborait sa robe de taffetas jaune et Mittie tintinnabulait de perles bleues. Les hommes étaient en noir avec des chemises blanches. Eustache se montra comme de coutume désinvolte et mielleux, Lonergan avait l'aisance de sa jeunesse et ne quittait pas March des yeux. Elihu Dimuck se comportait avec la maladresse habituelle aux myopes, et sa rondeur bien astiquée était encore plus frappante en queue-de-pie et gilet froissé.

Les grandes bougies donnaient une lumière incertaine. Kema trottinait autour de nous, la place à côté de moi était vide et Grondal, avec sa livrée fanée et son air cérémonieux, était parti pour toujours. Au bout de la table, March présidait, droite et sévère. Mittie s'agitait, inquiète, mais cela ne l'empêchait pas de manger voracement. Le vent se leva, et Konrad se mit à aboyer encore et encore.

« Charles Federie traverse la cour ! »

Le regard froid de March croisa le mien et la jeune fille, les lèvres pincées et les yeux cernés, revint en hâte à sa salade.

Et, nous englobant dans ses secrets et ses terreurs, cette vaste maison silencieuse se dressait. Que nous réservait cette nuit ?

Geneviève traversa dignement la salle à manger et vint s'asseoir à mon côté. Il choisit exactement l'endroit où se trouvait quelques jours plus tôt la chaise d'Adolphe Federie et me fixa. Je m'aperçus que j'avais salé trop abondamment une tranche de jambon cuit et étalé de la mayonnaise sur de la purée de pommes de terre. J'abandonnai la partie et me levai.

– Je n'en peux plus, il faut que je monte me reposer. Sinon, je me demande comment je vais pouvoir rester éveillée cette nuit pour m'occuper de mon patient !

– Voulez-vous que je passe la nuit dans la chambre, mademoiselle ? demanda Dimuck, un peu à contrecœur me sembla-t-il.

– Moi, je peux rester avec vous, proposa immédiatement March.

– Non, non... Vous comprenez, je m'attends à ce qu'il reprenne conscience d'un moment à l'autre.

Sachant ce qu'il en était, j'eus un petit choc en voyant les têtes se tourner ensemble vers moi : les masques étaient tombés, et les désirs cachés de chacun apparaissaient sur leur visage.

Mais seule March répondit.

– Vous voulez dire… Vous pensez qu'il parlera bientôt, c'est ça?

– Oui.

Ma voix était rauque. Est-ce que j'étais en train de mener l'un d'entre eux vers l'horrible châtiment de ses crimes? Mais Charles Federie n'était pas là… Se tenait-il à l'affût dans l'office, tendant l'oreille?

– … Oui, répétai-je, plus fort cette fois.

Chacun avait remis son masque, et les désirs furtifs étaient de nouveau dissimulés.

– Vous croyez qu'il va reprendre conscience cette nuit? demanda Isabelle.

– Oui.

Malgré ma folle envie de prendre mes jambes à mon cou, je m'obligeai à sortir d'un pas raisonnable. Pendant ces quelques mètres, je sentis, rivés sur moi, les regards du groupe muet réuni autour de la table.

Geneviève m'avait suivie. Je ne m'en aperçus qu'en le sentant se frotter en ronronnant contre mes chevilles. Je le repoussai, il sauta sur la table, alla flairer avec curiosité le vieil étui à violon et finit par s'asseoir en regardant autour de lui d'un air possessif. Ce qui lui valut une ou deux méchancetés de la part de O'Brien qui le regardait avec dégoût. Je pense que le policier fut soulagé de partir. Il semblait très mal à l'aise et sortit de la chambre avec une rapidité totalement injustifiée.

Il me parut de mauvais augure de ne recevoir ce soir-là aucune visite. Pas même Kema qui, contrevenant à l'ultimatum de March, s'était chargée de quelques-unes des tâches de Grondal.

De la bibliothèque me parvinrent, un peu assourdis,

les accords de *La Furiante* qui, encore une fois, se termina abruptement après quelques mesures seulement. Un silence de mort s'abattit de nouveau sur la vieille baraque.

Je me mis à tricoter frénétiquement. Les flammes vacillaient et projetaient des ombres torturées. Le vent faisait battre les volets. Le malade bougea un peu une ou deux fois. Vers onze heures, je m'aperçus que j'avais tricoté en mailles envers trois rangs entiers, au lieu d'alterner un rang à l'endroit et un rang à l'envers. Passablement dégoûtée, j'enroulai la pelote et je déposai mon tricot sur une chaise. D'ailleurs, c'était vraiment un miracle que ce tricot ne soit pas constitué uniquement de nœuds ! Essayez donc de tricoter en gardant un œil sur votre patient, un autre à la fois sur une portière verte et un escalier sombre ! Impossible, non ? Eh bien, dans l'état d'appréhension où je me trouvais, je m'étais arrangée pour y parvenir !

Sachant que mon premier devoir était de m'occuper de mon patient, je fis pour lui tout ce qui était en mon pouvoir. J'avoue qu'au fur et à mesure que la nuit s'écoulait, j'appréciais de moins en moins le plan de O'Leary. Ce silence épais, chargé de menaces, ne me disait rien qui vaille.

Vers minuit, heure fatidique, j'étais aussi excitée qu'une sorcière prête à enfourcher son balai. A chaque fois que le vent secouait les volets ou que quelque vieille lame de parquet craquait, mon cœur battait la chamade. A un moment, Geneviève bâilla soudain en s'étirant, et, n'ayant pas compris l'origine du bruit, je dus me mettre la main sur la bouche pour retenir un hurlement de peur.

Lorsque, comme O'Leary me l'avait demandé, je me levai pour baisser la mèche de la lampe posée sur la table, mes mains étaient glacées et tremblantes. Du coup, je descendis la mèche trop bas, ce qui fit cracher à la lampe un tourbillon de fumée. Je remontai un peu la mèche. Puis je m'approchai de la table de nuit, pris mon souffle, jetai un dernier regard circulaire à la chambre, tâtai le sifflet au fond de ma poche et soufflai la lampe de chevet.

La chambre fut alors presque plongée dans l'obscurité. La faible lueur de la lampe du milieu de la pièce suffisait à peine à éclairer les contours des meubles et à projeter sur la table un rond pâle. Les coins de la pièce, la portière, l'escalier de la tour étaient pratiquement dans le noir. En me glissant derrière la courtine du côté opposé, j'étais purement et simplement glacée de terreur.

Pendant longtemps, rien ne se produisit. La chambre était aussi silencieuse que la mort elle-même. Ma frayeur ne disparut pas pour autant, elle ne fit que grandir à chaque seconde qui passait. Puis j'aperçus une ombre bougeant près de la porte, et mon cœur fit un bond. Le sifflet était déjà à mes lèvres lorsque je vis que cette ombre mouvante, loin de chercher à s'approcher du lit, s'embusquait derrière une chaise haute, dans la partie la moins éclairée.

O'Leary m'avait dit d'attendre, donc j'attendis, le sifflet collé aux lèvres. Quelques secondes lourdes de peur s'égrenèrent. L'ombre derrière la chaise ne bougeait plus. Je me demandais si je n'avais pas rêvé, lorsqu'un bruissement léger, à l'autre bout de la pièce, me fit tourner la tête dans cette direction, l'oreille tendue à l'affût d'un autre bruit du même genre.

Je l'entendis de nouveau.

La panique me transforma en statue de glace.

Avec d'infinies précautions, quelqu'un descendait furtivement l'escalier de la tour.

Était-ce O'Leary?

«Pourvu qu'il n'y ait pas un bout de ma robe blanche qui dépasse du rideau! Le guetteur caché dans la chambre s'est-il aussi aperçu que quelqu'un descend l'escalier de la tour à pas de loup?»

Une marche, encore une... Un léger frôlement de pieds, une impression de mouvement et, de temps à autre, le craquement étouffé du vieux bois trahissaient seuls la lente descente.

Une longue minute de silence total.

Une ombre plus dense émergea des ténèbres environnant l'escalier, se matérialisa un instant entre la lueur de la lampe et moi et se détacha, noire sur le fond rouge du bois incandescent dans la cheminée.

La silhouette s'approchait du lit.

Mes lèvres sèches serrèrent le sifflet.

Encore un pas précautionneux, puis un autre...

«Je parie qu'il entend mon cœur battre!» Je respirai longuement pour calmer mes poumons en feu.

Encore un pas. L'ombre était près du lit et se pencha lentement. A cet instant précis, l'autre ombre se jeta en avant. Il y eut une furieuse mêlée, et je soufflai de toutes mes forces dans le sifflet. Les notes perçantes traversèrent chaque tenture, chaque vieux mur de la maison, et l'Apocalypse se déchaîna. Des lumières, des cris, des policiers arrivant au galop, des gens surgissant dans la pièce. Je m'en rendis à peine compte, car j'avais les yeux fixés sur ce qui se passait de l'autre côté du couvre-pieds blanc. Il n'y avait non pas deux mais trois combattants : O'Leary, Elihu Dimuck et un autre…

Des policiers foncèrent dans la mêlée et les séparèrent, et je pus distinguer cette troisième personne. J'aperçus un visage dont la vue me fit m'accrocher à la courtine pour ne pas tomber de stupeur. Tremblante, je crus, moi aussi, voir Adolphe Federie revenu dans cette chambre !

Mais bien sûr, c'était Charles Federie.

Un robuste policier le repoussa, lui passa rapidement les mains sur le corps du haut en bas et finalement lui emprisonna un poignet dans une menotte.

O'Leary, haletant, mais l'œil perçant, glissa dans sa poche un objet long et fin qui brilla un instant avant de disparaître.

– Bien… Murphy, allumez la lampe, là, Shafer allumez l'autre. O'Brien, laissez tout le monde entrer dans la chambre. Tout va bien, M$^{lle}$ Keate ?

– Ou… Oui, bafouillai-je.

Je réussis à arriver jusqu'à une chaise et à m'asseoir, les yeux toujours rivés sur Charles Federie. J'avais à peine conscience de la présence de March à mes côtés.

– Pourquoi avez-vous fait ça ? Pourquoi, pourquoi ? répéta la jeune fille en pleurant.

Elihu Dimuck roulait des yeux exorbités. Mittie, Eustache, Lonergan, Kema étaient également présents.

Charles Federie était face à nous, un policier accroché à chaque main. Dans son visage basané, ses yeux cernés nous défiaient.

Concentrant sur elle tous les regards, Isabelle se fraya un passage à travers le groupe agglutiné. Elle se plaça tout près de Charles, le fixa, effarée, avança un doigt pour l'effleurer et murmura, presque timidement :

– C'est Charles Federie !

Comme personne ne parlait, elle se tourna vers nous, les yeux allant de l'un à l'autre jusqu'à ce qu'ils s'arrêtent sur O'Leary.

– C'est Charles Federie, répéta-t-elle, hébétée. Mais il est mort depuis quinze ans !

Mittie se mit à hurler. Kema trottina vers March et prit la main de la jeune fille dans ses grosses pattes noires. Deke Lonergan s'assit brusquement au pied du lit et s'écria avec conviction :

– Ça alors !

La voix claire du détective s'éleva.

– Asseyez-vous ici, M$^{me}$ Federie. Et vous ici, M$^{lle}$ Federie. Nous allons tirer tout cela au clair, ça ne nous prendra que quelques minutes. M$^{lle}$ Frisling, vous ne pourriez pas cesser de hurler ?

Cette demande, faite sur un ton coupant, ramena Mittie à la raison. Elle avala sa salive et obtempéra. M'apercevant que j'étais toujours bouche bée, je serrai les mâchoires et me dirigeai d'un pas quelque peu incertain vers le lit. Mon malade était indemne, mais je gardai les doigts sur son pouls.

– Commençons par le commencement, dit O'Leary… Charles Federie n'était pas plus mort que moi. Mais, désirant, il y a plus de quinze ans, quitter discrètement le pays, il décida simplement de ne pas démentir la fausse nouvelle. Exact ?

– Tout à fait, acquiesça Charles Federie

J'eus un sursaut en entendant sa voix, car elle était exactement semblable à celle d'Eustache, mielleuse et sûre d'elle. Je dus même surveiller ses lèvres pour m'assurer que ce n'était pas Eustache qui parlait.

– En apprenant que votre père n'allait pas bien, vous vous êtes décidé à venir, en espérant lui soutirer le maximum d'argent. Vous redoutiez qu'il laisse un testament dont vous seriez exclu, puisque à ses yeux vous étiez mort.

– C'est vrai.

Charles Federie parlait calmement, mais ses yeux allaient, inquiets, de Lance O'Leary aux policiers et aux autres personnes dans la pièce.

– Attendez! cria March. C'est entièrement de ma faute, M. O'Leary.

– Vous l'avez laissé entrer dans la maison et depuis, vous n'avez plus eu un instant de répit.

– Exactement! s'exclama-t-elle. Pas une seconde, depuis que nous nous sommes vus dehors, l'après-midi précédant le meurtre d'oncle Adolphe. Je me promenais dans le bois quand oncle Charles s'est approché et s'est présenté. J'ai tout de suite su qu'il disait la vérité : il ressemble tellement à Eustache et à oncle Adolphe! Il m'a persuadée de le faire entrer dans la maison le soir. Et je l'ai fait, mais je voulais le surveiller. Je me suis même glissée dans la chambre d'Eustache, en haut, et j'ai descendu quelques marches de l'escalier de la tour, tellement j'avais peur qu'il ne s'introduise dans la chambre de grand-père et ne le perturbe en essayant de lui parler. Je ne savais pas que ça ne changerait rien à l'état de grand-père.

Elle jeta un regard malheureux vers la forme inerte sur le lit.

– C'est là que vous avez perdu le pompon de votre chausson, dit O'Leary.

Il s'abstint de préciser où il l'avait retrouvé. Je crois que la jeune fille n'a jamais su qu'en mourant, son oncle Adolphe, écroulé sur la marche où elle l'avait perdu, l'avait ramassé et serré dans la main. O'Leary n'avait pas jugé utile de la questionner sur ce pompon. Quand je pense à tout le souci que je m'étais fait à ce propos!

Lonergan fit un bond :

– March chérie, quel fou, quel aveugle j'ai été ! Pourrez-vous jamais me pardonner ? J'étais si bouleversé par la perte de cet argent ! Je vous ai vue traverser ma chambre, et je ne savais pas que vous étiez revenue, je ne vous avais pas entendue du tout. Quand j'ai aperçu quelqu'un qui se glissait dehors sans bruit, après le coup de feu, en fermant la porte à clef derrière lui, je… j'ai juste conclu que c'était vous. Je ne comprenais pas pourquoi vous étiez venue, mais je n'allais pas vous trahir, et…

– Vous vous êtes en effet montré d'une cécité et d'une surdité remarquables, interrompit O'Leary. Adolphe Federie et son meurtrier ont tous les deux traversé votre chambre et descendu l'escalier de la tour pendant que vous dormiez comme un sonneur.

– Continuez, O'Leary, intervint nerveusement Eustache. Racontez-nous la suite.

Pas un mot à cet oncle soudain réapparu, bien qu'il ne l'ait pas quitté du regard.

– … Très bien. Adolphe Federie a été tué pour avoir pris le petit éléphant vert sur la cheminée, là, à l'endroit où M. Federie aimait le poser. Je dois vous dire qu'après la disparition de cet éléphant, tout le monde dans cette maison était convaincu qu'il contenait un secret que chacun voulait découvrir, et vous l'avez tous cherché. Mais le secret qu'il contient n'est pas, je le crains, celui que vous croyez.

Ses yeux allèrent d'Eustache à Isabelle en passant par Mittie.

– … Adolphe Federie s'est arrangé pour ouvrir l'éléphant et lire le papier qu'il contient. Voulez-vous me donner ce bibelot, s'il vous plaît ?

Il s'adressait à Charles Federie. O'Brien mit la main dans la poche de la veste de Charles. Il y eut une courte lutte et le défenseur de la loi tendit un objet vert à son supérieur.

– Le voilà, monsieur.

Lorsque O'Leary prit l'éléphant de jade, on eût entendu une mouche voler. Tous se penchaient en avant, les yeux fixés sur la petite statuette verte. Un étrange soupir s'échappa du groupe. Le détective posa l'objet dans sa paume.

– Un bien joli joujou… dont dépend la vie d'un homme !

Le silence était électrique.

– Ouvrez-le donc ! dit Isabelle âprement.

– Pas encore, je vais d'abord vous raconter ce qui est arrivé. Ensuite, je vous le prouverai… Après son forfait, le meurtrier d'Adolphe Federie s'est échappé. Grondal savait qu'il y avait de l'argent dans la maison et craignait de voir son maître mourir sans révéler le secret de sa cachette. Il avait cherché partout pour trouver une piste. Puis il a entendu M^lle^ Keate dire que juste après la mort d'Adolphe Federie, elle avait ramassé l'éléphant au pied de l'escalier. Ces paroles ont attiré son attention. Il a pris le bibelot et a dû réussir à l'ouvrir et à lire le papier qu'il contenait. Mais M^lle^ Keate a retrouvé l'éléphant et l'a caché dans l'étui à violon, ici. D'où il a encore disparu.

Charles l'interrompit.

– C'est moi qui l'ai pris, dit-il calmement. J'étais en haut de l'escalier. J'ai vue l'infirmière le cacher. A vrai dire, je surveillais la chambre presque constamment.

« En haut de l'escalier ! Donc il avait la clef de la chambre ! »

– Je pensais que c'était vous qui l'aviez, dis-je en m'adressant à Eustache. Vous avez quitté la pièce si rapidement après l'interrogatoire que je…

– Vous vous êtes empressée de me suivre ! (Il m'adressa un regard noir.) Je voulais inspecter cette chambre pendant qu'elle était vide, mais vous êtes arrivée trop vite. J'ai bien été obligé de partir quand vous êtes entrée.

– L'éléphant a été une seconde fois retrouvé par M$^{lle}$ Keate, continua O'Leary.

– Savez-vous que vous m'avez presque assommé avec votre lampe torche ? intervint Charles d'un ton mi-rancunier mi-respectueux. Elle m'est tombée carrément sur la tête. J'ai dû rester tapi derrière une caisse pendant des heures. Jusqu'à ce que Kema ouvre la bagagerie, j'ai pensé que j'avais affaire à un policier. Et j'ai été obligé de me réfugier en hâte dans le grenier. La police ne m'y a pas trouvé.

– Je vous avais bien dit qu'il y était ! dis-je au détective en savourant mon triomphe.

– C'est donc ainsi que vous avez su que M$^{lle}$ Keate avait récupéré l'éléphant ?

Charles acquiesça à la question de O'Leary.

– Oui… et je n'ai pas eu grand mal à le lui reprendre ! Une fois que j'ai découvert qu'il n'était plus dans le grenier, j'ai tout de suite deviné qui l'avait. J'ai attendu qu'elle revienne du dîner. Je suivais de près tout ce qui se passait dans la maison. Mais je me suis emmêlé dans la laine de la pelote où elle avait caché l'éléphant de jade, et il s'en est vraiment fallu de peu qu'elle ne me prenne sur le fait.

« Donc, c'est Charles qui m'a enroulée dans le rideau et arraché l'éléphant des mains. De plus en plus sympathique, cet homme ! »

– Mais entre temps, Grondal avait été assassiné… parce qu'il en savait trop ! Il s'est trouvé face à face avec le meurtrier d'Adolphe Federie dans la pièce au-dessus, et il a trop parlé. Il y a eu une lutte. Heureusement pour l'assassin, Grondal a été violemment poussé contre un coin de table là-haut... (Il désigna du geste le haut de l'escalier.) Il a réussi à redescendre les marches et s'est effondré sur le divan. L'assassin l'a suivi, lui a passé une corde de violon autour du cou et a serré, s'assurant ainsi que Grondal ne révélerait jamais ce qu'il savait. Cela ressemble à un crime de femme.

Mittie poussa une exclamation, mais O'Leary n'arrêta pas pour autant son lugubre récit.

– ... Le meurtrier s'est arrangé pour que Grondal ne risque pas de se réveiller.

Charles Federie essaya de nouveau de se dégager des policiers et n'y arriva pas.

– Pourquoi n'ouvrez-vous pas cet éléphant? demanda-t-il à O'Leary. La tête se dévisse.

Lance O'Leary le fixa avec insistance. Il fit rouler l'éléphant dans sa paume. Quelqu'un près de moi eut un petit hoquet.

Il caressa de l'autre main la petite statuette.

– On l'ouvre ?

Un policier soupira derrière moi et chercha dans sa poche revolver. L'atmosphère semblait étouffante, nous pouvions à peine respirer. Retenant notre souffle, nous regardions tous cet objet vert dans la main du détective

– Vous voulez que je l'ouvre... Très bien... Shafer, O'Brien.

Ses yeux allèrent d'un policier à l'autre. Puis il se retourna, et brusquement, tendit le bras...

– ... Arrêtez cet homme !

Plusieurs personnes s'agitèrent, il y eut des cris, des bruits confus de voix et une lutte furieuse. Je clignai des yeux et je reculai d'un pas ou deux pour essayer de voir derrière les larges épaules vêtues de drap bleu. Quand ils s'écartèrent, j'ai dû pousser un cri. Jamais je ne me serais attendue à cela.

En effet, l'homme entre Shafer et O'Brien était Elihu Dimuck, qui se tordait comme un ver coupé en deux dans les menottes l'attachant aux policiers. Il avait perdu ses lunettes. Son visage livide était déformé par un rictus de rage et de peur. Il bégayait de colère. Un flot de malédictions s'échappait de ses lèvres.

– Eh, ça suffit ! (O'Brien lui balança sa matraque sous le nez.) Un mot de plus et vous allez tâter de ça.

– Il est inutile de vous débattre, vous savez, prévint O'Leary.

– Alors c'était vous ! s'exclama March.

Elle se pencha en avant, le foudroyant du regard. Puis elle ferma les yeux et tendit les mains devant elle, comme une aveugle.

– Allons ma chérie, ne le regardez pas !

Lonergan l'avait prise dans ses bras, elle se cacha contre son épaule.

Je contemplai Elihu Dimuck. C'était la première fois que je le voyais sans ses grosses lunettes. Elles lui donnaient une expression bon enfant, et je fus stupéfaite de la différence. Sans elles, il avait un air calculateur, cruel, avide, et il dardait sur nous de petits yeux ronds et méchants de rat pris au piège.

– Vous n'avez pas de preuves, chuchota-t-il d'une voix rauque. Vous ne pouvez rien prouver.

– Bien sûr que si, j'ai des preuves...

Je n'avais pas imaginé chez O'Leary ce talent pour l'effet dramatique.

– ... Avant d'ouvrir l'éléphant, avant d'apprendre le secret de deux assassinats, je vais vous expliquer comment je sais que cet homme est coupable. La nuit du meurtre d'Adolphe Federie, Dimuck est descendu dans la chambre de la tour en disant : « Qui lui a tiré dessus ? » Or, personne ne lui avait dit ce qui s'était passé. Adolphe Federie gisait sur les marches, dans une position telle qu'il était impossible de juger d'en bas s'il avait été tué par balle. Dimuck aurait pu supposer qu'Adolphe Federie était malade ou mort de mort naturelle. Mais il a demandé immédiatement : « Qui lui a tiré dessus ? » C'était suffisant pour que je m'intéresse à lui d'un peu plus près. Surtout lorsqu'il a dit que le bruit du coup de feu l'avait réveillé. Le revolver était un petit calibre, et la chambre de Dimuck se trouve à l'autre bout de la maison. J'en ai fait l'expérience, avec l'aide de M^lle^ Keate, et la démonstration a été concluante : il ne pouvait en aucun cas avoir entendu la détonation. Ensuite, on a trouvé sur le vieux violon cinq sortes d'empreintes digitales : celles de M^lle^ Keate, d'Eustache Federie, de Charles Federie et d'Elihu Dimuck. Nous avions depuis longtemps identifié celles de Charles Federie, nous les avions relevées le premier soir sur la poignée de la porte de la cuisine. Après l'assassinat de Grondal, Dimuck a, en feignant l'étourderie, réussi à effacer ses empreintes sur la poignée de la porte de la chambre du haut. Dans sa hâte de fuir, après avoir étranglé Grondal avec la corde de violon, il les avait oubliées. Normalement, c'est un homme qui fait très attention à ne pas laisser de traces. Mais ce qui m'a totalement convaincu, c'est la coupure que M^lle^ Keate s'est faite à la main en s'appuyant au plateau de marbre de la table. Il y avait là un fragment de verre, un minuscule morceau de verre de lunettes. Avec l'aide de plusieurs opticiens et en y passant pas mal de temps, j'ai réussi à découvrir que ce verre provenait d'une paire de lunettes faite récemment pour Elihu Dimuck. Or, les lunettes de Dimuck paraissaient intactes et il les portait toujours ! Comme il avait changé de lunettes récemment, il était plausible qu'il ait conservé les anciennes. S'il avait cassé la nouvelle paire, il pouvait être allé directement à sa chambre prendre ses anciennes lunettes et cacher la paire cassée, avant de redescendre après le coup de sifflet du policier, entendu dans toute la maison. Très utile, cette ancienne paire, mais il n'y voyait plus aussi bien. C'est pourquoi il avait dû en changer.

J'eus une illumination :

– La petite note, c'était pour ça?

– Oui. J'ai tendu à Dimuck un papier sur lequel j'avais écrit en tout petits caractères : « Où sont vos lunettes cassées ? » S'il avait été capable de lire ça, il aurait eu un choc ! Mais il n'a même pas pu le lire. Plus tard, j'ai trouvé les lunettes cassées dans sa chambre… Ce fut votre plus grave erreur, Dimuck ! Murphy, allez me les chercher, s'il vous plaît. Elles sont sous le tapis, cachées dans la doublure, près du coin droit, au pied du lit. Je les y ai laissées pour qu'il ne soupçonne pas que je les avais trouvées.

Dimuck tirait toujours sur les menottes.

– Vous ne pouvez rien prouver, rien, rien et rien !

– Il n'y a qu'une chose qui me tracasse… (O'Leary baissa la voix.) Comment avez vous fait pour placer le revolver dans le coin de la chambre inoccupée sans y entrer vous-même ?

Dimuck eut un sourire mauvais :

– Je l'ai lancé, proclama-t-il avec une horrible intonation de triomphe. J'ai simplement ouvert la porte, effacé mes empreintes sur le revolver avec mon mouchoir, et je l'ai lancé.

La terreur se peignit brusquement sur son visage

– … Non, ce n'est pas vrai ! Ce n'est pas moi ! D'ailleurs vous n'avez aucune preuve !

– Vous venez d'avouer, idiot !

O'Leary avait un ton féroce que je ne lui connaissais pas. Charles Federie se mit à rire.

– Vous êtes vraiment très futé, O'Leary. Mais ouvrez donc cet éléphant !

– Mais oui, ouvrez-le enfin !

C'était Isabelle, penchée en avant, les mains serrant le dossier d'une chaise, les yeux fixés sur l'éléphant.

– Très bien, et nous verrons si je me trompe.

Je crois que voir les doigts fins de O'Leary tourner la petite tête verte rendit Dimuck fou de rage. Il poussa un cri étranglé et secoua désespérément les menottes. Après un instant d'agitation entre lui et les policiers, il se tint tranquille.

– La tête se dévisse, dit Charles. Appuyez sur les oreilles.

Personne n'osait plus respirer pendant que les doigts de O'Leary dévissaient encore et encore, avant de séparer la tête du corps de l'éléphant. Quelque chose de blanc apparut. Je crus voir trembler légèrement les doigts du détective qui déroula le papier et parcourut quelques lignes.

– Écoutez :

*Le soussigné reconnaît que tous les biens immobiliers, enregistrés en son nom, sont en réalité la propriété de Jonas Federie. Celui-ci s'engage, en rétribution de l'usage du nom du signataire, à lui verser une rente annuelle qui sera déduite chaque année du revenu de ces propriétés, et dont le montant sera ajusté tous les ans entre Jonas Federie et le signataire. Les différents actes et hypothèques sont déposés dans le coffre numéro 287 de la Caisse d'épargne et de placements de B...*

*A l'enregistrement légal de cet accord, tous les biens reviendront à leur légitime propriétaire.*

*Signé : Elihu Dimuck.*

Long silence. Puis O'Leary ajouta :

– Le document est authentifié par Mathew Frisling, notaire, avec Grondal comme témoin. Ceux-ci sont tous deux décédés, quelle chance pour Elihu Dimuck ! Ce document est parfaitement clair, mais en son absence Dimuck avait la loi pour lui.

Charles Federie s'éclaircit la voix :

– Mon père a toujours pensé qu'il pourrait avoir des difficultés avec la loi s'il gardait son argent et ses propriétés à son nom. C'était une sorte d'idée fixe. Il exploitait ses fermes et gérait toutes ses affaires sous le nom de Dimuck. Les prétendus droits d'Elihu Dimuck n'auraient jamais été remis en question s'il avait réussi à détruire ce papier.

Murphy s'avança vers O'Leary.

– Les lunettes, monsieur.

Je fixai les lunettes que O'Leary tenait à la main. Les montures en or étaient intactes, mais il ne restait des verres correcteurs que quelques éclats. Même vides, les larges montures étaient sympathiques. Et pourtant... quelle cruauté elles avaient dissimulé, quelle cupidité, quel esprit sordide !

– Quant à cette énorme somme prétendument cachée dans la maison, continua O'Leary, elle se monte à deux ou trois cents dollars en billets de banque, dans un petit coffre sous le lit de M. Federie. On ne pense jamais à regarder dans les endroits les plus simples ! Aussi romanesque qu'en soit l'idée, M. Federie était trop bon gestionnaire pour garder sa fortune en espèces, cachée dans la maison. M. Lonergan, je ne doute pas un instant que M. Federie ne vous rembourse l'argent emprunté par Eustache et dont la perte vous a causé tant d'anxiété ! Vous savez que vous m'avez posé un problème, je n'arrivais pas à voir où était votre place dans ce puzzle.

– Si cela peut vous réconforter, vous non plus, vous ne m'avez pas rendu la vie facile ! rétorqua Deke.

Geneviève, qui depuis quelques minutes s'absorbait dans une minutieuse toilette, sauta à terre et sortit dignement. Il y avait dans l'angle de sa queue une sorte de satisfaction vertueuse, comme si, ayant fait son devoir, il pouvait maintenant passer à autre chose.

– Mais la clef de la chambre du haut ? demandai-je soudain. On l'a trouvée dans la boîte de perles de Mittie. Qui l'y a mise ?

– Il doit y en avoir deux, en fait... (O'Leary regarda Charles.) Dimuck en avait une. Il a sans doute pensé que c'était une très bonne idée d'enfermer Lonergan dans la chambre du haut et de garder la clef pour avoir accès à tout moment à la chambre de la tour et à l'éléphant vert. Mais quand il a eu peur de se faire prendre avec la clef sur lui, il l'a placée dans la boîte de perles. Pour le plaisir de nous compliquer encore un peu la tâche, j'imagine. M. Charles Federie possède sans doute lui aussi une clef de cette porte.

Charles opina :

– Elle est ici, dans ma poche. Cette chambre était la mienne autrefois. Je la partageais avec ton père, March. Nous étions les deux aînés. Quand j'ai quitté brusquement la maison, elle était dans ma poche et... je l'ai toujours gardée en souvenir. Au fait, je suppose qu'il n'est plus question maintenant d'éviter que la nouvelle de ma présence ici ne se répande ?

O'Leary secoua la tête, et Charles se tourna à regret vers March.

– J'ai bien peur, ma pauvre petite, que tu n'aies bientôt droit à une réédition d'un vieux... euh... d'un vieux scandale !

– C'était vous, qui jouiez du piano le jour des obsèques d'Adolphe Federie ? demandai-je à mon tour.

Il hocha affirmativement la tête en souriant malicieusement.

– J'ignorais que c'était l'air favori de mon neveu. Vous avez bien failli m'attraper dans l'office, quand Grondal a été assassiné.

– Cette rencontre a été pour vous un coup de chance, ajouta O'Leary, M$^{lle}$ Keate a touché le tissu rugueux de votre veste à l'instant du meurtre. Tous les autres sont arrivés en pyjama ou en déshabillé. Elle ne pouvait donc avoir rencontré que vous. Ce qui m'a convaincu à la fois de votre présence… et de votre innocence.

Charles rit de nouveau.

– J'ai pensé que l'infirmière allait donner l'alarme, alors je suis remonté en courant par l'escalier principal. Eustache m'a suivi dans la bagagerie, ce qui constitue pour moi une sorte d'alibi, je pense ?

Au tour d'Eustache de poser des questions.

– Dimuck savait-il depuis le début que le papier était dans l'éléphant ?

– Qu'en pensez-vous, M. Dimuck ? questionna O'Leary.

– Je l'ignorais, jusqu'à ce qu'Adolphe…

Il s'arrêta, embarrassé.

– Mais vous pensiez qu'il ne devait pas être loin de M. Federie, et vous le guettiez, c'est ça ? Vous avez suivi Adolphe Federie à travers la chambre au-dessus, puis dans l'escalier d'où vous pouviez l'observer. Il recherchait probablement un indice pouvant le mener à l'argent. Quand il a découvert par hasard le secret de l'éléphant, vous vous êtes douté de la nature de sa découverte. Vous saviez alors où trouver le papier. Si vous vouliez faire aboutir votre machination, il fallait faire disparaître Adolphe Federie.

Eustache intervint de nouveau :

– Grondal connaissait l'existence de ce papier. Vous avez dit qu'il l'avait authentifié.

– Je pense qu'on lui a seulement demandé de signer en tant que témoin. Est-ce exact Dimuck ? (Signe de tête grognon.) Comme vous tous, Grondal cherchait l'argent caché. Non pas pour lui, d'ailleurs, mais pour la famille. Quand il a appris ce que contenait l'éléphant et qu'il est tombé sur Dimuck dans la chambre dont seul le meurtrier semblait avoir la clef, il s'en est pris à lui. Ils se sont querellés, Dimuck a maintenu que tout lui reviendrait. Et vous saviez, Dimuck, que pour cela il fallait aussi tuer Grondal, n'est-ce pas ? Allons, répondez !

– Ou… Oui. Si je vous dis tout, vous m'aiderez ?

Ses petits yeux de rat étaient abominables.

– Vous avez déjà avoué !

Soudain, un soupir nous parvint du lit, suivi de mots inintelligibles. Je me retournai brusquement. Pour la première fois, les yeux bleus du vieux M. Federie me regardaient avec lucidité.

– Qui… Qui êtes-vous ?

Il parlait laborieusement, comme s'il avait la langue collée au palais.

– Grand-père !

March était déjà à genoux près du lit.

– March… M… March… (Les mots venaient avec beaucoup d'efforts.)… L'éléphant… l'éléphant de jade ?

– Oui, grand-père chéri, l'éléphant est ici, intact !

O'Leary s'avança rapidement vers le lit et plaça l'objet dans la vieille main ridée.

– Appelez le médecin, murmurai-je rapidement à Kema. Dépêchez-vous, c'est : MAIN 2-3-3-6.

Voilà, c'est à peu près tout.

Je me souviens de l'arrivée du docteur, dans l'aube grise et froide. Il nous annonça que le patient était hors de danger et fit preuve d'un intérêt morbide pour les événements de la nuit. Je revois Kema apportant le café, dont la chaleur et le parfum merveilleusement familiers, rassurants, furent comme un lever de soleil. Je me souviens du bruit du panier à salade.

Le regard de March rencontra le mien, et nous frissonnâmes en le voyant s'éloigner de la grille. Mittie regardait d'une fenêtre, le nez aplati contre la vitre. Isabelle, assise sans la moindre gêne dans son déshabillé et son châle chinois, fumait en regardant le feu. Lonergan ne quittait pas March. Eustache et Charles bavardaient et assaillaient O'Leary de questions.

Mais surtout, et cela je ne l'oublierai jamais, j'ai encore en mémoire le sinistre escalier au pied duquel le divan où était mort Grondal sortait à peine de l'ombre.

Il devait être environ sept heures quand tous quittèrent la chambre.

Alors que le rideau vert retombait sur Isabelle, la dernière à partir, O'Leary revint et s'effondra sur une chaise en soupirant profondément.

– Et voilà, dit-il d'une voix sourde, votre patient va mieux et l'affaire est terminée !

– Effectivement, l'affaire est terminée…

Un nouveau jour se levait. Je glissai sous ma coiffe quelques mèches rebelles.

– Vous n'avez pas l'air de pavoiser ! commentai-je.

– Non, je ne pavoise pas… (Il avait l'air las.) J'ai choisi un métier terrible ! Si je n'avais pas d'imagination, je serais nul. J'en ai… alors je suis bouleversé par ce que j'ai fait.

– Cet homme est un assassin ! Il a bien mérité ce qui lui arrive !

– Je sais.

Il resta quelques instants muet et pensif, puis il haussa les épaules.

– … Bon. De toute façon, c'est fini !

– Dites-moi, est-ce que Dimuck avait vraiment l'intention d'assassiner aussi le vieux M. Federie ?

Je chuchotai pour ne pas réveiller le malade qui, pour la première fois, dormait d'un véritable sommeil.

– … Et c'est lui qui a fouillé ma chambre ?

Il acquiesça d'un air las.

– Regardez ça !

Un couteau à fine lame brillait méchamment dans sa main.

– Il l'a lâché quand je lui ai sauté dessus, près du lit. Dangereux instrument, n'est-ce pas ? J'ai préféré que March ne le voie pas.

– Mais comment se fait-il que Charles Federie se soit aussi retrouvé dans la chambre cette nuit ?

– Il est entré par la porte. Je le surveillais. Il a admis qu'après avoir lu le papier caché dans l'éléphant, il craignait quelque chose de ce genre. Charles Federie n'avait pas envie que son père meure… Du moins, pas avant de lui avoir légué sa part d'héritage.

– Mais pourquoi n'a-t-il pas révélé sa présence aussitôt après avoir lu le papier et compris le profit que tirerait Dimuck de la mort de M. Federie ?

Regard irrité du détective.

– Voyons, Mlle Keate, Charles Federie ne savait pas tout ce que nous savions. Souvenez-vous… Hier soir, j'ai laissé ouverte la porte de la chambre du haut et amorcé le piège. Quand Dimuck a descendu l'escalier de la tour, j'étais aux aguets dans le couloir, vous étiez embusquée derrière votre rideau, et Charles Federie surveillait la pièce. Comme je l'espérais, Dimuck était au bout du rouleau. Sinon, il n'aurait pas joué le tout pour le tout. Le silence définitif lui assurait bien plus que l'héritage, c'était une question de vie ou de mort pour lui.

Lance O'Leary soupira de nouveau, glissa le couteau dans sa poche et se leva.

– Comment puis-je vous remercier, Sarah Keate? commença-t-il.

Je repoussai ses remerciements et il se décida à partir. Il alla d'un pas lent jusqu'à la porte et se retourna. Sa mince silhouette et son visage intelligent se détachèrent un instant sur le fond vert sapin de la tenture. Ses yeux s'attardèrent un moment sur la vieille chambre, ses rideaux dissimulateurs, et son escalier étroit. Il y avait une certaine solennité dans cette brève et silencieuse contemplation, comme si O'Leary acceptait tacitement d'être l'instrument du destin.

Puis il m'adressa un petit geste d'adieu, et le rideau vert reprit lentement sa place. Je me retrouvai seule au milieu des secrets de la demeure des Federie.

Bon, comme je l'ai déjà dit, c'est à peu près tout. Je découvris en M. Federie un malade intéressant et plein de vie. Surtout après sa réconciliation avec son fils. A sa guérison, je retournai travailler à l'hôpital. Depuis, je n'ai plus jamais accepté de garde à domicile. Au moins, dans un établissement hospitalier, il n'y a ni rideaux ni petits escaliers obscurs!

Pendant le procès, qui a traîné en longueur, j'ai revu les Federie (un peu) et Lance O'Leary (beaucoup).

Il y a peu de temps, le détective a fait partie de mes patients, après une appendicectomie. Pendant sa convalescence, nous avons reconstitué l'affaire Federie avec tant d'enthousiasme que les stagiaires refusaient d'entrer dans la chambre et que le médecin-chef en personne vint nous faire des remontrances.

– D'accord, dit Lance O'Leary, vous pensez sans doute que M$^{lle}$ Keate est une bonne infirmière. Eh bien, sachez qu'elle est encore meilleure détective ! La prochaine fois que je suis embarrassé par une affaire, je la fais appeler !

Remarque absurde s'il en fut !

# Soixante années d'écriture

*Catherine Morhange*

C'est en février 1930 que Mignon G. Eberhart gagne le Scotland Yard Prize pour *L'Éléphant de Jade (While the Patient Slept)*, au moment où Agatha Christie crée le personnage de Miss Marple. Les deux auteurs – l'Américaine et l'Anglaise – se talonnent de près. Leur notoriété grandit de pair, accompagnée d'un zeste de légende. Celle de Mignon G. Eberhart prétend que celle-ci a acheté sa première machine à écrire avec son trousseau de mariage…

Née le 6 juillet 1899 à Lincoln, Nebraska, Mignon Good Eberhart a une enfance paisible, remarquable seulement par une imagination très active et un goût extrême pour la lecture. Elle écrit ses premiers textes à l'âge de dix ans.

Après trois années d'études à la Nebraska Wesleyan University, elle commence à travailler à la bibliothèque de Lincoln, et y décide rapidement qu'elle préfère écrire des livres que les cataloguer…

En 1923, elle épouse un jeune ingénieur, Alanson Eberhart, et commence sa carrière littéraire, tout en parcourant l'ouest des États-Unis où son mari construit des ponts et des barrages.

Une première nouvelle « The Dark Corridor », publiée en décembre 1925 dans le magazine de mystère *Flynn's*, met déjà en scène une infirmière détective dans le décor inquiétant d'un hôpital.

En 1929, Mignon G. Eberhart crée le personnage de Sarah Keate dans *The Patient in Room 18*, et consacrera sept romans à cette infirmière à la langue bien pendue qui devient l'une des héroïnes les plus populaires de son époque. Sévère et raisonnable, Sarah Keate est fière de ses nerfs solides et de sa digestion à toute épreuve... mais cela ne l'empêche pas d'être sensible à l'atmosphère angoissante que sait si bien créer Mignon G. Eberhart, et aux yeux gris de Lance O'Leary, le jeune et charmant détective avec qui elle forme une équipe improbable mais efficace.

La série donnera lieu à trois adaptations cinématographiques dans lesquelles Sarah Keate sera successivement incarnée par Aline MacMahon, Jane Darwell et Ann Sheridan.

L'atmosphère gothique de ces romans, plantés dans de sombres demeures décadentes ou des couloirs d'hôpital étouffants, n'occulte pas une construction très serrée de l'intrigue et une grande attention aux détails, que l'on retrouve dans les romans postérieurs souvent situés dans des pays lointains, de l'Asie aux Caraïbes, et nourris de ses voyages.

La réputation de Mignon G. Eberhart ne fait que croître durant ses soixante années de création littéraire. Docteur *honoris causa* de la Wesleyan University, elle reçoit de nombreux prix, dont le Grand Masters Edgar de la Mystery Writers of America en 1970, et le Malice Domestic Lifetime Achievement Award en 1994. Traduite dans une vingtaine de pays, elle a cinquante-sept livres à son actif lorsqu'elle décède en 1996, à l'âge de quatre-vingt-dix-sept ans. Trente-deux de ses romans ont été traduits et publiés en France entre 1932 et 1974. Plus aucun n'était disponible.

## Policiers en « Piccolo »

**N° 8**

**Émile Gaboriau**
**L'Affaire Lerouge**

Paris, 1864, la veuve Lerouge est assassinée… Le premier roman policier, paru en 1865, enfin en collection de poche.

**N° 18**

**Émile Gaboriau**
**Monsieur Lecoq**

Monsieur Lecoq ? Un tout jeune inspecteur convaincu que les indices peuvent révéler l'auteur d'un crime. Le père Absinthe ? Son fidèle second, un peu ballot. L'objet de l'enquête ? Un meurtre sordide, une nuit de 1860…

**N° 23**

**Mary Willis Walker**
**Glacée jusqu'au zoo**
*Traduit de l'américain par Laurence Kiéfé*

Cela fait trente et un ans que Katherine Driscoll n'a pas vu son père. Elle accepte de le retrouver dans un zoo du Texas. Un thriller qui prend aux tripes.

**N° 25**

**Carolyn Hart**
**Meurtre en librairie**
*Traduit de l'anglais par Gérard de Chergé*

Dans une petite île au large de la Caroline du Sud, Annie Laurance dirige une librairie spécialisée en romans policiers : *Crimes à la demande.* Au cours d'une lecture, un invité est assassiné… C'est la libraire qui mène l'enquête.

N° 27

**Jacques Bonnet**
**À l'enseigne de l'amitié**
En l'an 1582, Giordano Bruno, le célèbre philosophe, séjourne dans le quartier Maubert, à Paris. Cette même année, dans ce même quartier, a lieu un horrible meurtre, signé de quelques mots énigmatiques… en italien.

N° 29

**Margaret Yorke**
**Trouvez-moi un coupable**
*Traduit de l'anglais par Laurence Kiéfé*
Brutalement abandonnée par son mari, Nina Crowther décide de prendre du champ en assurant le gardiennage d'une grande propriété. Mais rien n'est paisible dans cette paisible campagne.

N° 31

**Thierry Maugenest**
**Venise.net**
Des mails qui traversent l'Atlantique entre Venise et New York. Un peintre que l'on surnomme « tintoretto ». Un inspecteur vénitien qui ignore tout de la peinture de la Renaissance. Mais dans quelle Venise sommes-nous ?

N° 33

**Émile Gaboriau**
**Le Petit Vieux des Batignolles**
En digne ancêtre des Sherlock Holmes et autres Maigret, débonnaire, attentif aux conseils de sa femme, Méchinet avance, patiemment et infailliblement, jusqu'au coupable.

**N° 35**

**Carolyn Hart**
**La libraire mène l'enquête**
*Traduit de l'américain par Aline Sainton*
Annie Laurance délaisse quelques jours sa librairie pour épouser Max Darling. Mais lorsque déboule un cadavre, leur lune de miel vire au parcours de l'enquêteur.

**N° 38**

**Ann Granger**
**Dites-le avec du poison**
*Traduit de l'américain par Aline Sainton*
Si Meredith Mitchell, consul de Grande-Bretagne en Yougoslavie, éprouve quelque appréhension à son retour au pays, elle n'avait certes pas deviné ce qui l'attendait derrière l'apparence paisible des jardins anglais.

**N° 39**

**Michel Grimaud**
**Un cave dans le charbon**
À peine François Clavère pose-t-il ses valises rue Saint-Sauveur qu'une mémère manque d'étriper son chien. Ce n'est qu'un avant-goût de ce qui l'attend, car il a fourré son nez dans une drôle d'affaire.

**N° 40**

**Rebecca Pawel**
**Madrid à mort**
*Traduit de l'américain par Françoise Adelstain*
Madrid, 1939. Carlos Tejada, lieutenant de la Guardia Civil, soupçonne un groupe de républicains d'avoir dissimulé des renseignements dans un cahier d'écolière.

**Robert Daley**
**Le Parfum du danger**
*Traduit de l'américain par Marc Duchamp et Maud Sissung*

N° 47

Un Américain organise le casse du siècle à Nice. Son butin : or, argent, bijoux... et un petit papier très compromettant. La chasse à l'homme est lancée, qui voit s'associer la police française, le FBI et la CIA.

**Mignon G. Eberhart**
**L'Éléphant de jade**
*Traduit de l'américain par Aline Sainton*

N° 48

Un assassinat, un bibelot disparu, des bruits de pas inexpliqués à l'étage... Les ombre de la vieille demeure des Federie se font de plus en plus menaçantes, mais il en faut plus pour effrayer l'infirmière Sarah Keate...

Achevé d'imprimer en février 2007
dans les ateliers de Normandie Roto Impression s.a.s.
N° d'impression : 07-0336
Dépôt légal : mars 2007

*Imprimé en France*